La mort d'Hitler
希特勒的
最后十二天

Jean-Christophe Brisard
et Lana Parshina

〔法〕让-克里斯多夫·布里萨尔
〔俄罗斯〕拉娜·帕尔申娜　著

董智弘　张健　译

人民文学出版社

著作权合同登记号　图字 01-2020-2573

Jean-Christophe Brisard，Lana Parshina
La mort d'Hitler
Copyright © LIBRAIRIE ARTHEME FAYARD，2018
Current translation rights arranged through DIVAS INTERNATIONAL，PARIS
Simplified Chinese edition copyright © 2021 Shanghai 99 Readers'Culture Co.，Ltd.
All rights reserved.

图书在版编目(CIP)数据

希特勒的最后十二天/(法)让-克里斯多夫·布里萨尔，(俄罗斯)拉娜·帕尔申娜著；董智弘，张健译.
—北京：人民文学出版社，2021
ISBN 978-7-02-015986-4

Ⅰ.①希… Ⅱ.①让…②拉…③董…④张… Ⅲ.①纪实文学-法国-现代 ②纪实文学-俄罗斯-现代 Ⅳ.①I565.55②I512.55

中国版本图书馆 CIP 数据核字(2019)第 300433 号

| 责任编辑 | 卜艳冰　邰莉莉 |
| 装帧设计 | 钱　珺 |

出版发行	人民文学出版社
社　　址	北京市朝内大街 166 号
邮　　编	100705
网　　址	http://www.rw-cn.com
印　　制	上海利丰雅高印刷有限公司
经　　销	全国新华书店等
字　　数	180 千字
开　　本	890 毫米×1240 毫米　1/32
印　　张	9.375
插　　页	4
版　　次	2021 年 2 月北京第 1 版
印　　次	2021 年 2 月第 1 次印刷
书　　号	978-7-02-015986-4
定　　价	59.00 元

如有印装质量问题，请与本社图书销售中心调换。电话：010-65233595

照片1：保存于莫斯科"加尔夫"局的主要的希特勒遗物。据称，一件是希特勒自杀时所坐的长椅残件，另一件是一块头骨。

照片2：保存于莫斯科"加尔夫"局的头盖骨碎片。它于1946年5月苏联在柏林元首地堡安全出口前对希特勒之死进行复核调查时被发现。弹孔、烧痕和土壤的印记仍旧依稀可见。

照片 3：希特勒的颌骨残片。据称，是由苏联调查者于 1945 年 5 月 4 日从在柏林新总理府花园里发现的尸体身上拔下来的。如今仍被保存在俄罗斯联邦安全局中央档案馆。

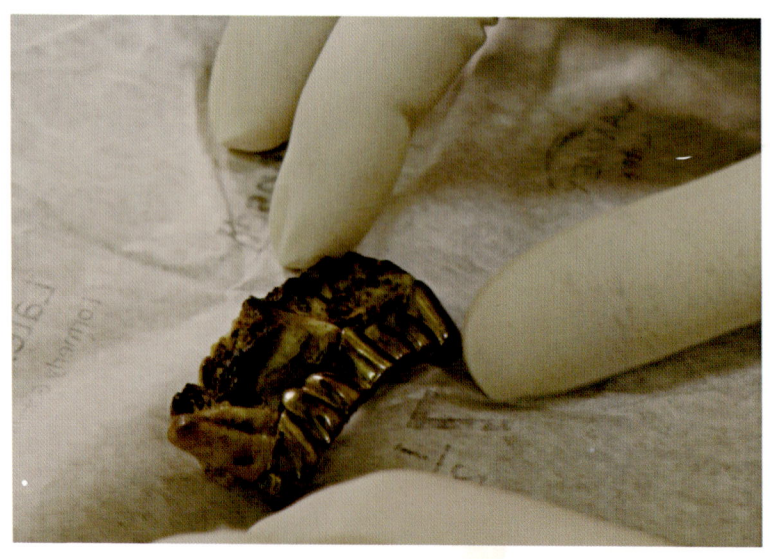

照片 4：希特勒的牙齿碎片细节图。从颌骨残片上的碳化痕迹可以看出当时的火势凶猛。但是焚化时间较短，尚未完全损毁牙齿和假牙。

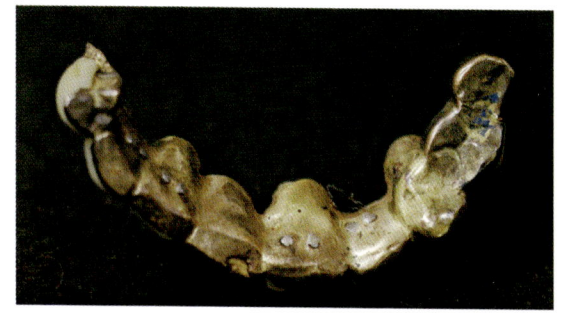

照片 5 和 6：这些蓝色斑点只存在于颌骨的一侧。我们可以在照片 5 的右侧看到。斑点上的蓝色异常艳丽（照片 6 为微观放大图）。这是不是氰化物留下的痕迹？

照片 7：希特勒晚年时仅剩四颗没有假体的健康牙齿。为了挽救其中一颗牙齿，他让自己的牙医做了这枚凹槽形状的假牙。它独一无二的形状非常容易辨认，让德国元首的牙齿验证工作变得更为容易。

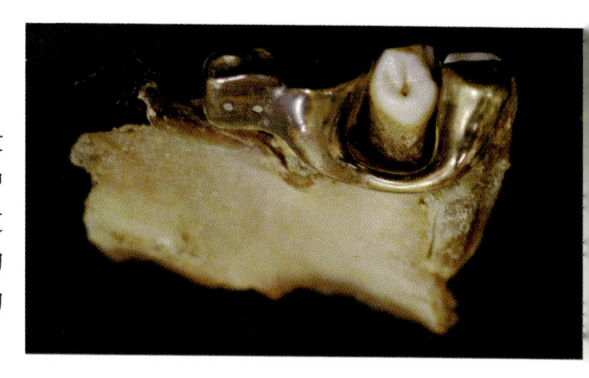

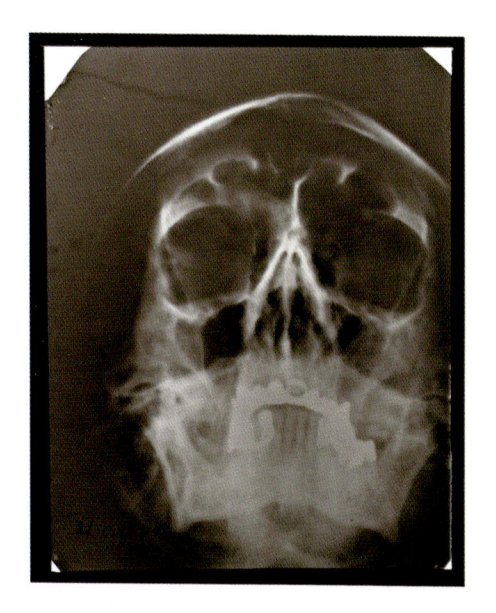

照片 8：希特勒面部的 X 线造影相片，摄于 1944 年秋（今保存于美国马里兰州大学帕克分校国家档案馆，编号 27500765）。图中的白色斑点为牙齿的金属假体。左下角的那枚凹槽形状的假牙格外显眼。

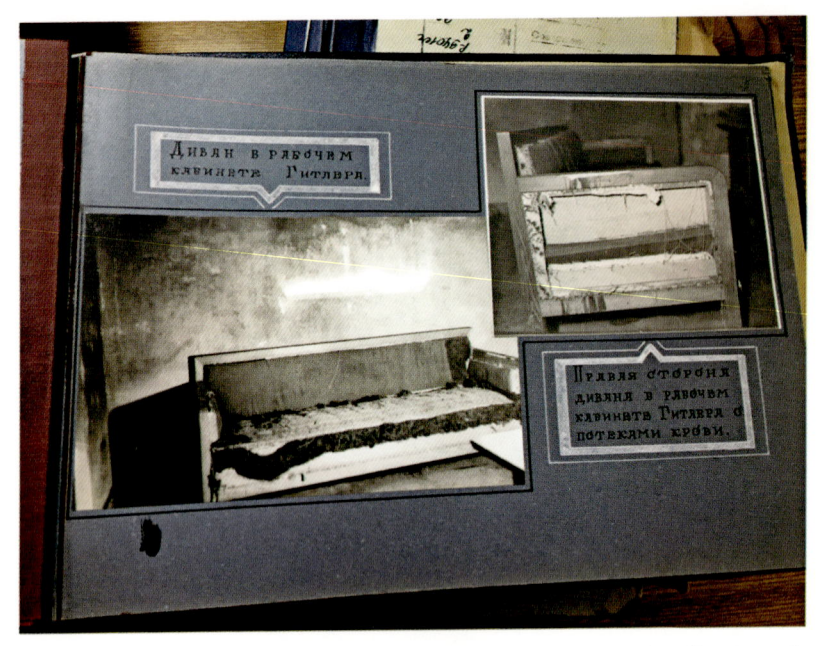

照片9：这些照片由苏联调查者于1946年5月拍摄于柏林元首地堡。这可能是希特勒自杀时所在的长椅。扶手右侧的暗红色是不是独裁者的血迹？

照片10：长椅残件的细节图，保存于莫斯科"加尔夫"局。上面的深色印记（一直到残余布料的一侧）在六十年后的今天依旧清晰可见。

目　录

第一部分　调查（一）

莫斯科，2016年4月6日　　3
柏林，1945年5月　　13
莫斯科，2016年10月　　24
巴黎，2016年10月至11月　　39

第二部分　希特勒生命的最后时光

1945年4月19日
"苏联人都在哪儿？前线能撑住吗？元首在做什么？他什么时候离开柏林？"（柏林元首地堡里的纳粹高官）　　50

1945年4月20日
"元首生日，但不幸的是，气氛并不适合庆祝。"
（马丁·鲍曼的日记摘录）　　56

1945年4月21日
"这就是终局了。"（埃里克·肯普卡，希特勒的私人司机）　　62

1945年4月22日
"战争失败了！"（阿道夫·希特勒）　　64

1945年4月23日
"我知道戈林会叛变。"（阿道夫·希特勒）　　68

1945年4月24日
　"士兵们，伤员们，柏林人，所有人都拿起武器来！"
　（戈培尔在柏林媒体上的号召） 71

1945年4月25日
　"可怜啊，可怜的阿道夫，被所有人抛弃，被所有人背叛！"
　（埃娃·布劳恩） 75

1945年4月26日
　"还是活下去吧，我的元首阁下，这是每个德国人的意愿！"
　（汉娜·莱契，优秀的德国空军飞行员） 77

1945年4月27日
　"埃娃，你应该离开希特勒……"
　（赫尔曼·菲格莱因，党卫军将军、埃娃·布劳恩的妹夫） 83

1945年4月28日
　"为能尽快结束欧洲战事，希姆莱展开系列谈判。"（路透社报道） 86

1945年4月29日
　"在各位见证人面前，我请问您，阿道夫·希特勒元首阁下，您是否愿意与埃娃·布劳恩女士结为夫妻？"
　（瓦尔特·瓦格纳，纳粹民政官员） 89

1945年4月30日
　"你的飞机在哪儿？"（希特勒问他的飞行员，汉斯·鲍尔） 103

1945年5月1日
　"希特勒去世了。直到最后一刻他都在为了德国与布尔什维克主义作着斗争。"（海军元帅邓尼茨在汉堡广播电台的简短演说） 107

1945年5月2日
　"希特勒逃跑了！"（苏联塔斯通讯社） 111

第三部分 调查（二）

莫斯科，2016 年 12 月	115
卢比扬卡大楼，莫斯科，2016 年 12 月	124
柏林，1945 年 5 月 2 日	141
莫斯科，2017 年 3 月	155
莫斯科，1945 年 5 月	176
俄罗斯国家军事档案馆，莫斯科，2017 年 3 月	190

第四部分 结论？

莫斯科，2017 年 3 月	211
柏林，1946 年 5 月 30 日	233
2017 年夏	249
巴黎，2017 年 9 月	267
档案来源	290
致谢	293

第一部分
调查（一）

莫斯科，2016年4月6日

拉娜有些茫然无措。

通过她在俄罗斯高级行政部门内部的关系，我们获知最终会有所成果的可能性微乎其微。我们的会面定在了11点，但在俄罗斯，这丝毫不能确定什么。走在去俄罗斯联邦国家档案馆的路上，凛冽的北风狠狠地拍打在我们脸上。在俄罗斯，这里也被简称为"加尔夫"局，坐落在莫斯科的正中心位置，是档案收藏量最多的国家级机构之一，珍藏了从19世纪至今的近七百万份档案资料，其中大部分是纸质文件，也有一些照片和保密文档。而我们正是为了其中一份保密文档，才会冒着莫斯科严酷的气候和同样严酷的俄罗斯官僚做派前来。拉娜·帕尔申娜在俄罗斯并非毫无名气。身为记者和纪录片导演，这个年轻的女人时常受邀至电视台的摄影棚分享她的光辉事迹：对拉娜·皮特斯的新近采访。拉娜·皮特斯身无分文，是早已被所有人忘在脑后的老太太，多年来一直默默地住在一家由美国人出资建立的养老院里。她拒绝抛头露面，从不接受记者的采访。她的父亲，是一个叫作约瑟夫·维萨里奥诺维奇·朱加什维利的人，我们也管他叫斯大林。事实上，拉娜·皮特斯原名叫斯维特拉娜·斯大林，是他最宠爱的女儿。20世纪60年代，正值冷战高潮时期，她避难出逃，向宿敌美国申请了政治避难。从此，她便成为了那些不顾一切想要逃离专制政权的苏联人的象征。拉娜·帕尔申娜成功说服了这位孤僻的名门后人参与录制了一系列访谈节目。那是在2008年，这一成就在整个俄罗斯备受关注。近年来，斯大林确实又重新成为了莫斯科人讨论的焦点。拉娜·帕尔申娜对俄罗斯的行政体系和官僚模式轻车熟路。于是,她主动请缨,费了好一番功夫争取前去查阅那些敏感而又复杂的保密档案。

然而,在2016年4月的这个早上,我感觉到她有些忧虑。

我们与"加尔夫"局局长拉丽萨·亚历山多芙娜·洛戈瓦娅约好了见面。只有她可以准许我们查阅H档案。"H"指的就是希特勒。

从进入"加尔夫"局的接待大厅开始,基调就已经定了。一个留着70年代弗雷迪·默丘里风格胡子的士兵要求我们出示护照。"检查!"他嘶哑地吼道,弄得我们好像是擅闯进来一样。拉娜的俄罗斯身份证可以顺利通行,但是我的法国护照让整个局面变得有些复杂。这名警卫似乎对拉丁字母不太习惯,没办法读出我的名字。"Brisard"用斯拉夫字母拼写就成了"БРИЗАР"。于是,我就这样被登记进了他的当日准入人员名单里。经过了漫长的审查核对,再加上拉娜天使般的帮助,我们总算获准通过。档案局局长的办公室在哪儿?我们的问题让警卫很是恼火。他正在以同样的礼貌方式接待另一名访客。"直走到底,在右边第三幢楼后面。"回应我们的这位年轻女人没等我们致谢,就转身登上了光线晦暗的楼梯。"加尔夫"局就像是一座苏联的工人城,整体由数幢外观陈旧的苏维埃风格建筑构成,风格兼具构成主义和理性主义。我们一边在楼宇间穿行,一边试图躲开那一摊摊泥泞的积雪。"局长办公室",远处一扇双开门上方的指示牌上,用大写字母这么标记着……一辆深色的四轮轿车挡在了门口。在我们距离那里还剩二十多米的时候,一位身材高大的女人急匆匆地从楼里走出来,旋即消匿在车座里。"这位就是局长女士……"眼看着这辆车飞驰远去,拉娜带着一丝绝望低语道。

10点55分,我们11点的会面就在面前兀然泡汤了。

欢迎来到俄罗斯。

"加尔夫"局总局办的两名秘书分工明确。一个和蔼亲切,另一个让人讨厌。"有什么事？"在语言不通，也就是在我不懂俄语的情况下，这句话里的生硬都很容易觉察出来。所以很显然，两个女人中更年轻的那位——不礼貌确实容易显露出哪一位年龄更小——就不是我们的朋友了。拉娜向她们介绍说我们是两名记者，她是俄罗斯人，我是法国人，我们此行是来和局长女士见面的，也是为了要查阅一样特别的东西……"你们见不到她了！"怀着敌意的秘书冷不防地给我们来了一击，"她走了，不在这儿。"拉娜解释说，我们看到了外面那辆深色轿车，也知道局长女士忘记了我们的会面并且从我们面前离开。她耐心地讲述着这一切，始终热情不减。我们在这里等着，可不可以？"如果你们觉得这样有意思的话。"女秘书说着便果断地走出了房间，手臂下夹着一叠文件，无声地表示对于我们占用她宝贵时间的不满。一台瑞士布谷鸟挂钟被高高地安置在办公室的上方。钟面显示11点10分。另一名秘书默默地听着她同事的发言，但愧疚的神情没有逃过我们的眼睛。于是，拉娜向她走去。

在克里姆林宫总统府有一次会面。女局长的记事本里并没有预先备注。但是显然，一旦总统或者内阁部长发声，任谁都必须速速赶来。态度比较亲切的秘书一句一句地小声解释道。尽管她透露给我们的消息并不乐观，但她温柔的声音却令我们深感宽慰。至于她回来的时间，谁知道呢？！反正她是不知道。这次的临时召见是因为我们吗？"不是。怎么会跟你们有关系？"

已经过了5点。耐心终于得到了回报。就在刚刚，一个硬板纸模样的盒子在我们的眼前打开。在里面，它就在那儿，非常小，被仔细地存放在一个内饰盒子里。

"所以，这是他？真是他，对吧？"

"对!"

"是的,她说是的。"

"谢谢,拉娜。那么这就是他留下的所有东西?"

"对!"

"这不用翻译了,拉娜。"

从近处看过去,这个内饰盒很像一个装信息磁盘的盒子。实际上这就是一个装磁盘的盒子。希特勒的头骨被保存在一个磁盘盒里!说得明白些,这是一块俄罗斯当局所认定的希特勒头颅骨。斯大林的战利品!这是苏联和俄罗斯所保守的最完好的秘密之一。对我们而言,则是为期一年的等待和调查的告终。

只要对当时的场面稍作想象,便能理解我们心中生出的那种怪异的感觉。一间足够容纳十多个人的长方形办公厅。一张桌子,也是长方形的,深色漆木料。在墙上,挂着一套红框玻璃罩面的素描画。"这是当时的老海报。"她们向我们解释道。这些海报出自革命时期。这里说的革命即列宁领导的十月革命,1917年11月的那一场革命,不过这也要看用的是儒略历还是格利历。海报上画了一些肚子瘪平但神情骄傲的工人。他们面向世界,用强有力的臂膀竖起了一面猩红色的尖形旗帜。一个资本家,人民的压迫者,与他们在街上相遇而过。怎么看出他是资本家呢?因为他穿着一件奢侈的外套,戴着一顶大礼帽,还挺露着圆滚肥硕的肚子。他的气息中透露出的满足感,与强者面对弱者时所表现出的那种毫无二致。在最后一幅海报上,戴礼帽的男人身上的那份高贵感荡然无存。他仰面倒地,头被一把巨大的榔头砸碎,那是工人的榔头。

象征,又是象征。无论你再怎么强势,终归要接受被打败的命运,脑袋被俄国人民的抵抗所碾碎。不知道希特勒有没有看过这些海报?肯定没有。

希特勒也一样，最终被苏联人取走了性命，更确切地说是他的头颅。

让我们重新回到刚才那个画面。

这个小房间，"加尔夫"局一楼漫散着革命残迹的会议厅，就在我们耐心等待局长拉丽萨·亚历山多芙娜·洛戈瓦娅归来的那个秘书办公室的旁边。一位体态丰腴、五十来岁的女性，让人印象深刻的不只是她威严高大的身形。淡然平静的神情和自然流露的魄力让她在莫斯科的行政官员中显得十分出众。从克里姆林宫回来，她便径直穿过秘书房间走进自己的办公室，完全没有看到我们。拉娜和我则坐在那里仅有的两把扶手椅上静静等着。一株巨大的菩提绿植横亘在两把椅子之间，蛮横地侵略着我们原本就不够的空间。即便她精神集中，步履匆匆，仍然不太可能注意不到巨大绿植旁的这两个人。时间已是下午四点。我们立刻站起身来，重拾希望。电话铃刚才响了。"在隔壁房间吗？那个会议室？三十分钟之后……"善良的女秘书在听筒里重复着她收到的指令。拉娜微笑着向我斜过身子。电话里说的是我们的事。

一片寂静中，女局长坐在了那张长方形大桌子的尽头，身边站着两个毕恭毕敬的雇员。右边的女人年纪很大，看起来似乎已经退休多年。左边则是一个如同从布莱姆·斯托克小说里走出来的、鬼魂一般消瘦的男人。女性名叫金娜·尼古拉耶芙娜·诺考托维奇，是特别宗档处的负责人；男性名叫尼古拉·伊戈尔维奇·伏拉迪米尔塞夫（人们叫他尼古拉），是"加尔夫"局档案保管处的负责人。

尼古拉轻轻地把一个大纸板箱放在女局长的面前。金娜帮着他一起掀开了箱盖。两人随即退后，双手背着，直愣愣地看向我们。对我们而言，这两名准备介入的观察员的态度中充满了警示意味。拉丽萨始终保持着坐姿，双手放在纸板箱的两侧，就像要保护它一样，然后邀请我们来看里面的内容。

这一刻，我们感觉简直像做梦一样。就在早上，这块头骨似乎还遥不可及。几个月无止境的沟通，一遍又一遍的递申请、写邮件、寄信函、打电话、发传真（是的，传真在俄罗斯还频繁地使用），以及和顽固的公务员之间的拉锯战。终于，我们站在了这块人类遗骸碎片的面前。这是一块颅盖骨的残片，肉眼来看，应是整体的四分之一，大致位于头颅的左后方（准确来说，是两块顶骨和一块末端枕骨）。这就是全世界历史学家和记者垂涎已久的对象。可是否确如俄罗斯当局所称，这就是希特勒的头骨？还是像近来一名美国科学家所确认的那样，这是一块属于四十多岁女人的头骨？然而，在"加尔夫"局内部提出这个问题相当于敲响政治对峙的警钟，让克里姆林宫的官方声明陷入质疑。这是档案局局长不希望听到的。绝对不希望。

拉丽萨·洛戈瓦娅执管"加尔夫"局才不过几天，代替的是前局长塞尔吉·米洛恩科的位置。在普京时代的俄罗斯，这是一个极其政治化而敏感的职位。当着我们的面，拉丽萨·洛戈瓦娅对于说出的每一个词都斟酌再三。她独自一人回答我们的问题，旁边的二人闭口不言。答案总是十分精简，有时两个字，有时三个字，面容也总是绷紧着。这位高官似乎已经后悔答应我们的调查来访了。但事实上，她根本就什么都没答应。同意我们观察这块头骨残片的命令来自她的上级。到底是多高的上级呢？很难说。来自克里姆林宫吗？肯定是，来自克里姆林宫的哪一位呢？拉娜坚信所有消息都来自总统办公室。就像在苏联时代一样，国家档案馆又成了一处机密之地。2016年4月4日，弗拉基米尔·普京签署了一份政令，明确规定档案的管理、出版、查取和降级的权力都直接归属于俄罗斯联邦总统，也就是普京自己。鲍里斯·叶利钦时代首创的历史文献开放政策画上了句号。于是，"加尔夫"局极具威信的局长、众多国外历史学家的好朋友塞尔吉·米洛恩科从此离职，无数来访者都对他近乎自由的文献查阅政策予以盛赞。"少一些评论，多一些资料。资料可以自己说话。"他曾向那些对这一开放政策表示吃惊的同事一遍遍地解释道。但这一切全都结束了！米洛恩科被收进了壁橱。他在"加尔夫"局整整二十四年廉正奉公的服务什么也没能改变。大笔一挥，克里姆林宫就把他降了职。没有被辞退，也没有申请退休（在六十五岁的年纪，他完全可以这么做），更没有被调去另一个部门，而是被降了职。不仅屈辱，还很是失势，因为新任的女局长，我们亲爱的拉丽萨·洛戈瓦娅其实就是他曾经的下属。

普京的政令发布于2016年4月4日。短短两天之后，我们便站在了这个装着头骨的盒子面前。拉丽萨·洛戈瓦娅并不算是偏执的人，为了让我们知难而退，她可谓费尽了心力。面对我们的来访，她从头到脚都写满了厌恶二字，生怕落得和米洛恩科一样的下场。于是乎，当我们要求把磁盘盒从里面拿出来时，小会议室里的气氛一下子紧张了起来。拉丽萨转向身边的两名同事，开始一小段秘密的谈话。尼古拉摇摇头，表示不赞同。金娜从纸箱底部抓起一张纸，推了推鼻梁上那副让她看起来奸诈狡猾的小眼镜，然后走近拉娜。

与此同时，女局长示意尼古拉自己并没有改变主意。他还有些怀疑，犹豫了片刻。随后，他违心地把细长的手臂伸进箱子里，小心翼翼地取出那个磁盘盒。

"你们得签一份现场访问单。写上日期、时间和你们的身份。"金娜向我们指出需要填表说明的地方。然后，拉娜便去一旁仔细地写了起来。在她填表的同时，我便准备上前，开始仔细查看那块头骨。这时，尼古拉过来干预。拦在我前面一边发出"嘘嘘"的恼人声音，一边指出我的错误。"请先填好现场访问单。"女局长坚持道。拉娜为我的笨拙表示歉意。"他是法国人，一个外国人，他不懂。"她笑着试图向他们解释，就像一个不安分的孩子那样有些手足无措。为什么要如此小心，为什么会有这样紧张的氛围？米洛恩科从小会议室开着的门前经过。我认出了他，之前查找希特勒档案的时候，我在好些报道中见到过他。他一个人走在过道上，身体有些沉重。他拖着沉重的身子走了过去，连看都没看我们一眼。他想必知道我们在做什么。之前，正是他负责出面会见记者。这块头骨，他可是了然于胸。当时是5点30分，他已经拿起了他的厚大衣，大舌帽遮住了他灰白的头发。他的一天结束了。拉丽萨的一天却还没有。"一切都应该按规矩办事。时代不同了，我们得谨慎些。"米洛恩科走出大楼的时候，女局长这样说道。"我们是得到中央政府的许可才让你们看头骨的，但是我们这儿也有我们的规矩要遵守。"听完，我们赶忙回答："明白了，这很正常，显然是该这样，完全没问题。"估计拉丽萨也不愿意从我们这儿再听到一些别的什么话了。这块头颅骨，或者说剩下的这些残片，重又变为不和睦的源泉，一个介于俄罗斯以及余下世界中相当一部分地区之间事执争端的源泉。这真是希特勒的吗？俄罗斯方面有没有说谎？关键的问题就在于这些残片的真实性，对此，拉丽萨并没有感到意外。她的回答只有短短的一句："我知道是真的！"金娜和尼古拉，她的下属，也是知道的。但我们不知道。"你们又怎么能如此肯定呢？"听完后，拉丽萨将自己精心准备好的回答一字不落地说给我们："这是苏联国家安全委员会和苏联最优秀的科学家们经过了多年调查、分析、文献查阅之后得出的结果，这块头骨确实是他的，是希特勒的。无论如何，从官方而言，这就是他的。"女局长第一次改变了讲话的措辞。肯定的态度略微有了裂隙。"官方"这个说法并非毫无意义。不是从科学意义上，而是"从官方而言"，这就是希特勒的头骨。

拉娜已经填完了现场访问单。尼古拉就像变戏法似的从我面前消失。终于，磁盘盒和这块头颅骨是我们的了。我们把脸凑近塑料盒盖，一张大大的贴纸，也就是磁盘商标，完完全全地遮住了我们的视线。就算我们把头拧成麻花从侧面去看，也无济于事。我抬手示意，询问是否可以将盒盖打开。钥匙,用钥匙打开行不行?我的手势似乎奏了效。尼古拉从口袋里掏出一把小钥匙,把锁打开了。随后他就又退回到我们的身后。但他并没有把盒盖掀起来。于是我又胡乱比画了一通。这次我做出了打开的手势,把盖子抬起来。我做了两遍,非常慢。拉丽萨眨了眨眼睛,尼古拉明白了,低声咕哝着了打开盒子。头骨终于真正展现在我们的眼前。

"加尔夫"局档案处所保管的头骨残块,由莫斯科方面鉴定为希特勒的头骨。

这可能就是希特勒的一块头骨。这块残片被紧凑地放置在一个毫不起眼的20世纪90年代的磁盘盒内。对于曾想要粉碎大部分欧洲并奴役成百万人的那个人来说,这是怎样的讽刺啊!希特勒曾一度担心自己会沦为粗鄙不堪的战利品,被放在莫斯科的橱窗里展示。这个人性之恶的化身甚至无权布置一番场面,好与他在当代历史中的重要地位相匹配。不知是有心还是无意,俄罗斯人把他安置在了档案局被遗忘的一角,当作一条狗的残骸来对待。尽管获得许可亲眼看到这块残片是如此之难,但这并非因为俄罗斯方面担心会破坏它的保存,或者造成什么质地上的损耗，更多是出于政治上的考量。谁都不能再对这块头骨加以检查，或者质疑它的真实性。这块头骨就是希特勒的，没什么好讲的。至少对俄罗斯人而言就是这样。

说实话，我感觉有一些失望。这难道就是俄罗斯档案局内部最机密的材料了吗：一块糟糕的头骨残片，还被放在一个磁盘盒里？要知道，这可能就是整个人类世界中最大的政治恶魔之一留下的最后一块残骸，想到这里，失望的情绪之外又加进了一丝憎恶。但我们要振作起来，回过头来想想我们为什么会出现在这里：揭开希特勒的最后时光的纱幔。为此，我们得好好提几个问题。这块头骨是在哪里发现的？是谁发现的？什么时候？如何证明它就是希特勒的头骨？我们想要知道所有这些答案。为了开始这一切，我们首先需要检测一下这块头骨。"检测？"在听到我和拉娜之间的英语对话后，拉丽萨大吃一惊。"是的，就是做一些测试……比如 DNA 检查。我们可以找一名专家来，一名法医学家……"拉娜仔细地把我们的请求翻译成俄语。女局长礼貌地听完了她的话，没从中打断。"这样的话，以后就不会再有什么疑问了。完全不会有。再也没有人会对这块头骨提出质疑。是不是希特勒的，这难道不重要吗？"这样也能对在纳粹暴行结束后产生的谣言做个了断。有人说希特勒在巴西，也有人说希特勒去了日本，还有人说他在南极……

柏林，1945年5月

希特勒，像一个传奇般的恶魔和萦绕心头的幽灵，激发出人们的各种奇思幻想。从1945年5月2日柏林沦陷后，一个问题就始终挥之不去：他真的死了吗，还是逃走了？据当时地堡中的幸存者回忆，他在1945年4月30日那天自杀身亡。随后便被焚烧，避免人们找到他的尸体。但恰恰就是因为尸体不见了，才无可避免地引发出一系列关于他是否活着的谣言。1945年5月8日，在苏联政府支持下，莱昂尼德·莱昂诺夫在《真理报》发表了一篇情绪激昂的文章："我们强烈希望能够看到纳粹元首没把自己变成狼人的真实证据。这样一来，全世界的小孩子都能静静地在他们的摇篮里安睡。苏联军队的想法也和其他西方盟国一样，活要见人，死要见尸。"[1] 于是，基调给了出来。只要没有看到尸体，希特勒的幽魂还是会继续扰人心安。此后，有越来越多的目击者称曾见过他本人。

在众多报道中，有一些内容是基于真实的事件。其中一篇像极了间谍片。故事发生于U-530号潜艇的一次航海旅行中（U表示"Unterseeboot"）。尽管德意志第三帝国已经覆灭，但这艘巨大的潜艇却拒绝归附同盟国，并于1945年7月10日抵靠阿根廷海岸，有人说上面还搭载着一批秘密乘客。

U-530号的船长是一名年纪很轻的军官，名叫奥托·京舍，仅有二十四岁。1945年1月10日，这个普通的海军中尉被任命为这艘海底

---

[1] 转引自《世界报》，1945年5月9日。

战艇的指挥官。在战争的最后一年里，参战的德国海军和整个德意志帝国的残余军队一样，因为缺乏久经沙场的指挥官而痛苦不堪。当然，奥托·京舍并不是个完全的新手，只是还没来得及证明自己的实力。他从1939年9月德国对波兰、法国和英国宣战时就加入了德国海军部队。当时他年仅十九岁，身形完全不像德军吹嘘的雅利安斗士那般壮硕。奥托·京舍更像文绉绉的学生，脸颊狭长，瘦高个子，眼神中还带着一丝童真。很快，他被派到了纳粹海底战艇U编队。训练一结束，他便走马上任，于1941年9月成为船舷观察岗上的一名军官。直到1945年1月全权掌管U-530号这样一艘多功能新型潜艇时，京舍还从未发过一次号令。交到他手中的这艘潜艇船身巨大，总长超过76米，能承载56人。艇中装备有鱼雷、水雷以及各类甲板炮筒，威慑力十足。只是这名年轻的指挥官没有时间去证实这一点。

1945年4月，U-530号被派遣到美国的公共海域执行任务，并在长岛南部的纽约海湾附近向盟军的军舰发射了九枚鱼雷。然而，这些攻击任务全部宣告失败，没有一枚鱼雷击中目标。京舍随后获知德国战败的消息，并接到总参部的投降命令。但他拒绝服从命令，决定逃往阿根廷。这是一个军事独裁的国家，即便在美方压迫下于1945年3月27日向德国宣战，阿根廷的领导层仍然对纳粹先驱敬仰不已。1945年7月10日，经历两个月的航程之后，U-530号最终在布宜诺斯艾利斯以南400公里处的马德普拉塔市靠岸。随后，京舍带着他的战舰和全体船员投降。很快，消息就传开了。同样让人疑惑的，还有阿道夫·希特勒和他的妻子埃娃·布劳恩是否也藏身这艘潜艇之中。除了与法西斯主义惺惺相惜之外，阿根廷还在巴塔哥尼亚收容了一小撮德国人，他们聚居在几个巴伐利亚风格的村子里。这一桩桩、一件件，都绝对算得上是希特勒流亡拉美大戏的最佳素材。

刚一靠岸，京舍就同时接受了阿根廷海军和美国海军两方面的问讯。

这名德国军官被怀疑在 7 月 10 日投降之前曾深夜停靠过其他小城市的岸边。那他是否趁机卸载过一些乘客或是什么文件呢？1945 年 7 月 14 日，一份备忘录经由驻布宜诺斯艾利斯的美国海军专员发送到华盛顿。其中恰恰提到，有一艘潜艇极可能靠岸卸下过两名身份不明的乘客。

阿根廷媒体方面同样抓住 U-530 号神秘的航行经历不放，一篇接一篇地撰文声称希特勒仍然存活于世。其中一篇 7 月 18 日刊登在《批评》杂志上的报道称，已证实德国独裁者在南极一处温度还能承受的地区找到了避难所。为了平息这些谣言，阿根廷外长塞萨尔·阿梅吉诺不得不以官方身份介入进来。文章出炉当天，他也发表了一篇官方说明以澄清事实。希特勒并没有被任何一艘德国潜艇卸放在阿根廷海岸。

但是美国联邦调查局仍然希望顺着南美一路的线索展开调查，特别是这家著名的美国情报机构自己也收到了一些令人瞠目的爆料。其中有一份材料来自罗伯特·狄龙，一个不知名的美国好莱坞演员。1945 年 8 月 14 日，他联系了美国联邦调查局，宣称自己遇到过一个可能参与帮助过希特勒逃亡美国的阿根廷人。又是潜艇那出大戏！相较上次，狄龙甚至描述得更为详尽。纳粹党军元首似乎和两名女子、一名医生和五十来名男子一同登上了岸，他们可能藏身于南部安第斯山脉中。希特勒患了哮喘和溃疡病，他的胡子也被剃掉了。经过美国特派调查组的核实后，狄龙的这个"爆炸新闻"也是没了下文。

于是，这类报告在美国联邦调查局的案桌上越垒越高。内容无外乎都是关于希特勒的，但也有一些提及其他纳粹分子出现在巴西、智利、玻利维亚和阿根廷的报道。并非所有的谣言都是空穴来风。二战结束后，纳粹分子外逃的情况是确确实实存在的。其中最著名的就是敖德萨秘密组织，这个组织多年间协助了大量德意志第三帝国的官员逃离欧洲。同样，阿根廷当年也为大量纳粹战犯提供了避难的居所，这当中不乏一些臭名昭著的人物，比如约瑟夫·门格勒（奥斯维辛集中营的医生，曾在囚犯身上实施野蛮的医学实验）、阿道夫·艾希曼（"最终解决方案"[1]的积极主谋）以及克劳斯·巴比（里昂盖世太保[2]的负责人）。但是阿道夫·希特勒本人却依然不见踪迹。

纳粹投降十年之后，1955年7月，德国法庭决定将希特勒的档案材料彻底封存。最终，由巴伐利亚一座仅七千常住人口的小城贝希特斯加登法庭受命接手调查。这是一个极具象征意味的选择：德国独裁者曾十分钟爱在这座小城驻足歇息，以取得片刻的宁静。他甚至还命人在此建了一处私人行馆，贝格霍夫。因此，这座外省法庭便被选来对这个纳粹暴君作出最后的司法裁决：死了还是活着。日子也是精心挑选，与苏联释放纳粹囚犯回归的时间刚好吻合。几名曾与希特勒一同在地堡中度过最后时光的关键证人出席庭审。这些希特勒的亲信在被苏联红军逮捕后，立即被秘密关入苏联监狱。他们的证言从未被公开过，也没有传达给西方盟军。德国司法部门获得的信息就更少了。然而就在1955年，莫斯科答应释放监狱中最后一批纳粹战犯。对于西德而言，这是一个需要付出代价的政治行为。作为交换，西德必须开始与苏联建立外交和经济关系。这些德意志第三帝国的高级官员一回国，德国司法部门便迅速对他们展开讯问。正因如此，才得出结论，认定阿道夫·希特勒和他的妻子埃娃·布劳恩是在1945年4月30日自杀的。

1956年10月25日，贝希特斯加登法庭官方宣布了希特勒夫妇的死亡事实。

---

[1] 即二战期间纳粹德国针对欧洲势力范围内的犹太人进行种族清除的系统化方案，于1942年初由纳粹党军多名高官参与通过和实施。——译者注
[2] 秘密国家警察（德语：Geheime Staatspolizei，缩写：GESTAPO），是纳粹德国时期的秘密警察。秘密国家警察由党卫队控制。它在成立之初是一个秘密警察组织，后加入大量党卫队人员，一起实施"最终解决方案"。——译者注

至此，德意志第三帝国元首的结局便能被写入全世界的历史教科书中了。美国联邦调查局方面也同样停止了调查。过去整整十年间，美国秘密机构在全世界各地都进行过暗访。听到希特勒被证实在地堡中自杀的消息，华盛顿也长出了一口气。然而，最根本的证据始终没有找到：尸体。在那个时代，没有任何物理事实可以证明他的死亡。

直到这块头骨的出现。

2000年初。距离1991年12月25日苏联解体已有八年之久。一个崭新的俄罗斯正试图在衰败多年的政权废墟上开始重建。超级大国的身份连同国旗上的镰刀和锤子全都消失不见了。叶利钦时代倡行的自由主义激潮打破了原有的平衡，让整个国家本就脆弱的社会经济陷入一片动荡不安。在全世界看来，这意味着拥有大规模核武器的苏联已成为过去。新俄罗斯不再让任何人感到害怕。俄罗斯人感受到了深深的挫败感。然而就在2000年，新的希望从克里姆林宫升起。一位新总统登上了权力的宝座。诚然，这位新总统年轻而有些畏怯，但他新官上任的第一把火便烧掉了叶利钦在位的那十年。他叫弗拉基米尔·普京，年仅四十七岁。这个前克格勃的中校军官心中只怀着一个想法：把自己所有的光辉倾注给国家，令它重新成为全球地缘政治角逐场的中心。他走的第一步，便是让人们意识到俄罗斯是个军事强国，以及当年是苏联赢得了反对希特勒的战争。

2000年4月27日，就在庆祝对德国纳粹战争胜利五十五周年前夜，莫斯科组织了一场大型的秘密档案展。这位俄罗斯新总统的意图在展题中一览无余："德意志第三帝国的灭亡——罪与罚"。确实见所未见。共计一百三十五份未公开的文件展现在公众面前。同样面世的，还有大量二战历史学家半个世纪以来梦寐以求想要获准查阅的珍贵资料。此外，还有一些被苏联秘密组织列为"绝密"级别的报告文件，包括照片和实物……一概是能够揭开希特勒在地堡最后时刻之真面目的材料。马丁·鲍曼，纳粹暴君的秘书兼亲信，所写的日记也被公之于众："4月28日周六：我们的帝国总理府就此化为废墟。世界局势千钧一发。……29日周日：柏林受到暴风雨般的炮火轰击。希特勒和埃娃·布劳恩结婚了。"还有一些戈培尔孩子们的照片、纳粹高官们的信函——其中包括纳粹政府建筑师、军备部部长阿尔贝特·施佩尔："希特勒转眼就变了脸色。他活脱脱地成了一个暴躁的火球，完全不再试图自控。"但整场展出最精彩的部分还不在于此——在一个特别展厅中。一篇来自《世界报》的报道对当时的场面进行了描述："在一间铺满红色天鹅绒的房间里，有一块烧焦的头颅骨，上面有一个弹孔，被摆放在一个玻璃展柜里。"[1]

这场展览在世界范围内获得了成功，所有西方的大媒体都蜂拥而至。俄罗斯政府的目的达到了，几乎是大获全胜。但很快，关于头颅骨真实性的疑问便冒了出来。媒体方面提出的问题让展览组织方很是尴尬。其中就包括塞尔吉·米洛恩科，正是我们在"加尔夫"局长长的走廊里遇到的那位米洛恩科。2000年，这位先生还没如此落寞，地位比现在要高得多。他就像沙皇一样管理着整个俄罗斯的档案库。记者和历史学家要纷纷举着满满的伏特加和类似的烈酒来恭迎，才能得到他的恩惠。尤其是获准接近从秘密存留物中发掘出来的这一小块头骨。展出当天，西方人的极度不信任将高傲的米洛恩科置于十分尴尬的境地。他怎么能够确证这块人类头骨的残骸就是希特勒的呢？这样的问题把档案局局长的耳朵都快磨破了。他口中的"毫无疑问"并不能打消大家心中的疑虑，这一点连他自己也心知肚明。阿列克谢·利特温，2000年这场展览的策划者之一，也承认："的确，我们没有进行DNA检测，但是所有目击者都认为这是希特勒的。"[2] 目击证人？没有确切无误的科学分析结果

---

[1] 《世界报》，2000年5月2日，阿加特·迪帕克。
[2] 《自由报》，2000年5月2日，伊莲娜·德斯皮-波波维奇。

吗？直到这时，米洛恩科才意识到，局势有可能已经失控，自己不得不再次面对希特勒是否已死亡的争论了。

但他没有退却，反而是更大胆地进了一步。一次新的专家检测？由外国科学家负责？完全没有问题！档案局局长并非对自己毫无信心。只是这个潘多拉之盒被他打开之后，就再也关不上了。

当然了，俄罗斯官方从来都没有授权批准这些分析检验。但是，米洛恩科的开口为人们带来了希望。于是，无论有没有官方授权，这块头骨都成了第二次世界大战最后需要突破的一个神秘关卡。

拉丽萨·洛戈瓦娅长期以来都是米洛恩科的副手。如今，这位新上任的"加尔夫"局女局长和她那位声名显赫的前任使用了同样的方法：永远都不和记者进行正面交锋。在这张长方形大桌子周围，我们四人站在那里，看着这头骨。拉娜、两名馆员金娜和尼古拉，还有我，都直勾勾地看着这些浅棕色的骨块。拉丽萨除外，她始终都坐在一张黑色的人造革扶手椅里。看着我们如此专注渴求的眼神，她似乎觉得十分好笑。我们希望进一步检测的愿望，也完全在她意料之中。正如十六年前米洛恩科所做的那样，如今也轮到她开口确认，对于头骨的分析是完全可行的。她甚至补充道，这些分析也是她梦寐以求的。"对我们而言，这将是一次很好的机会，"她一边这样强调，一边向我们投来今天见面以来的第一次微笑，"是的，这众盼所归。我们会在这方面给你们支持，放心吧。"金娜和尼古拉也在心中默然赞同。"这能让我们重建真相，也能结束这场糟糕的争论。那是几年前一个所谓的美国学者首先提出的疑问。"

拉丽萨忽然浮现的狡黠表情依旧难掩内心深处的嫌恶感。她的两个同事则是一脸紧绷的表情，仿佛有人从他们头上倒下一桶冰水。他们勉强地维持着些许风度。为什么会有这样的尴尬？女局长是否暗指2009年由一个美国学者团队进行的那些调查工作呢？当时这件事闹得很是轰动。尼克·贝兰托尼是美国康涅狄格州立大学的考古学教授，他宣称对头骨作了样本提取。这个头骨样本随后在他所供职大学的遗传学实验室进行分析，结果被播放在一个美国历史频道的电视纪录片节目当中。"骨质结构似乎非常细薄。"美国考古学家这样描述道，"男人的头骨会厚实得多，而连接头骨各个部分的骨缝更符合一个不到四十岁的人的人类特征。"贝兰托尼的做法给了俄罗斯官方毁灭性的一击。在DNA测试结果的佐证下，他还宣称这块保存在莫斯科的头骨可能是一个女人的，和希特勒完全没有关系。疑云再度集聚。那些阴谋论的论调和纳粹党军元首的逃亡说辞，在这些来自美国的科学揭示中找到了新的回响。

贝兰托尼的独家新闻立即引发了全世界的媒体关注。各路报道甚嚣尘上，简单来说就是：这么多年来，俄罗斯人在撒谎！对莫斯科而言，这是一次痛苦不堪的羞辱。但哪怕在今天，这些看似掷地有声的论据也还是说不过去。更何况"加尔夫"局的领导层方面声明，从未见到这个美国考古学家在局里现身，也从未允许任何人提取过头骨样品。金娜重新拿起拉娜填写好的现场访问单。在前几栏内容中，几个名字陈列在我们面前。那是极少数被准许亲眼看到头骨的访者。二十多年间，他们总共加起来不过十人。金娜把这个递给我们看，证明他们所说的确实无误。"所有看过这块头骨的记者和学者团队都签署过这份文件。你们看，这个美国人的名字并不在上面。他没有来过这里。"很奇怪，与我们相反，这个人的到访记录并不在登记册中。尼克·贝兰托尼也并未否认行政手续上的这一处异样。当我们通过电子邮件对他提出这一问题时，他只是简单地回答："我在俄罗斯档案局的所有手续都是由历史频道的制片人代办的。因此，我的名字没出现在这名单上也并不奇怪。应该是以历史频道或者是制片人的名字登记的。"这一说法被女局长一口否定。为了让事情更清楚，她给我们写了一封官方信函："我正式向您告知，"加尔夫"局从未与某一家电视台、贝兰托尼先生或其他任何个人达成协议，准许对希特勒的头骨残片进行 DNA 检测。"那么，这名美国考古学家是否未经准许就擅自行事呢？对于俄罗斯媒体而言，再没有其他可能了。整个事件闹成了人尽皆知的丑闻。康涅狄格州的考古学家站在了这一近乎意识形态层面的论战中心：西方对阵东方，资本主义政治集团对阵前共产主义政治集团。俄罗斯国家电视台 NTV（与俄罗斯当局十分接近）在 2010 年推出了一档完全以贝兰托尼闹剧为题材的节目。面对几位俄罗斯二战历史学家和其他一些亲身经历过那个时代战事的名人，这名美国学者试图让大家心平气和下来。节目开始，他担保说自己着手进行的工作完全合乎法理。"我们收到过俄罗斯档案局方面的官方准许，并以此草拟了一份合同，帮助开展我们的检测工作。"可如我们所见，他所说的这一切都被"加尔夫"局矢口否认。

让我们重新来梳理一下尼克·贝兰托尼在 NTV 采访中的讲述思路。主持人就他对头骨所作的一系列分析进行提问。"您曾决定介入这项工作，亲自提取头骨中的一些样本……"

贝兰托尼："不。我们没有这么做！

"……

"您知道，要在被烧毁的残留物上展开分析是多么困难。对遗传学家来说，在这样的材质中发掘信息当真是噩梦一场。从这残留物中提取一些具有性别特征的标记绝对非常有难度。不过我们还是成功得出了一个分析结果，我们发现其中包含女性的染色体。所以我们可以从中得出结论，你们保存的这块头骨是一个女人的。可能是埃娃·布劳恩，对此我们也不能肯定。"

在节目的演播台上，中间一位上了年纪的女嘉宾马上站出来反对。她叫利玛·马尔科娃。这位女演员在一些苏联电影中饰演过众多优秀角色，她的形象代表了斯大林体制下那种怀旧式忧愁。尽管已有八十五岁，她的言辞却不乏激烈："他怎么能够做到提取这些人骨样本的？要是这样，他现在不就是在向全世界宣称他是个小偷吗？！他应该进监狱，为自己的行为付出代价。"

贝兰托尼："我只是一名被邀请来对这头骨进行检测的科学家。"

利玛·马尔科娃："告诉我们是谁给您这些样本的？是档案局的人还是你们那个电视频道的负责人？"

总是有同样的问题被提出。贝兰托尼有些哑口无言了。他会不会当场就崩溃了？

贝兰托尼："我们确实得到授权检测和提取样本。这也是合同里有的内容。我还是要再强调一遍，在这个项目中我是以科学家的身份介入工作。如果你们想知道更多细节，可以去问电视台的负责人。"

七年过去了。轮到我们向尼克·贝兰托尼要求做一个解释，他是怎么得到这些头骨残片的。他毫不犹豫地回答我们："我们的团队被授权对头骨之外的一些被烧焦的骨头残片取样。我们没有损坏头骨本身或对之进行取样……我没有把这些骨头残片带回美国。它们是在我们回到学校进行分析时，由节目制作人呈交过来的。我猜想这些碎片应该出自官方人员之手。关于这一点，你们可以向历史频道确认。"

这正是我们所做的。

乔安娜·福尔歇负责制作尼克·贝兰托尼关于希特勒头骨的这档纪录片。她对我们的提问所给出的回答着实言简意赅："别人常向我提出这个问题，不过不幸的是，我不能把我们如何获准接近这块头骨的详情披露出来。"随后她又神秘地提示了一句作为结束，"我们当时获准进入的具体情况，无论如何也不会再有第二次了。"

离贝兰托尼和历史频道团队前来调查已过去七年，神秘始终笼罩着深受伤害的"加尔夫"局。

拉丽萨咬紧了牙关。她的怒火并不是冲我们来的。她的双眼死死盯着金娜和尼古拉。这是一起腐败事件吗？抑或是哪个档案局雇员拿了钱，才让这名美国学者有片刻时间和这个斯大林时代的"战利品"共处一室？"我们不知道发生过什么事，"女局长起身打断了我们，"但可以肯定的是，所有这些都是非法的，我们对这些分析结果也予以否认。"

　　我们的这次会面正在变得转瞬即逝。必须找到什么办法来延长它，向女局长证明我们的好意。我们同样想对这块头骨进行检测。谁能给我们许可权？最关键的问题，也是唯一重要的问题，拉娜在拉丽萨走出这间会议室时提了出来。没有回答。她没有陷入窘迫，而是跟随她进了走廊，毫不放过。她们相随到了秘书处，还差几米，女局长就该到办公室了。俄罗斯的礼节告诉我们不应在没有得到邀请的情况下擅闯。"我们应该怎样做呢？"拉娜以尽可能礼貌的方式重复地追问道，"必须通过您吗？还是通过总统办公室……？"有些恼怒的拉丽萨转过身来。"肯定不是我。"她这样发了话，然后继续说道："跟调查办公室商量看看吧！不管是调查尸体，还是尸体上的一部分，都算是一次刑事调查，得通过司法部门才能重新开展。"我们周围的灰色墙壁从没像此刻这样让我感到沮丧。刚要打开的大门又重新关上了。"我理解，这可能需要好几个月，但我会支持你们的请求。"拉丽萨感觉到了我们的倦怠和失落。她看上去似乎有些抱歉。"你们别担心。"她终于这样对我们说。"谢谢，谢谢。"拉娜连忙向她表示感谢，并示意我也照着她的样子做。女局长的神情重新放松下来："不过，要找谁来进行这些分析呢？你们可得找个科学方面无可指摘的人，但别找个美国人来。尤其不能是美国人。"

莫斯科，2016 年 10 月

无休止的叙利亚内战、就克里米亚半岛问题与乌克兰冲突不断，以及被指责在美国大选过程中横加干预……那么多的危机事件都与俄罗斯相关，又有那么多的理由使得普京政府开始自我反省，这也就可以解释为什么我们在国家档案馆的调查之旅显得如此困难重重。"时机不太好。"走在迷雾般复杂的俄罗斯政府，各个部门的人都对我们如是说道。到下个月，环境会更好些。但很快，暑假过去了，诸圣瞻礼节也过去了，整整六个月就这样过去了。三次从巴黎往返莫斯科，三次徒劳无功，毫无结果！拉丽萨依然坐在馆长的位置上，但对我们没有任何答复。她的秘书在我们中间近乎完美地设置了一道牢固的屏障。在拉娜小的时候，这个国家还被称作苏联。她非常理解俄罗斯当局作出的反应。"在我的同胞看来，西方就是想让我们变糟，然后把我们抛弃。"她向我解释道，"我们这次关于希特勒的调查并不是一件小事。这块头骨在俄罗斯是一个强有力的象征，代表着我们在二战期间所遭受的苦难、我们的抵抗和胜利。自从这块头骨面世以来，它的真实性时常被人质疑。这样的做法恰恰就是想从我们这里偷走苏联的一部分光荣过往。"

而当其中一个质疑来自一名在美国大学里任教的美国人，并且得到了一期美国电视纪录片的支持，对于俄罗斯人而言，这绝非偶然。一定是过去战时的美国盟友想要破坏稳定局面的企图。1945 年 5 月之后的七十年间，华盛顿和莫斯科始终没有停止争夺对于希特勒最终胜利的归属权。这也是为什么所有关于希特勒档案的调查在俄罗斯变得如此敏感，也如此复杂。"人性因素。"拉娜毫不松口。就像是神秘的护身符咒一样,她大声地重复着这两个词。"在我的国家,"她坚持道,"不能理智地行事,而要由着自己本能的引导,然后把对方的缺陷当为胜算的赌注。"所以,这就是人性因素。由于多次官方请求都没能得到结果,我们只能把希望寄于胆量之上。

考尔祖诺瓦大街,一个盘据在莫斯科瓦环路上的漂亮街区。那里正是"加尔夫"局——俄罗斯联邦国家档案馆的所在地。

屡次拜访过后,我们对安保部门的每周安排无比熟悉。周二是最好的选择。在这一天,负责门口警务安检的是一名态度还算热情的女军人。相比周一那个目光短浅的长胡子和周五那个头脑简单的大鼻子而言,她简直是天使。这位个子矮小的女军官每次都是一脸欢愉地坐在办公桌后面,不加阻拦地抬起栏杆放我们通行。在这个潮湿秋天里的周二,她亲切的态度从未改变。她猜到了我们的来意。"还是希特勒吧,对不对?""加尔夫"局里有谁不知道他?"这次你们准备去哪个部门?"她一边问一边在登记簿上确认我们的名字。"啊,金娜,你们要去见金娜·尼古拉耶芙娜·诺考托维奇?!我猜你们知道在哪儿能找到她……直走,在院子尽头的那栋楼后面……"拉娜替她把话说完:"……中间那扇门,四楼,然后左手边就是。"语气很是轻松。然而拉娜和我一定都不觉得轻松。因为这次来访注定不会轻松。

六个月前我们和"加尔夫"局女局长一起查看头骨时,金娜·诺考托维奇也在现场。她当时和另一名同事,那个面色苍白的尼古拉一起目睹整个场面。金娜一点儿都不显年纪。岁月的侵蚀无法在这个身材矮小而充满活力的女人身上留下任何痕迹。是不是档案局阴暗的厅室里掩藏着一种神奇的魔力,就像某种时间气泡?谁也说不准。仅仅是迈着步子走向她的办公室这一点,就让人感觉进入了一片逝去的过往岁月,苏维埃的乌托邦岁月。每爬上一层楼,时光就仿佛退回了十年。攀爬楼梯时，脚下磨损的台阶和两旁破旧的墙壁让我们更为强烈地感受到这种时间的魔力。到了四层平台时，我们俨然穿越了四十年，回到了勃列日涅夫主政的70年代。也正是"加尔夫"局特别宗档处负责人金娜·诺考托维奇一直以来生活着的时代。

  与这位卓越的"加尔夫"局政务员做一次面对面的交谈并不是突如其来的想法。我们在今年四月的初次见面实在缺乏热情。谨慎、寂静，甚至充满敌意，当时的金娜对我们的调查并未表现出任何明显的兴趣，至少我们是这么认为的。当时她的秘密还没被我们发现。直到不久前，10月末来访日的前一天。我和拉娜再一次查阅了"加尔夫"局总部保存的一些档案资料。一名年轻的档案管理员对我们如此频繁的到访感到惊讶不已。尽管羞于开口，她最终还是向我们询问了出现在这里的原因。为了希特勒的头骨、他的死，以及整个调查……当然还期待能对这些残骸进行分析。"头骨吗？那是金娜找到的。"头骨？！我们的反应是如此强烈，都吓到了年轻的档案管理员。无论如何，我们都必须了解到更多内情。所以，是金娜找到的头骨，那是怎么找到的？什么时候？在哪儿？"你们去问她好了……"我们的情报员一脸戒备，如是回复道。"瞧，她这不来了，你们直接问她就好了。"特别宗档处主管，我们的新朋友金娜，正因结束了过早开始的一整天而疲倦不已。就在这位上了年纪的档案馆员重新关上一扇厚重的安全门时——这是通往档案藏架的几扇门之———拉娜立刻上前，将她的"人性因素"理论付诸实践。失败了，金娜闭口不谈。我们还能从她这里获取什么呢？她没有时间，也不愿意。拉娜有些慌了神，完全找不到可以切入的角度，或是什么能抓住她的醒目话语。那虚荣心呢？这可能会奏效。"在所有关于希特勒头骨的文章里，大家都没有提到您，这是不是有些不太正常呢？"我让拉娜一个字一个字地翻译出来。她完成得非常好。不等金娜回答，我又继续说了下去："有人刚刚跟我们说，这块头骨的现世主要归功于您！您的发现是有历史意义的，也是非常关键的。应该让公众知道这件事。""是的，是的。"金娜一连回答了好几个"是的"，连连点头赞同。我们对话的走廊只有不到两平方米大，连接着三扇门和一部电梯。没有比这里更不适合说悄悄话了。"您想不想喝杯茶，找家咖啡馆，或者餐厅什么的？那样我们能更安静地交谈一下……"初入门道者的笨拙，以及对俄罗斯文化的无知，拉娜后来才向我指出所犯的这些错误。一个男人是不能邀请一位女士去喝一杯的，即使后者已经到了他祖母的年纪。在她办公室见个面？这倒是可以。明天呢？"为什么不呢，就明天吧。如果你们愿意的话。但我担心这是否真的会让你们感兴趣。"金娜忽然像个初中生一样露出些媚态。

如果一名职员的重要程度可以用办公室的面积来衡量的话，金娜可能只够得上"看厕所"这个职位，根本无法想象她是整个俄罗斯联邦国家档案馆特别宗档处的负责人。这位女士是犯了怎样的错误，才会身处这样一个狭小而局促的房间里？天花板开了一扇窄窄的小窗，连一个孩子也很难伸进头去。保守估计，她的办公室最多可以容纳三个人，否则空气就会变得无法呼吸。办公室的入口安置在楼梯处，但这里在其他楼层一般都是厕所。所以我们才会说她像个"看厕所"的阿姨。

金娜正坐在那儿，在阴暗的光线里忙碌着。我们的到来并没有扰乱她手头的工作。她一头浓密而造型怪异的长发不顾重力的因素，强有力地贴在她的头顶，没有一丝凌乱的发绺从她浓密的头发中分散出来。这是假发吗？金娜头也不抬，就向拉娜发话了。她提醒她自己的时间可是很宝贵的。作为回应，我们向她担保道，对此我们非常明白，我们也为打扰到她的工作而深感抱歉，这件事又是这么……拉娜从未对自己的措辞如此谨慎。金娜稍有些不悦地听她说完，随后终于决定抬起头来看我们。"我不记得我们有约见。就像昨天我和你们说的那样，我不知道我是否能帮到你们什么，而且我还有这么多文件需要处理分类。"这转变如此强烈。金娜似乎还精心打扮了一番，像是要去参加舞会一般。她的脸颊上有妆彩，嘴唇上也有。粉色的，还有些淡紫或亮蓝色。不论如何，很显眼。不，金娜没忘记我们。她在等着我们。长期以来，拉娜和我第一次感到有些放松。这次会谈应该能顺利进行。

西贡被攻破。越共的军队在经历了二十年的战争后终于取得了胜利。在1975年，共产主义占据了上风，红色的旗帜在各个大陆迎风飘扬。苏联以前所未有的优势称霸世界，与美国分庭抗礼。在莫斯科，食品匮乏的情况已经消失了许久，政治肃清运动也十分少见。对苏联人而言，未来终于变得有了光彩。列昂尼德·勃列日涅夫执掌国家十一年来，总是一张沉重的脸，虽然毫无执政天赋，却比斯大林温和许多。正是在这平静宁和的苏联，金娜·尼古拉耶芙娜·诺考托维奇在她三十五岁的年纪，发现自己的生活日复一日地被摇来晃去。"加尔夫"局当时还不存在。所有国家行政方面（不言而喻，因为在当时，苏联不存在私营部门）都被滑稽地穿上了一件"苏联共融"的外衣。金娜供职的行政部门也不例外，十分谦逊地被称为"国家十月革命和社会主义建设中央档案局"。那是四十一年前，在另一个时代、另一个国家、另一个政权体制下。

金娜在说每句话时都不由自主地抿一抿嘴唇。她的双眼一动不动地盯在一个想象的点上，将她带离了当前的时刻，带离了这个迷你办公室和二十一世纪新资本主义体制下的莫斯科。她静默了好一会儿。随后开始了她的讲述。"那是在1975年，我刚刚被任命为档案局'机密'部主管。这个职位和其他任何一个都不同，接手的都是一些关于我们国家的历史，也就是苏联历史的机密文件。在那个时候，国家运转得非常完善，我们并不缺乏素质优秀的人员。按照惯例，应该由我的上一任来跟我沟通一些基本信息，帮助我顺利交接工作。但奇怪的是，从来没有进行过这个环节。"前任主管就像消失了一样，一走了之，毫无踪影。就好像这个人从来没存在过一样。如今就连他的名字，金娜也想不起来了。他是发生了什么事吗？是突然调到了另一个部门吗？遭遇了一次事故，还是生了很严重的病？金娜从来都不清楚，也从没问过。在斯大林时期的苏联，有人凭空消失是家常便饭的事情，关于他的记忆会就此在群体中被抹去，而出于生存的本能，周围的人也不会对此妄加猜疑。在那个70年代的中期，金娜并不打算扮演女英雄的角色，她的前任主管既然找不到，那也只能算了。没有了他，自己也总能找到解决办法的。

"我当时是迫不及待地想了解自己负责的是哪些类型的档案。我记得，当时进入新办公室的时候，我在那儿找到好几个保险柜。钥匙是安保部门交给我的，这样我就能打开它们了。"直至今日，这些巨大的保险柜依旧完好无损地摆放在"加尔夫"局的众多房间内。它们隐藏着些什么呢？但所有我们提出想了解它们的请求都没有得到回复。或许它们仅仅是些空箱子而已，它们待在那儿只是因为搬起来太重了。1975年，金娜的保险柜真的派上了用场。"里面有很多文件，也有一些物品。最让人吃惊的是，这些物品一件都没有清查过。没有任何编码、记录号，也没有被分类。换句话说，它们就是不存在。"换作其他人，当时可能会很快把所有这些都放回保险柜里，然后把这件事情抛之脑后。而金娜没有。"我就是很好奇，一点儿都不害怕。为什么会觉得害怕呢？我没有做任何违禁的事。我找来一个女同事协助我，我们两个就开始清点这处宝库。一些物品被包在布里，有的大，有的小。当我把最小的一个打开时，两个人都被吓到了。那是一块人类的头骨。"

她的讲述被一阵奇怪的金属声打断了。声音朝着金娜办公室的方向靠近。是尼古拉。他推着手推车进来了。正是那个肤色苍白、在查看头骨时吹毛求疵的尼古拉·伏拉迪米尔塞夫。还差"加尔夫"局的女局长，我们就又齐全了。金娜并不惊讶。她站起身，让我们跟着她走。余下的交谈是在我们半年前看到头骨的那间一楼会议室里进行的。没有一丝问好的意思，也没有为打断我们的会面而道歉，尼古拉推着他那滑稽的小车又跟了上来。推车轮盘撞击着方砖地面，声音回响在整个沉寂的过道中，听着就像是一台运转着的可怕机器。到了那个有着长方形大桌的会议室，金娜找了个位子坐下，让我们也坐下。尼古拉把小车停放在一个角落，然后从中取出一些极其陈旧的文件，还有一大块厚棉呢布。整个场面悄无声息地进行着。金娜用手势指引她的同事，告诉他应该把这一堆杂物放在什么位置。文档放在桌子尽头，旧呢布就放在我们面前。"喏……我找到的所有东西都在这儿了。"金娜告诉我们这个的时候，她的同事动作流畅而优雅地将呢布打开，露出了……一部分桌脚。"可以靠近些看。你们有这个权利。"尼古拉恢复了话语能力，甚至过于啰嗦。"这是另一个能证实阿道夫·希特勒死亡的证据，这是他扶手沙发

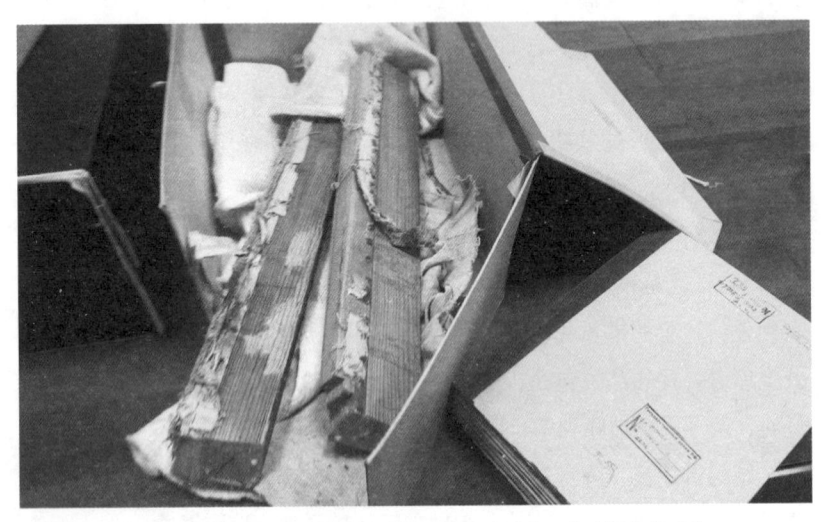

希特勒所用扶手沙发的木结构零块，上面显现着一些暗黑色的痕印。这是不是希特勒的血迹呢？

木结构上残留的血迹。"

拉丽萨，"加尔夫"局的女局长，是否知道我们正在和如此有价值的历史物件共处一室？这都是她安排的吗？不是才怪呢。没什么事情能在不经过她准许的情况下被决定。尤其是在那个美国考古学家令人疑惑的桥段之后。我这次没让拉娜亮出她"人性因素"的招牌，而是直接向我们的两位朋友，金娜和尼古拉，展开了新一轮的提问。"除了头骨之外，确实还有些木头零件，"她证实道，"一开始把这些箱子从保险柜里拿出来的时候，我们根本不知道到底会是些什么东西。整理它们的过程中，我们发现了一张纸，上面写着：'这是一块阿道夫·希特勒的头骨。应该被转送到国家档案局'。就这样，我们不知不觉中推动了1945年以来最大的神秘事件之一的进展。"

对秘密的崇敬、对信息封锁的严密看管，以及对违背以上两条的情况施以惩戒，长期以来金娜的职业生涯可以这样简单地概括出来。尽管这名档案员当时并未供职于苏联国家安全委员会，但她举止间俨然就是一副女间谍的做派。并非出于兴趣，而是义务使然。苏联档案局的工作人员都会根据他们的等级和职能接受当局方面的监察。原因很简单，因为他们进入到了整个体制的中心：这里藏着各种不可告人的机密……谁管控这些档案材料，谁就可以将官方认定的历史重写，弹指之间，就能让锻造这段历史的传奇人物土崩瓦解。与其他众多国家不同，面对这样一个继续锁闭过往种种的俄罗斯，我们又怎会感到吃惊呢？如今，查阅档案资料的规定还是很基本的：一边是向公众开放的文档，另一边则是一些可能触及国家高层利益的材料。这一部分档案属于"保密"级别，没有高层授权是不能查阅的。或许也可以说，它们几乎永远无法被查阅。而俄罗斯国家档案的问题，就是它们全部都被归类在"保密"级别。

作为一名普通的档案管理员，金娜不得不接受这种被人遗忘甚至对未来毫无感知的生活。至少在1991年末苏联政府垮台之前都是这样。"苏联，那是另一个时代，另一种规范。"她说着撇了撇嘴，这是不满，还是一种怀念？"1975年，生活还不像今天这样。我是说心态方面，当然还有物质方面，一切一切……我们的工作中总是有很多规范需要遵守。还有很多'国防机密'层面的东西……"这些规范中极其重要的一条就是，要对所有人都加以防备。同事、邻居，以及自己的家人。并且在向上级汇报时要尽量少些颠覆性质的内容。在档案局尽头的一个箱子里找到藏起来的希特勒头骨，这算不算颠覆性质呢？潜在意义上来说是这样的。发现这个之后，金娜再也无法后退。她得向上级呈报这件事。但很快，她发现部门中似乎根本没人听说过这块头骨。"我想应该只有我的前任主管知道这东西放在那儿。但是因为这人都失踪了，我始终没能对这件事有个确切的答案。"就这样了吗？金娜重新找出了希特勒的头骨，然后故事就此住了吗？她没有得到任何嘉奖吗？加官晋爵，或是在一个荣誉市民专属街区拥有一座更大的公寓？"这些完全都没有。局长要求我对此闭口不谈。你们不会明白，你们两个都太年轻了。拉娜，您确实是俄罗斯人吗？您经历过苏维埃的体制，不是吗？"

　　拉娜什么都没忘记。苏联，她常常会动情地谈论起它，就像人们回想起久远的童年时代一样。列昂尼德·勃列日涅夫当时也发胖变老了。拉娜出生的时候还是他在执政。那是1978年，在金娜意外发现头骨之后几年而已。"当时的风气着实十分特别，"年迈的档案员继续说道，"非常特别。一条发现头骨的消息，如果当事人不懂得保密的话，就可能会要了他的命。希特勒和他的头骨仍被列为'顶级机密'级别。这么多年里，我始终没有违背保持沉默的义务。"尼古拉在我们面前摆放了一本相册。显然，这位女同事的故事，他应该早已烂熟于心，不以为然了。在相册里，许多张黑白照片被小心翼翼地粘着，边上用黑色墨水笔画了方框线。每张照片旁都注了或长或短的一段文字，仔细地手写而成。

1946年苏联就希特勒死亡作出的调查照片集。
此处显示的是纳粹元首藏身地堡的安全出口。

拉娜向我翻译着照片旁的文字。"新帝国总理府入口……总理府花园……地堡入口……"我们手中拿着的就是关于希特勒死亡调查的照片报告，时间是1946年5月。一切都有了，地堡外围的景象、内部的景象，特别是犯罪现场，或者说是他自杀的现场。但是没有尸体。在照片中，据传希特勒临死前躺着的长沙发上面堆满了他的衣物。

正面、侧面、下面，没有一个角度被忽略。那几个扶手特别引起了调查方面的注意。于是，自然而然地，一些深色的痕印清楚地从长沙发的右边凸现出来。随后一页又陆续贴上了一些单独拍摄的沙发扶手零件照片。旁注中详细地写道："沙发零件，上有血迹。这些被专门拆解下来的零件将作为确凿物证。"照片中扶手的形状和尺寸大小都与尼古拉带来的那些木头零块完全相同。"就是同样的东西，"金娜向我们确认，"苏联情报部门把它们从沙发上拆下来，好带回莫斯科。他们期望能对血液痕迹进行检测，以证实这的确属于希特勒。"

尼古拉抓起其中一块木头，给我们指出了1946年5月苏联科学家进行血液采样的位置。显然，这名档案员没有戴无菌手套。他知不知道这样做会毁掉一些可能存留的DNA痕迹？然而，我们示意他当心的时候他似乎并没有明白。1946年血液检验的结果怎样？"是A型血。"金娜回答。这在德国人中（将近百分之四十）是非常常见的一种血型，尤其按照纳粹的教条来说，这是确实属于"雅利安种"的血液。当然，希特勒也是这种血型。

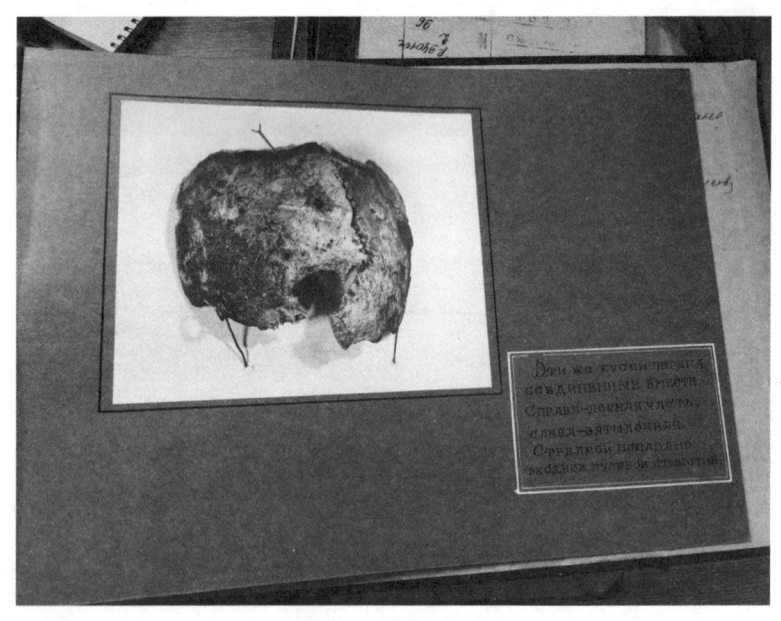

认定属于希特勒的头骨残块照片。
照片中调查人员用一个箭头指示出一个开孔，可能是由于枪支射击造成。

相册最后几页呈现了这块头骨的细节。就是认定属于希特勒的那块,也是我们在这间会议室有幸观摩片刻的那块头骨。在其中一张照片上,一个红色的箭头指向头骨上的一个开孔。

据苏联情报部门推测,这应当是某种武器射击的结果。如果这块头骨属于纳粹独裁者,那么他就是当头挨了一枪。这在1975年简直是亵渎信仰的一种推测。对金娜而言,这恰恰又是极其危险的一件事。直到苏维埃政权垮台,莫斯科对此也未松口。希特勒是服毒自尽的,在苏联领导人看来这是懦弱者的做法。可一旦这块挨过子弹的头骨被公开,由约瑟夫·斯大林确认的这个版本就无法自圆其说了。

于是,金娜不得不与这个秘密一起生活了好几个十年。她无权到外国旅行,必须接受当局的监视,还不能更换工作。她就这样在同一个部门待了整整四十年,在一堆落满尘埃、无人查阅的文件中逐渐衰老。"我们部门叫作'秘密档案部',"她接着说道,"那时我们在这儿只保存一些机密文档。任何内容都不可能被撤销密级。部门里的任何职员都不得提及他所做的任何事。即使是在员工之间,我们也不谈论手头上正在负责的文件。从一层楼到另一层,没有任何交流可言。"自始至终,这位七十来岁、身体硬朗的女士,一直都在以同样的严谨继续着自己的任务。但长久以来,欲望和愉悦都已弃她于不顾。对于国家出台的一些新规定,她也不再能很好地理解了。怎么给文件解密?如何重新规定密级?哪些文件可以查阅?对于这些问题,她也着实弄不清楚了。"我头一次能够自由地谈论这块头骨是在20世纪90年代初。我的上级一下子就把我们的所有门户都开放给研究者了。起初是一些历史学者,然后很快,记者也都来了。很多记者。于是,一切变得复杂起来。"1993年2月19日刊发在俄罗斯日报《新消息报》上的一篇文章引发了这一次危机。"我手中拿着的是希特勒的头骨残块,"女记者艾拉·迈西莫娃当时这样写道,"它们被极其机密地保存在一个纸板盒子里,上面贴着'钢笔蓝墨水'的标签，旁边还有一些从地堡中取出的沙发椅零件，上面带有血迹。"她是首位做独家报道的记者。消息立即在全世界范围内传开来。那么多年以来，听到的都是传闻，称"克格勃"没有毁掉纳粹元首的尸体，而是把它秘密藏在莫斯科的某个地方。而这会儿，一家全国性报纸确认传闻有一部分是真的。但是头骨不会是假的吗？这不是俄罗斯人一向拿手的伎俩之一吗？西方历史学者立即齐声反驳。他们确证说，所有这些都是不可能的。希特勒的头骨？无稽之谈！

另一方面，外国媒体也激动了。他们想要看看。此时的俄罗斯，是钱支配着各种规则。一切都能买到，一切都能卖出，一切都有一个价格，所以也包括希特勒的头骨吗？有些人声称确实如此。当时，德国杂志《明镜周刊》的特派记者告诉外界，自己可以用一笔数量可观的钱款换得接触骨骸和六份希特勒临终目击证人的调查报告时，局面立刻变得紧张起来。还不是用卢布付的款。俄罗斯人可能表现得过于贪婪了，《明镜周刊》选择从这桩高价生意中退出。"他们要价的一半我们都给不了。"当时驻莫斯科的德国特派记者这么解释。"这些文章让我们背负了很多压力，"金娜接着说，"那些记者说我们一开始不愿意展示头骨并且开价收费，这并不属实。就是为了证明这个，我们才决定要在2000年举办一场关于战争结束的大型展览，并在其中展示希特勒的遗体残骸。"如我们所知，展览十分成功。很快，又有了一些关于头骨真伪的新谣言产生，于是俄罗斯当局决定将这件物品重新放回那个方形盒子里去，不再让记者们接近它。

"当然了，所有人都希望知道这是否真的是希特勒的头骨。"尼古拉始终无法掩饰他脸上轻微的愤恼神情。"你们想要研究这个头骨，进行分析，为什么不呢？要我看，我知道这就是他的。我知道希特勒是怎么自杀的。所有的调查文档我都看过。从1945年以及调查正式开始那会儿，一切都清晰明了。但如果你们想要重新调查的话，那就去做吧。"这是不是我们多次请求之后得到的最终答复呢？这个奇怪的档案员是在向我们转达女局长的意思吗？"我们能对头骨进行一些检测吗？确定可以吗？"金娜和尼古拉面面相觑。他们犹豫着没有说话。"我们的任务是把这些档案材料在尽可能良好的条件下保存完善，好让后代能够查阅它们。我们不负责进行科学检查什么的。"尼古拉没有回答得很清楚。拉娜尽可能礼貌地向他指出这一点。他再度用同样单调而纤细的声音说："所有这些问题都与我们无关。"微笑，始终保持微笑。即便这次笑得没那么自然。金娜，按照她的年龄和资历来说，我们是可以从她口中得到准确的回答。"我猜想这是可能的。是的。"她最终承认。什么时候、怎样检测、谁来进行？有这么多细节需要确定，这么多要点需要澄清。我们很快会带一位专家过来。是我们选定的他。他也知情。"他的名字呢？"尼古拉问道。"你们知道他，我们在邮件来函中全都解释过。他叫菲利普·沙利耶。一个法国人。他是法理医药学方面的博士，在法国有职业资格。你们一定认识他，亨利四世的头骨鉴定就是他做的。"

我们得到了许可。拉娜和两名档案员再次确认了他们刚才向我们宣布的决定。这时，我迫不及待地开始查看尼古拉随身带来的那些文档资料。那是苏联秘密机构做出的关于希特勒死亡的报告，我被允许将它们拍摄成照片资料。"所有这些都能拍？"我问道。尼古拉给了我肯定的回答。我便大大方方地把所有这些都拍了下来。金娜斜眼瞪着我。我感觉到她有些恼了。一个外国人毫无拘束地拍摄着她这些如此珍贵的文档，她可没办法对此忍气吞声。她在我身旁走来走去，嘴里嘀咕着几个俄语单词。我完全不明所以，这也并不妨碍我。她重复着一样的话。我还是继续。突然，她发怒了，叫来了还在和尼古拉谈话的拉娜。她对我的同事急切地说着什么，一边用手指指向我。拉娜向我转过身，略微有些慌了神："你得停下来。你只有权拍下十张照片。不能再多了！"我作出什么都没听到的表情，然后继续拍。金娜立刻朝拉娜吼开了。为什么是十张？我试图争取些时间，装作吃惊的样子。尼古拉刚才分明说我不受到任何限制。"就是这样的，"拉娜回答说，"她认为十张已经不错了。"又怎能责怪这位亲爱的金娜呢？她把自己整个职业生涯都贡献在保存这些秘密文档上。四十年里保护它们免受那些冒失目光的探查，这是无法抹去的。我能想象她体会到的震惊，一个法国人，一个资本主义者，在她眼皮底下抢掠她职业生涯中的宝藏。她的反应太迟了些，我已经完成了。一切都被拍成了照片。希特勒的文档现在就存在我的小手机里。好几百页的内容需要翻译和消化。这可不是一件容易事。

巴黎，2016年10月至11月

第一批在"加尔夫"局总部拍下的照片材料的翻译很快就完成了。拉娜在创造着奇迹。她一般会在每天晚上结束一天工作之后把译稿发送给我。除了这项关于希特勒的调查，她还继续着俄罗斯媒体的发稿工作。我已经回到法国，把翻译好的文章按照主题和日期分了类。一部分内容十分隐晦，官腔浓重的句子当中充斥着大量不认识的人名和不明所以的首字母缩写。俄罗斯的调查员似乎对诗意和美感不屑一顾，工作内容只需具备效率和精确即可。这是我最先收到的其中一份文件：

绝密
致斯大林同志
致莫洛托夫同志
1945年6月16日，苏联人民内务委员部在702/b号文件中向您和斯大林同志呈交了从柏林谢罗夫同志处收到的公文副本，文件为希特勒和戈培尔部分随从部下的审讯内容，主要包括对希特勒和戈培尔在柏林最后时光的情况汇报。其余的文件副本为对希特勒和戈培尔夫妇尸体法医检测报告的描述和证明。

内容清晰明了：既不缺少那些显赫的、具有历史意义的名字，如斯大林、希特勒和戈培尔；也不缺少人民内务委员部（NKVD）和苏联（USSR）的缩写。而这只是一个开始。其他同样令人震撼的名字和缩写，像是从一段被诅咒的过去中突然跳出来的幽灵，马上就要在持续几个月的调查中反复纠缠拉娜和我了。比如德国的希姆莱、党卫军、戈林、德意志第三帝国……以及苏联的贝利亚、莫洛托夫、苏联红军、朱可夫……

除了这些报告，我们还收集了一系列带有注解的照片和一些素描图画，其中包括希特勒的地堡。图画是由一些党卫军俘虏在苏联特别机构的要求下用铅笔画成。这些党卫军俘虏都是纳粹元首最贴身的圈子成员。这么做是为了弄清楚纳粹敌军如何在自己的防空掩体里安排生活。一切坐标都被精确地标记出来。纳粹独裁者的卧室、埃娃·布劳恩的卧室和浴室、会议室、厕所……

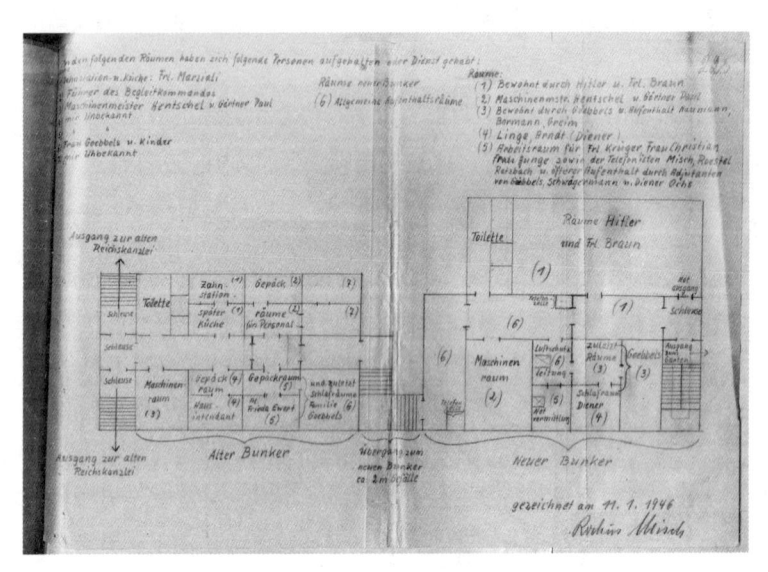

纳粹元首地堡的地图，党卫军俘虏罗胡斯·米施在苏联调查人员的要求下画制而成。（"加尔夫"局档案）

在"加尔夫"局收集的众多材料中有十几页的德语内容。这是一部分纳粹罪犯的审讯内容，直接用德语手写转录的。苏联红军的打字机通常会配备西里尔字母。幸运的是，苏联翻译员的字迹还是很容易辨认的。除非遇到极端特别的情况，比如拼写的字母长得像苍蝇腿，又或是有数不清的删改痕迹。这些挑战分辨极限的书写令我请来的德法翻译十分头痛。第一个最终放弃，第二个则要求我以后有类似的工作千万不要找他。不过，他们的竭力译解也并非徒劳无功：多亏他们，我才能够将这一块拼图成功地放进俄罗斯档案构成的希特勒之谜当中。这篇"苍蝇腿"是名叫埃里克·林斯的审讯报告。林斯特别提到上级要求他转达元首去世消息的时间："我们发的最后一封无线电报是4月30日下午将近5点15分。传令的官员为了让我们立即了解消息内容，这么对我说道，这条电报的开头就写：'元首已去世！'"

如果林斯说的是真的，那这就暗示着，德国独裁者的死是在1945年4月30日下午5点15分之前发生的。但是他难道没有向苏联调查人员撒谎吗？苏联方面还是假定他没有说真话。对于一名称职的间谍来说，怀疑是一切工作的基础。这会让他们在任何情况下都能获得一定的帮助，从而一步步坚定自己内心的想法。于是，要怀疑敌人，怀疑他们所说的话，包括酷刑之下得到的证词。然而，这种习惯性的态度却扰乱了调查的进展，并且或多或少地影响了我的工作。我眼前这些文章涉及近十二个月，一直到1946年年中。就这样，在1945年5月2日柏林沦陷近一年之后，负责希特勒档案的那些官员始终都没能让他们的调查取得最终结果。于是，他们向苏联内政部部长申请延缓调查时限，同时还要求从苏联监狱向柏林押送一部分德国战犯。希望可以重新勾勒出希特勒生命最后时刻的一些现场状况。

1946年4月10日　　　　　　　　　　　　　　　　　　　　绝密

致苏维埃社会主义共和国联盟，谢尔盖·克鲁格洛夫同志

在关于希特勒于1945年4月30日失踪的情况调查人员中，目前布提尔卡（莫斯科，作者注）监狱里关押有：……

接着是一张长长的纳粹犯人名单，随后文件中继续写道：

在对这些人员审讯的过程中，除了我们指出的一些关于希特勒自杀版本相互矛盾的地方，还有一些揭露出来的事实需要留待现场进行细节确认。

就此，我们认为应当进行如下安排：

将所有牵涉该事件的被捕人员押送柏林。

……

给执行团队下令在一个月期限内调查希特勒失踪的所有周边情况，并向苏联内政部递交报告。

指派波切科夫中将负责安排犯人的押解护送工作，并在到达布列斯特市（今位于白俄罗斯，作者注）之前为押解犯人提供特用车厢。从布列斯特到柏林的犯人押解护送，将由柏林方面的执行人员完成。

关于对事件物证和发生地点的研究，须由向柏林方面派遣的苏联内政部守卫队总部认可且具备资质的犯罪学家奥斯波夫同志进行。

信函最后由两位驻柏林的苏联将军落笔签署。

1946年4月。为什么关于希特勒的调查持续了这么久的时间？在地堡究竟发生了什么？苏联人花费如此一番心力寻找这个错过的真相。只是，比起其他任何一支盟军队伍（美国人、英国人，还有法国人）更甚的是，苏联军队在柏林沦陷时在希特勒的地堡中逮捕了数百名直接证人。这些目击者都受到了看守狱卒的粗鲁对待。这种渴望解开谜团的力度，我在大量的报告和审讯材料中都或多或少地察觉到。无休止地重复同样的问题和同样的威胁。为什么就不能接受面前的现实呢？为什么斯大林和他的拥戴者不承认这些囚犯是真诚的？我倒是真把自己当作一个糟糕的苏联秘密警察了。这种僵持不下的局面可以从希特勒的两个亲信的审讯中一览无余。

第一个名叫汉斯·霍夫贝克，是名士官；另一个叫奥托·京舍，是名党卫军军官。

对霍夫贝克的提问：当时你在哪里，1945年4月30日你又做了些什么？也就是你们所说的希特勒自尽的那天？

霍夫贝克的回答：1945年4月30日，国务委员霍格勒长官指派我担任一个九人组队伍的队长，在地堡的安全通道岗执行任务。

对霍夫贝克的提问：你当时看见了什么？

霍夫贝克的回答：将近下午2点，或者更晚些时候，我走近时看到好几个人……他们带着一些很沉的东西，全都用布包裹着。我立即想到是阿道夫·希特勒自尽了，因为我看到盖布的一侧露出黑色的裤子和一双黑鞋。……随后，京舍喊道："所有人都到外面！他们留下！"我不能确认是不是京舍抬着第二具尸体。另外三名队员迅速跑开，我留在了门旁边，在距离安全出口大约一到两米的地方看到两具尸体。其中一具，我看到黑色的裤子和一双黑鞋，另一具（右边的那具），看到蓝色长裙、一双袜子以及深棕色的鞋子，但我也不能完全确定。……尸体上被京舍浇洒上汽油，有人从安全出口给他拿了火来。最后的告别持续了很短暂的时间，顶多就五到十分钟而已，因为当时有一阵猛烈的炮击。……

对京舍的提问：你对霍夫贝克的证词怎么看？

京舍的回答：不是将近下午2点，而是在4点刚过一会儿，当时尸体正经由安全出口运出地堡。……我没有帮助运送阿道夫·希特勒的尸体，但我随后就和希特勒夫人的尸体一起穿过安全出口到了外面。阿道夫·希特勒的尸体是被我在之前庭审时提到的那些人抬出去的……

对霍夫贝克的提问：你对刚才听到的京舍的证词有什么要反驳的吗？

霍夫贝克的回答：我对刚才听到的京舍的证词没什么要反驳的。……我应当说，我之前的证词可能会包含一些不准确的地方，要知道这些出乎意料的事件确实让我感到有些张皇无措。

证词的不准确可把调查员们折磨苦了。囚犯们是故意这样做的吗？极其可能就是如此。千万不要忘记，对于这些纳粹分子来说，共产党人可是极恶的典范（仅次于犹太人，当然这是希特勒主义的观点）。抵抗、撒谎和扭曲事实对于这些狂热的纳粹分子而言，似乎就是自然而然的事。无论怎样，他们那些充满矛盾的回答，使构建希特勒地堡坍塌之前发生了什么变得困难。

拉娜和我曾一度认为，对于解开这个二战的终极谜团有着十足的把握。但事实证明，这的确是个美丽的错误。即使是在最坏的打算里，我们也没想到这样的一个调查涉及的问题是如此繁杂。很快我们就会发现，在"加尔夫"局档案馆调阅档案并非最难攻克的一环。我们的自信和乐观很快就被冲洗一空。正是金娜，"加尔夫"局特别宗档处的负责人，让我们变得焦虑不安。

让我们重新回到2016年诸圣瞻礼节在俄罗斯联邦国家档案馆高墙内的那次见面。拉娜和我正最后一次感谢金娜和尼古拉在接待过程中表现出的耐心。当时小推车里堆满了长沙发的木头零件和关于希特勒的档案材料。会面以达成协商圆满结束。"我们成功了，我们拿到了所有关于纳粹元首失踪的档案材料，这绝对是史无前例！"拉娜表现得非常激动，我由着她去了。然而，金娜似乎无动于衷。尼古拉则是推着小车，一言不发地离开了。能听到小推车在走廊里发出同样欢快的震响。"你们并没有全都拿到。"金娜突然说道，满脸歉意，打破了我们高涨的情绪。还有什么没有拿到？"希特勒其他的头骨在俄罗斯的其他地方？"我难以置信地问道。"这倒是很有可能……"金娜似乎不方便直截了当地回答我们。"实际上，是的。"她终于承认。"但是你们看不到它们。"我们面前的一切都坍塌了。总是不断轻咬嘴唇、躲避我们目光的金娜感到不太自在。拉娜开始尽可能温柔地和她说话，仿佛是要抚平她的情绪。告诉她这没什么，但是需要向我们把一切解释清楚。

有一个好消息和一个坏消息。你想先听哪一个？拉娜让我选择。我们离开了"加尔夫"局，上了辆出租车准备回旅馆。就先听坏消息吧。"苏联方面关于希特勒死亡的档案材料并不全在'加尔夫'局，有一部分存放在俄罗斯联邦安全局中央档案馆。"沉默……是不是还会有更坏的消息呢？不确定。反正它的名字缩写是 FSB，也就是俄罗斯的秘密情报部门。这个联邦安全局在 1995 年建立。从某种程度上说，它是"克格勃"（KGB，苏联国家安全委员会）的延续，后者在 1991 年 8 月米哈伊尔·戈尔巴乔夫企图政变后于同年 10 月 11 日解散。联邦安全局的行事方法从根本上而言并未与那个有着光辉业绩的前身有很大不同，基本都诉诸操纵和暴力的手段。试想，如果进入"加尔夫"局对我们来说都很困难的话，遑论进入联邦安全局中央档案馆？拉娜无奈地笑了笑，我们的调查再次陷入令人绝望的境地。"还有一件事你需要知道，"她一边神经质地呃了一下，一边继续说，"金娜还告诉我说，我们还得挖一挖军事档案馆（RGVA）那边的材料。但是话说回来，她可以确定的是，别指望"加尔夫"局能对我们有任何帮助。联邦安全局、军事档案馆和"加尔夫"局之间的关系可不怎么样。我们得自己想办法搞定了。"

出租车的计价器一点点地计算着我们行程所花费的卢布数量。对司机来说似乎一切都很简单。乘客、地址、好用的全球卫星定位系统，然后就可以上路了。完全是我们调查进程的反面。"你就不想听一下好消息吗？金娜那边的好消息……"拉娜从我身上感受到一股倦怠。持续一年多的西西弗斯式寻访逐渐吸干了我的热情。"金娜要我放心，她很喜欢我们，并且会给我们支持，让头骨的科学检测能够顺利进行。"可是，金娜在头骨检测的问题上有没有话语权呢？拉娜思考了片刻，随后无奈地摇了摇头。莫斯科的天空飘下微微细雨，仿佛也在拿我们当作玩笑。之前也有其他人尝试过调查希特勒的事情。如果他们全都失败了，这是否出于偶然？

一次几近绝望的残酷战斗？好极了！拉娜不仅没有放弃，而且斗志昂扬。她向我保证会在年底前拿到所有的授权材料，也就是可以进入联邦安全局中央档案馆和俄罗斯国家军事档案馆的通行证。"谁也不能在我面前撑很久。我磨一磨耗一耗就有了。"不到一个月以前，在谢列梅捷沃机场的候机大厅里，她信誓旦旦，希望我放心。从那以后，我们之间没有一天不讲电话、不相互鼓励的。我这边负责研究文件内容，她那边联络俄罗斯当局政府。"我差不多搞定了，再过几天就能有回复。你可准备好了，到时候要反应快一点。"拉娜十分固执，一秒钟都不愿听到失败二字。她和俄罗斯当局之间的联系真是如此牢固吗？她是怎么说服那些油盐不进的俄罗斯行政人员呢？"自从我那次对斯维特拉娜·斯大林进行采访之后，我就和一些有影响的人物建立了不错的关系，然后嘛，他们也知道我倔得像只斗牛犬，从来不会放掉到手的猎物。而且你得信我，那些老顽固，我可是熟得很。"

第二部分
希特勒生命的最后时光

从1945年3月开始，希特勒决定在柏林市中心新建的总理府地堡中避难。盟军方面在几周之前发起了最后一次大火力的攻击。东部战线上，红军在1944年10月初次进攻失败之后（贡宾嫩行动），于1945年1月20日占领了东普鲁士；西部阵营（确切来说是美国第一步兵师）也从1944年9月12日起成功深入到德国领土亚琛地区。整座城市在10月21日彻底失守。随着威胁逐步临近，希特勒越来越少地离开他的避难处。他生命中的最后时光是在地下8.5米深的地方度过的。

纳粹元首生命最后时刻的全部细节，都是由地堡中的幸存者提供的。这些人大部分是军人，也有个别文员（比如他的秘书们）。他们的证词并不能完全被信任。我们可也别忘了，这些人都加入了纳粹组织，也都在不同程度上仰慕着希特勒。

这些证词主要来自两个地方：由苏联人和/或者其他盟军在逮捕他们之后进行的审讯，以及这些人被释放之后发表的回忆录和一些采访纪要。

在第一种情况下，所有信息都是在自愿或暴力威迫下骗取的，它们无一用来向公众揭露真相；另一种情况下，信息则是作者的自由吐露，只是为了向全世界确证自己的行为，更甚者则是为了从纳粹体制脱身并为自己挽回名誉。

然而，不论是哪种情况，这些讲述的态度都不完全中立。但若是将这两部分的信息来源加以比较，却能够以相当可靠的方式建立起德国独裁者生命最后时光的基本图像。

至少是在1945年4月30日下午之前。

1945年4月19日

"苏联人都在哪儿？前线能撑住吗？
元首在做什么？他什么时候离开柏林？"
（柏林元首地堡里的纳粹高官）

在元首地堡里，终于又能看到笑容了。逃离的命令绝不能延迟执行！必须要逃离这些轰炸和那些对纳粹体制越来越抱有敌意的柏林人。出发日期被安排在明天，4月20日，希特勒的生日。还有比逃到巴伐利亚山区的贝希特斯加登堡垒更好的礼物吗？这样一来，他就能在自己钟爱的德国阿尔卑斯山乳白色的阳光下庆祝五十六岁的生日了。特别是他能离开他的地堡了，离开这个埋藏在帝国新总理府花园下面用钢筋混凝土建成的陵墓。从3月中旬开始，希特勒就把他的居住地点转移到了这处位于德国首都中心的防空洞里。

对于这次逃离，独裁者身边的所有人都期待已久。从德国国防军到最初的党卫军成员，还有国家权力集团中的高级行政长官，所有人只等希特勒一旦示意，就能打包武器和行李走人了。当然了，他们这样匆忙离开前方阵线，只是官方授意出于保护希特勒人身安全的需要，以将战斗继续下去。很少有人真正承认他们的害怕和保全性命的欲望。

躲藏在新总理府防空洞里的人有多少？五十多，还是六十多？实在很难说清。每天，总会有一些从威廉大街77号[1]仓皇出逃的权贵四处乞

---

[1] 威廉大街是德国柏林市中心的一条街道，从19世纪中叶到1945年，这里一直是行政中心。1875年，帝国总理府建于威廉大街77号。——译者注

求能在宿舍甚至走廊分得一处容身之地或一个床位。从技术层面说来，元首地堡总体上能容纳200人。超出这个数字，氧气就可能不足，即便是有着过硬的通风系统。元首地堡包括两处地下避难所。首先是沃尔堡或者叫"前堡"，埋藏在新总理府大厅地下6米深的地方，1935年建成，总面积约300平方米，包括十四个10平方米大小的房间，分布在一条12米长的走道两侧。修建之初是为了抵挡空袭，天花板厚度为1.6米，墙体厚度1.2米，是柏林航空部防空洞的两倍。但这还不够。

在1943年1月英军第一次轰炸柏林之后，希特勒就下令建造一个更加坚不可摧的地堡，即霍特堡或者叫"主堡"。它比沃尔堡还要深2.5米，也就是在地下8.5米。两个地堡通过一个内嵌装甲门的直角阶梯彼此相连，能够抵御毒气攻击。霍特堡的安全基准打破了之前的所有纪录。墙体厚度达到4米，起保护作用的是一层水泥，厚3.5米，宽不到20米，长约15.6米，总面积312平方米。[1] 各个房间的间隔墙有抵挡住一些密集轰炸的考虑。它们的厚度为50厘米。任何不必要的装饰都未被纳入考虑。没有镶木地板，也没有地毯，只有几件经过严格筛选后的基本家具。在这样深度的地下，潮湿一直都是一个问题。即便预先安置了能将渗入水排出的抽水泵，还是能明显感到一股潮湿的凉意。墙壁要么刷成了灰色，要么光秃秃的，没有刷漆。由于间隔墙很厚，这里的房间比沃尔堡中的要小。即便是希特勒自己用的房间高度也不超过3米，面积不过10平方米左右。六个供军职人员使用的小房间被安置在他的住处对面。唯一能匹配元首高级身份的就是一间专用的浴室、一间办公室以及一间卧房。这些房间和其他的有所不同，全都是经过仔细装修的。

---

[1] 斯文·费利克斯·凯勒霍夫：《元首地堡：希特勒最后的避难所》，柏林故事出版社，2004，第50页。

"希特勒在他自己的地堡中只安排了给自己、私人医生、侍从，以及其他必要人员的几间房间。"他的私人飞机驾驶员汉斯·鲍尔在回忆录中这样写道。[1] 在希特勒最贴身的随从里，除了私人医生莫雷尔、秘书马丁·鲍曼、副官奥托·京舍，以及侍从海因茨·林格之外，还有布隆迪，他的一条牧羊犬。它有时会被关在平时开战略性例会的那个房间。

埃娃·布劳恩于4月初在新总理府安顿下来。希特勒实在不知道自己是应该为这位有胆来到战争中心的伴侣而大光其火，还是感到高兴。不论如何，他接受了让她待在身边，并命令把自己房间隔壁的一间腾出给她住。在那儿她会很安全，他心想。

至少目前是这样。因为，如果逃离首都的命令没有很快下达的话，这两个地堡不久就会从避难所变成死亡陷阱。

军备方面的情况简直一团糟。4月16日以来，由朱可夫和科涅夫领帅的苏联军队向柏林发动了大规模的进攻。但暂时他们还离得很远，在距离帝国首都东100公里左右的奥德河沿线战斗着。但是所有德国军官将领都明白，整座城市很难抵御攻势。因为柏林这座城市面积广阔，城郊也有大量的居民区，所以需要提供大量人力和物资设备来给予保护。希特勒也不能无视这一点。然而他并没有宣布将市区的居民疏散撤离。直到战斗的声响已经能传到勃兰登堡门所在的中心街区了，柏林还始终掩蔽着250万居民。

纳粹的宣传部门在第一时间不断散布着一些坚定斗志的言论和口号，试图把奥德河作为抵抗苏联士兵复仇式进攻的最后一道天然屏障。泥泞的河水对抗西伯利亚钢铁大军，这画面可能会在一出瓦格纳的歌剧中大放异彩，但在1945年的春天，这却是一场集体自杀。

自杀这个念头并不令希特勒觉得值得憎恶。不是他的自杀，而是

---

[1] 汉斯·鲍尔：《我是希特勒的飞行员》，伦敦，穆勒出版社，1958，第180页。

他的人民的。一次自杀,就好比是向他那致死的意识形态作出的最后牺牲。

为了说服大家继续进行斗争,纳粹独裁元首亲自出马了。他于3月初来到奥德河前线。这将是他最后一次正式出现在战斗区域。目的就是为了向德国人展示他们的元首还能控制住局面。在报刊媒体中刊载的口号一概是阴郁和坚决抗战的基调:"元首亲临奥德河前线!"以及"对柏林的捍卫将在奥德河进行"。这已经是一个月前发生的事了。是另一个时期,还存有希望的那个时期。

有人说战争事关意志力、牺牲以及战略天赋,但它更像是做一道小学算术题。斯大林对此可是再明白不过了。而为了碾压敌人,他不惜使用了各种方法。为了对抗100万名德军士兵,克里姆林宫的主人集结了两倍多的人力,派出210万名苏联士兵。并且配备了更有利的军备:41600门火炮、6250辆坦克以及7500架战斗机,而纳粹这边仅有10400门火炮、1500辆坦克以及3300架战斗机。

这些事实,希特勒的将领们可谓了如指掌。倘若苏联红军一旦过了奥德河,柏林只能支撑个把天数。但这并不要紧,实际上在纳粹阵营里,一切都在预料之中。战斗将在往巴伐利亚州和奥地利去的"阿尔卑斯壁垒"地带继续,那是在萨尔茨堡、巴特赖兴哈尔以及贝希特斯加登之间的一个三角形山脉地区。从3月中旬开始,元首的秘书处就下达了命令,向那里转移纳粹国家机构。一个由电话线路彼此连接的地堡网络被建造起来。甚至总理府的车辆停放库也被转置过去。

很多年之后,在囚禁俄罗斯监狱期间,侍从海因茨·林格和副官奥托·京舍向我们揭示了这个后撤方案:

> 1945年4月的最初几天,希特勒在柏林召见了三个奥地利的"州长"(相当于纳粹行政级别中的省长):因斯布鲁克的霍弗尔、

克拉根福的乌伊贝尔坦以及林茨的埃格鲁伯。他们会谈的时候，鲍曼也在场。会谈的主要内容是关于在奥地利的高山地区建造一个"阿尔卑斯壁垒"，那将是能够让战争持续下去的"最后防御据点"。[1]

在纳粹帝国衰落之后，英国情报部门也计划审讯他们所逮捕的一些希特勒的亲信。他们的证词证实了定于4月20日实施的这次逃离。这里有一份机密报告中的摘录内容，报告是1945年11月1日由盟军远征军最高司令部军事参谋长——英国将军爱德华·约翰·富德递交给驻扎柏林的美国、苏联、法国情报部门的同仁。"希特勒最初是想在1945年4月20日潜逃到贝希特斯加登，当天正是他的生日，他的侍仆们也接到命令，当天要准备迎接他的到来。"

但是，希特勒突然又改变了想法。4月19日下午，刚刚被任命为陆军总参谋长的克莱勃斯将军告诉他，装备精良的苏军部队成功进行了一次突击，现在距离柏林北部仅30公里。时下的局面变得难以控制。希特勒朝着他的将军们咆哮着怒吼。他断定他们一个比一个无能，于是最终下定决心，只能自己来指挥作战了。这样一来，他也就必须待在战斗的核心地带，延迟向贝希特斯加登的撤退。

元首的决定很快就在地堡里传开了。这个消息对他身边亲近的人来说就像一道晴天霹雳，让他们感觉自己正在经历一场悲剧。对生活在总理府地堡里的人如此，对那些身在首都的军官来说也是如此，如果希特勒不走，他们就不可能逃离。元首会改变主意吗？海因茨·林格旁观了这场纳粹高层之间惴惴不安的周旋。"雷伊、冯克、经济部部长、罗森伯格、施佩尔、阿克斯曼、里宾特洛甫和其他一些还在柏林的人，他们

---

[1] 海因茨·林格、奥托·京舍：《希特勒档案》，丹尼尔·达尔诺译，巴黎，西岱出版社，[2005] 2006，第281页。

不停地打电话，总是问到同样的问题：'前线发生了什么事？苏联人都在哪儿？前线能撑住吗？元首在做什么？他什么时候离开柏林？'"奥托·京舍一概回复他们同样的内容："奥德河前线还撑得住。苏联人是不可能一直攻到柏林的。元首觉得没有任何理由能让他离开柏林。"[1]

---

[1] 出处同上，第299页。

1945年4月20日

"元首生日,但不幸的是,气氛并不适合庆祝。"
（马丁·鲍曼的日记摘录）

命令十分明确。希特勒不愿意为他的生日搞什么庆祝。这会显得既荒唐又愚蠢。生日前夕,他特别交代了贴身侍从海因茨·林格,恳切地要求地堡中所有的人都能遵从他的意愿。"元首生日"在纳粹德国是一个神圣的日子,几乎就相当于12月25日的圣诞节。所以,又怎能阻止这些最狂热的纳粹分子为他们的英雄庆贺呢？按照惯例,独裁者的亲信们会从子夜开始向他祝贺生日。但是,几十万攻入柏林的苏联士兵并不会因此而有任何改变。就像是一群挖空心思吸引老师表扬自己的好学生一样,七个纳粹分子挤在区区几平方米的会客厅里,制服烫得挺拔平展,勋章也赫然可见,下巴高高扬起,眼神中丝毫看不出一点儿想要逃离柏林的热切希望。林格依稀记得,当时有赫尔曼·菲格莱因将军（埃娃·布劳恩的妹夫）、威廉·布格多夫将军、党卫军的奥托·京舍将军（希特勒的副官）、外交官瓦尔特·赫维尔（纳粹帝国外交部长里宾特洛甫的联络官）、威尔纳·洛伦茨（纳粹帝国新闻媒体部代表）、尤里乌斯·绍布（希特勒的副官）以及阿尔文-布罗德·阿尔布雷希特（希特勒的海军副官）。

所有人都围在林格身边,这个平时最不起眼的党卫军军官,尽管从未上过前线,却常伴主子身边,坐在一辆敞篷车里视察前线情况。林格戴着中校的肩章,实际上不过是侍从。但现在可不是轻蔑低视的时候。林格是地堡里最后一个与希特勒时刻保持联系的人。所有这些骄傲的官员，这些纳粹军营里的高级将士，都对他报以充分信任，力图说服元首来接受他们的祝福。"通知了希特勒之后，"林格回忆道，"他向我投来了一种疲惫和绝望的目光。我于是不得不答复在场各位，元首没时间来见他们。"[1] 但大家低估了菲格莱因坚定的决心。这个三十八岁的年轻阴谋家，自从在1944年6月3日迎娶了埃娃·布劳恩的妹妹格蕾特之后，他的自信心就开始了几何级攀升。如果是埃娃提出来，希特勒就无法拒绝了，菲格莱因心想。而事实证明，他是对的！他请他的大姨子出面说服希特勒接受这些值得信赖的亲信们的致敬。元首只好违心地出来现身，迅速握了握向他伸过来的那些手。这些人刚刚有时间要向他祝贺生日快乐时，他便已经弓着背，重新回到他的工作间去了。菲格莱因感到十分自豪。他觉得自己赢了。这个方法在适当的时候总是能派上用场。

在4月20日一整天里，帝国的其他一些要员也都纷纷来到底下藏着地堡的总理府。希特勒离开了自己的避难所，重新回到能自由呼吸的地面，在这座皇家建筑的会客厅接见了他们。这些政党里的跟屁虫一个一个地向元首行礼，就像过去的地主向封建君王行的那番礼一样。但这更多是出于义务，而非真心拥戴。盖世太保在旁监视着每个人的态度，所有背信弃义的人最终都会遭受死刑，连将军和部长也无豁免。在这些显要的来访者中，有几名当时最有权势的纳粹高官：海因里希·希姆莱，纳粹党卫军的头领；赫尔曼·戈林，纳粹帝国的副总理；海军元帅卡尔·邓尼茨；大元帅凯特尔以及外交部长里宾特洛甫等人。

他们故意把手臂伸长，献出了一个法西斯式的敬礼，感觉上就好像这个从他们面前走过的男人仍然还有能力拯救这个国家，至少是拯救柏林。希特勒官方承认的年龄是五十六岁，但他看上去更像一个被诅咒的

---

[1] 海因茨·林格：《跟随希特勒直到尽头：阿道夫·希特勒侍从回忆录》，巴恩斯利，前线出版社，2013，第187页。

幽灵，一个把自己埋藏在帝国首都下面那片潮湿领地的幽灵。

这个鼓舞激励了数百万德国民众的男人，在十二年后变成了什么样子呢？一个患上了帕金森病的老头，只剩下能在一个钢筋混凝土建成的防空洞里居高临下的气势了。这就是埃尔万·吉辛，希特勒的几名私人医生之一，在1945年2月为他听诊后所写的："他似乎老了一些，比以往任何时候都更显得驼背。他的脸色苍白，黑眼圈严重。他的声音很清楚，但是不再有生气。我注意到，当他不扶着自己的手时，他左臂的颤抖更严重了。这就是为什么希特勒总让手臂保持放在桌子上或扶手上的姿势。［……］我看到了一个筋疲力尽了无生气的男人。"[1]

埃里克·肯普卡，他的私人司机，在庆祝他五十六岁生日的当天也在场，回忆道："1945年4月20日那天，我回想起过去这些年中德国人民庆祝这个日子的时刻，当时有许多大型的宴会和游行。"[2] 可这些民众游行尤其让他觉得受不了！柏林工业大学广场上那些交响军乐团和他们那些浮华盛大的音乐，都已经消失不见了，淹没那些音乐的则是拥挤在道路两旁、手里举着黑色纳粹万字小旗的仰慕者大军所爆发出的欢呼声。而那数百名从世界各处赶来、为这个统领德国征战四处的"伟人"献上贺礼的外交官，他们又在哪里呢？

有一份令人意外的文件对纳粹政府的衰败作了总结。它被收藏在莫斯科的俄罗斯国家军事档案馆。苏联红军进入第三帝国总理府的当天，也就是1945年5月1日，通过搜索发现了一部奇怪的册子。那是一本红色皮革镶裹的大开面书，侧脊上印着一只捧着月桂枝王冠的鹰，中心画着一个十字图案。然而，这不过是一本"来宾签名簿"。受邀来参加大型庆祝活动的外国使节要在上面写下自己的名字。这些重要的节庆包

---

[1] 出处同上，第174页。
[2] 埃里克·肯普卡：《我是希特勒的司机：埃里克·肯普卡回忆录》，巴恩斯利，前线出版社，2012，第57页。

括新年、德国国庆，当然还有元首的生日。每一位来宾都要签名，然后注明自己的职位头衔，有时候还会向纳粹政府致以崇高的敬意。

1939年4月20日，希特勒庆祝了他五十岁生日。当时他掌政已有六年，其间相继吞并了奥地利、苏台德地区、波希米亚和摩拉维亚保护国，公然迫害德国犹太人，并且让欧洲民主政体陷入越来越深的担忧。但这都不重要。这个独裁者依旧时常受到六十多个国家外交官的亲临拜谒。他们仔细书写的签名依次排满了签名簿的六页，其中甚至还包括法国和英国派来的使节。对他们而言，这也许是最后一次向希特勒送上生日祝福了，要知道在不到五个月之后的9月1日，这两个国家就将向德国宣战。

让我们翻过这几页，来到1942年。希特勒庆祝着自己五十三岁的生日。他不再让这些西方民主国家感到担忧，而是要毁灭它们，不然就让它们从心底里感到恐惧。受害者的名单很长：法国、比利时、荷兰、丹麦、挪威、波兰……元首正处于权势的巅峰，这从他生日当天宾客云集的外交官名单中就能感受出来。一百多个签名占据了整整十二页。诚然，其中不再有法国人，也没有了英国人，美国人更是不见了踪影，但总还有意大利人、日本人、西班牙人，以及纳粹庆典的常客，即教宗庇护十二世的外交出使官。

1945年4月20日。是这本厚重的签名簿中出现的最后一个日期。

篇章的开头不再有那些醒目的大写印刷字母，能够想象元首私人秘书处的时间是多么紧凑。取而代之的，是在边缘潦草地写下一个简单的日期：20.4.45。然后是五个外交官的签名。五个人。他们是谁？那些名字几乎无法辨读，字迹显得焦躁不安。我们能够辨认出来的只有这几个：一名阿富汗大使，然后是一名泰国人，还有一名中国人[1]。其他的大

---

1 应为伪"满州国"的代表。——编者注

使到哪儿去了？那些以能参加政府内部庆典而感到自豪的人，消失了。即便是梵蒂冈的特派代表，也不再敢在这本被诅咒的书簿上签下自己的名字。实际上，教宗的外交出使官自1939年起从未缺席过一场纳粹的庆典。1945年1月1日庆祝新年的时候他还在场，在这几页受尽谩骂和侮辱的纸张上，他沉稳而纤细的字体见证着那些此后即将面对的尴尬外交关系。

在这个1945年的4月20日，所有人都躲着希特勒。

即使在纳粹党内部，甚至政府高层也是如此，其中就包括体制里最具标志性的人物：戈林元帅。

赫尔曼·戈林径直来到柏林，带着一贯火爆的脾气，言辞激烈地为自己对元首的崇敬和国家的忠诚起誓，还坚定不移地相信下一场战役必会胜利。随后他以最快的速度逃去了上萨尔茨堡山区。但据他自己所说，这么做不是出于对柏林战役的恐惧，而是为了在巴伐利亚的阿尔卑斯山区准备反攻。然而，这名激情昂扬的元帅的匆忙离去并不是逃过了每一个人的双眼。"在令人震惊的短暂片刻过后，戈林从希特勒的办公室出去，离开了元首地堡。"元首的私人司机埃里克·肯普卡这样写道，"同一天，他离开了柏林，之后就再也没有回来。"[1]

戈林的出逃让其他一些常住地堡的人十分震惊，甚至感到恐惧。他们呢，他们还能不能等到希特勒作出决定离开柏林？罗胡斯·米施军士曾是元首地堡的电话接线员。他亲眼目睹了当时一触即发的危险情形："4月20日，希特勒五十六岁生日那天，苏联的坦克开到了柏林的郊区，整座城市实际上已经被包围了。前一天晚上，又或者就是那天，有人下到地堡来，宣称听到了炮兵部队轰隆隆的射击声。"[2]

---

[1] 出处同上，第58页。
[2] 罗胡斯·米施：《我是希特勒的警卫员（1940—1945）》，巴黎，寻午出版社，2006，第193页。

苏联部队方面，4月20日对他们而言是一个烦心的日子。人人都传言说，纳粹手里还有一种特别武器，一种能够扭转战争局势的新武器，这是不是真的呢？德国宣传部门公开声明，这种武器将在元首生日当天与大家见面。"当时有些人曾看到几辆遮篷车运送这一传说中的神秘武器。"在苏联红军中担任德语翻译的叶连娜·里耶夫斯卡娅讲述道。"人们开始胡思乱想起来，试着猜测它有多大的摧毁力量。一个个都等在广播前希望听到有关的消息。"[1] 但是什么也没有等到。这个新武器，就是原子炸弹。纳粹工程师在那上面研究好些年了。盟军几个月来对德国工业基地实施的空对地打击，让希特勒的疯狂计划大大减速。军备部部长阿尔贝特·施佩尔后来在回忆录里这样评价说："如果我们当时能够最大力度地集中和动员全国所有力量，德国本该能造出一颗原子弹的，也许会在1947年完工。不过，肯定不会是1945年8月，与美国人的原子弹出现在同一个时候。"[2]

---

[1] 叶连娜·里耶夫斯卡娅：《战时翻译的笔记》，巴黎，克里斯蒂安·布尔古瓦出版社，2011，第287页。
[2] 阿尔贝特·施佩尔：《在第三帝国的中心》，巴黎，法亚尔-普鲁里尔出版社，[1971] 2016，第79页。

1945年4月21日

"这就是终局了。"
（埃里克·肯普卡，希特勒的私人司机）

  全副武装的苏联人距离柏林只有几公里远了。首都陷入了苏联的三重威胁之下：北面、东面以及南面。不过在西边，城市还没有遭到围攻。气势逼人的英美联军稍有延迟，他们的先发部队此时正处在柏林城郊500公里的地方。希特勒打算乘此机会，把西线前方的部队转移过来对付苏联人。

  当前的灾难性局面并未有丝毫缓和。那些苏联炮弹如今已打到了总理府的花园里。爆炸的炮弹把希特勒官邸的窗玻璃都震碎了，在大理石墙面上，就像在卡纸上那样轻易地拉出一道道的凿痕，地下防空洞里也产生了巨大的回响。元首身边的人员再一次恳请他赶快撤离。这会儿还来得及。柏林西北面的加图机场依然开通。汉斯·鲍尔是十分敬仰希特勒的飞行员，几个星期以来他都住在地堡中，以便随时将元首带离出去。数架飞机严阵以待，一声令下就能即刻起飞。鲍曼，希特勒的秘书，亲信中最忠诚的人，同样也劝促他立即动身。前一天晚上，他还建议应当尽快把柏林的司令部迁往上萨尔茨堡地区。

  当希特勒决定要发动反攻时，希望再一次破灭了。为了打好这一仗，他充分寄希望于党卫军将军施泰纳。施泰纳是个性强硬的军人，在苏联前线的两年里把自己都晒成了棕褐色。于是，阻止柏林被致命性包围的沉重使命就落到了他的头上。为了完成使命，施泰纳自然不能空手上阵。希特勒为他集结了数千名装备精炼、久经沙场的将士，新组建的军队被他命名为"施泰纳特遣队"。对元首而言，这些突击队伍必能粉碎苏联红军的猛攻。遥想1940年法国战役之时，希特勒还会展示给那些德国国防军的先生看，怎么能打好一次战争。但是一切都在五年内发生了改变。德国兵团连连受挫，往日雄风也只在希特勒专制的狂热头脑中才继续存在着。那些本应该与施泰纳的队伍会合的军队根本没有出现。他们不是消失在战斗的轰鸣声中，就是被苏联军队堵截，无法向施泰纳的方向行进。

这是希特勒不愿看到的。他身边的亲信也不敢向他揭穿。无论如何，元首决定待在离战斗最近的地方，也就是待在他的地堡里。在战事正酣的当口离开柏林是绝无可能的。不过，他同意让人把自己的个人物品和军备设施转移到更安全的"阿尔卑斯壁垒"。同时他强调，那些想动身离开的人可以自由行事。消息很快在两个地堡里传开，并引发了恐慌。所有准备离开的人都知道，为数不多的几架在役的四引擎猎鹰飞机和专载军官的三引擎客机根本无法把人全都载走。很快，一张幸运名单列了出来。为让自己荣登其中，大家几乎都要打起来了。"所有人都想一走了之。不断地有人要求将自己登记到名单上，他们必须要到达上萨尔茨堡，理由是他们的家人在巴伐利亚，他们是那里的当地人，或者他们想要在那里捍卫那片地区，等等。而实际上，都是想尽快逃出柏林而已。"[1]

所有飞机最终都顺利地到达目的地。所有的，除去一架。载着希特勒个人文件资料的那架飞机被美国空军打了下来。

幸运女神就这样彻底地放弃了这名纳粹首领。

---

[1] 海因茨·林格、奥托·京舍：《希特勒档案》，丹尼尔·达尔诺译，巴黎，西岱出版社，[2005] 2006，第306页。

1945 年 4 月 22 日

"战争失败了!"

(阿道夫·希特勒)

从早晨开始,苏军炮兵部队的射击声就开始在总理府上方奏着死亡之声。即便是在地下十来米的地方,轰炸声也震耳欲聋,终于在将近 10 点的时候把希特勒吵醒了。纳粹元首为吵声气恼不已。谁竟敢这样吵到他的睡眠?谁都知道,在元首地堡里,他不到下午 1 点是不会醒来的。

好几个月以来,希特勒都承受着失眠之苦,直到凌晨四五点才能睡着。他身边的所有人都不得不很快适应了元首先生的睡眠规律。既然睡不着,他就决定好好利用一下这些空出来的不眠之夜。所以很自然地,他会在凌晨 2、3 点钟的时候召开一些军事会议。秘书们也无法避开,她们也常常受邀同他一道喝个茶,还都是在深更半夜的时候。一种令人心力交瘁的生活节奏。

但是,今天他竟然能在上午 10 点被吵醒,希特勒对此十分不满。他不停地向自己的侍从林格抱怨。"这是什么声音?"他问道。总理府一带被炸到了吗?

林格为了安慰他,回答道,那不过是德国的反空袭防卫队和几发苏联的远程炮弹罢了。

但真相绝非如此。柏林周边的防御在苏军的重压下正在溃裂。南面,他们已经打出一个缺口,朝着城郊步步逼近。北面和东面,但凡苏联红军的装甲部队经过之处,一切都被碾成灰烬。

这很快就会结束的,施泰纳和他的军队肯定会对进犯者展开反击,一切都只是时间问题,希特勒猜测。下午四点,在一次军事会议中,参谋部向他传来一个糟糕的事实:由于缺乏人员和物资,施泰纳没能成功地发动反攻,并且永远也发动不了反攻了。

据目击者们回忆,独裁者的反应令人恐惧。尼古拉斯·冯·贝洛,元首麾下纳粹德国空军的执令官,当时也在场。"希特勒简直气疯了。他命令凯特尔、约德尔、克莱勃斯和布格多夫几位留下,其他所有人都到会议室外面去。随后他把几位将军大骂了一通,恨他们'成事不足败事有余'。我当时就坐在隔壁房间的门口,几乎听到了他说的每一个字。那是非常可怕的半个小时。"[1] 独裁者的怒气如此之盛,把房间里在场的国防军和党卫军将军们吓得像挨骂受惊的小学生一样。他们纷纷低下头,躲避希特勒的目光。就连平时忠诚可靠、与元首关系十分亲近的林格也没能逃过他的怒火。"你满意了吧,林格。连党卫军也敢在我背后行动,我实在太失望了。现在,我只想待在柏林,死在这儿。"[2]

死在这儿!元首想死的念头让在场所有人都心寒了。戈培尔得知了消息,马上就急匆匆赶来了地堡。他在第一时间试图让元首重新归于理智。眼看着毫无办法,他便来了个180度大转变。像往常一样,他学着元首的样子,向随便哪个愿意听从他的人宣布说,他也是,他会不计任何代价地待在柏林。他甚至开始觉得"最终牺牲"这个主意很棒。在场的人当中,泄气失望和鄙夷倒胃的情绪不相上下。将领们对戈培尔病态的奉承表示无法理解。自杀就意味着放弃了德国人民。这是绝对行不通的!在敌人兵临城下的当口尤其不能如此。"您还有什么命令吗?"将军

---

[1] 尼古拉斯·冯·贝洛:《在希特勒的身边:希特勒空军副官回忆录》,伦敦,格林希尔出版社,2001,第236页。
[2] 海因茨·林格:《跟随希特勒直到尽头:阿道夫·希特勒侍从回忆录》,第189页。

们用几近恳求的语气向希特勒询问道。多少年以来，他们都已经习惯于稀里糊涂地服从着他们这位首领，想让他们自己有些新的想法，似乎是不可能的事情。

就在战争结束过后，1945年6月，当时参与会议的官员，即后来被英军逮捕的约德尔将军，提供了关于4月22日危机那天的一些细节情况。"我没什么命令要给到你们了，"希特勒回答，"如果你们想要一个头领，就去找戈林。现在就由他来给你们下达命令。"戈林？！约德尔和参谋部的其他官员一样，都拒绝接受这么一个堕落败坏又平庸无能之辈的指挥。"没有一个士兵会愿意为他打仗！"他们嚷叫起来。"但是谁又说还要再打下去呢？现在已经不再是打仗的问题了。"希特勒低沉着嗓子回答，"现在需要谈判……戈林在这些事务上周旋得比我要好。"[1]

作为一名优秀的巴伐利亚军官，约德尔叩着鞋跟，毕恭毕敬把消息转达给了戈林在地堡中的事务代理科勒将军。科勒旋即动身前往上萨尔茨堡，把希特勒的决定转告戈林。

戈培尔当时也在场。让死对头胖子戈林来掌权，他绝对不能接受。但事实确实如此，在1941年6月29日亲笔签署的政令中，希特勒指名戈林成为他的继承人。如果希特勒死了，新的元首将自动地……由戈林担任。对戈培尔来说，显然需要说服元首让战争持续下去。肯定还有希望，肯定还有军事备选方案。戈培尔转向了约德尔。他询问是否还有可能阻止柏林沦陷。"我回答说，如果可能的话，我们只有放出易北河的军队了，请他们过来保卫柏林。"[2] 戈培尔立即向希特勒作了汇报。还是有希望的，他对他说。所以拯救第三帝国的就不会是施泰纳突击队，而是

---

1 叶连娜·里耶夫斯卡娅：《战时翻译的笔记》，第289页。
2 出处同上。

另一个将军——瓦尔特·温克和他所率领的德国第十二军。这支部队由十五个师队组成，总共将近七万人，大多是见习军官和军校学生，受训不足，装备也差。

但希特勒愿意给这支新的梦之队一个机会。

戈培尔于是赢了戈林。

1945年4月23日

"我知道戈林会叛变。"
（阿道夫·希特勒）

前一夜的危机在两个地堡当中都留下了印记。纳粹政府的一部分将领就像躲避瘟疫一样离开了这个避难所。希特勒的亲信又少了一圈，只剩下最后几个坚定的支持者、第三帝国的狂热分子，其中就有戈培尔，他连夜带着妻子儿女、埃娃·布劳恩和马丁·鲍曼赶来地堡。

自从下了决心要在柏林待到最后，希特勒看上去平静了许多。像是得到了安慰一样。当然，他的健康状况变得与日俱下，左手抖得越来越厉害，他也经常抱怨右眼痛。林格需要每天都给他敷用一种含有百分之一可卡因成分的眼部药膏。但他的精神状态，据地堡常住者的目击者称，并没有变坏的趋势。

然而，一封无线电报却毫不留情地撼动了他这份来之不易的平静。消息是在傍晚日暮的时候，从上萨尔茨堡传来的，签署人是戈林。这名纳粹空军的总指挥官得知了希特勒准许自己以他的名义去进行谈判。在过去，这可是难以想象的事情，要知道希特勒一向都是由自己来定夺一切。于是，这个公认的继承人从中得出结论，认为他的首领已然不能自由行事，甚至不能自由采取行动了。他是不是已经落入苏联人之手了呢？或者从技术层面来说，没办法把他的命令传达到德国军队的各个参谋部中了？无论如何，从他在巴伐利亚阿尔卑斯山区司令官位置的根本考虑来看，他估计希特勒不再有能力指挥帝国了，自己得取代他的位置。戈林于是谨慎地对他的首领送达了自己的意思，并让他对接管事务放宽心，然后能够放手一切。以下是他所发电报的具体内容："……我感觉有义务认为，如果在夜里22点之前没有任何回复发回到我，那您就是失去了行动自由。这样我或许就应让您的政令条文正式生效，为了我们的民族和祖国的未来而作出必要决定。"

消息一送达地堡，就被鲍曼截了下来。元首的秘书欣喜万分。他终于可以甩掉戈林了，这个在他看来多年以来既无能又腐朽的男人。他跑到希特勒面前，手中拿着那封电报，大喊这是国家政变，是最后通牒，是叛变。随后提醒元首立即动身前往上萨尔茨堡，在第三帝国整顿秩序，把戈林投入监牢。

鲍曼在4月23日得到消息，柏林的西南部还是自由区域，能找到一条通道逃走。军备部部长、第三帝国的建筑师阿尔贝特·施佩尔，当时在场目睹了这一幕。在第一时间，鲍曼的狂言并没影响到希特勒。但是戈林的第二封电报又来了。

重要事件！仅由军官传递！第1899号电报。鲁滨逊发往选帝侯，4月23日17时59分。第三帝国部长冯·里宾特洛甫查收。我请求元首阁下在4月23日晚22时之前向我给予指示。若无消息送达情况，具以上述日期和时间为基准，将认为元首在帝国事务的领导中已失去行动自由。自此时起，我将如政令所指示，在他的权能行使的地方和场所，取代他接管一切职务。若，直至1945年4月23日晚24时，您从元首处未收到任何或直接或经由我传达的消息，我请您经空路立刻与我会合。签署：戈林，第三帝国元帅。

鲍曼一阵狂喜，又一个戈林伪善行径的新证据。"这是叛变，"他在大为惊讶的希特勒面前断言说，"他已经发送电报到政府成员处，告诉他们他将在今晚24点接管您的各项职务。"施佩尔记得元首当时的反应。"脸上发红,目光惊恐,希特勒就像是忘记了周围所有人。'我知道戈林会叛变。我老早就知道了。'他一遍遍地说,'他让空军队伍变得堕落。他坏透了。就是他让腐败在我们国家生的根。而且,他这不都给自己灌了好多年的吗啡了嘛。这个我早就知道。'"[1]戈林没有机会为自己的动机辩解了。鲍曼执笔撰写了发给他宿敌的这封电报:

> 致赫尔曼·戈林,上萨尔茨堡。由于您的行径,您已让自己犯下了反元首阁下、反民族社会主义阵营的重大叛变罪行。叛变当被处以死刑。但是,念在您对党军的服务贡献,元首不会将您交付最高惩处,条件是您必须以健康状况为由,辞去您的一切职务。请回复。

身在上萨尔茨堡的戈林在同一时间还收到了另一封鲍曼发来的消息函。其中写道,戈林已叛变,应立即将他逮捕。如果柏林在接下来的几日中陷落,戈林就要被执令处以死刑。

半小时过后,戈林的回复到达了总理府的地堡。按照官方说法,他因为严重的心脏疾病而申请辞去自己的所有职衔。

---

[1] 阿尔贝特·施佩尔:《在第三帝国的中心》,第 667—668 页。

1945年4月24日

"士兵们,伤员们,柏林人,所有人都拿起武器来!"
(戈培尔在柏林媒体上的号召)

柏林几乎已经被包围了。西南部郊区的舍内菲尔德机场已被攻陷。朱可夫和科涅夫加快了他们的进攻进程。两位苏联大元帅将这次战役作为他们事业的赌注。谁第一个拿下柏林、抓获希特勒,谁就获胜。

每过一个小时,就有成千名德国人在苏军的轰炸中死去。主要是普通市民,包括女人和孩子们,所有人都在首都的城中被牢牢困住。德国军队中,持有武器的法定年龄限制被大大放宽了。青少年和退休老人也都被投入到这个如世界末日般可怕的厮杀战场上。

拒绝加入战斗,或是想向苏军投降让战争提前结束,都只会面临同样的悲剧结局。

每日每夜,都有一列列的纳粹狂热分子在柏林街上巡视搜捕"叛变者",将他们枪决或在公共场合吊死。

而此刻,躲在元首地堡小房间里的戈培尔正忙得团团转。第三帝国的首都眼看就要被攻破,宣传部部长还在成倍发布那些具有狂热和恐吓色彩的通报。他召叫所有柏林人,不论士兵还是伤员,都来加入纳粹的战斗。那些犹豫不决的人都是"婊子养的"。德国广播方面,则是不停地播报诸如此类讯息:"元首在为你们着想,你们只需要执行命令!"或者"元首阁下,就是德国"。

日报《装甲熊》(熊是柏林城市的历史象征)在1945年4月24日的头条刊发了希特勒将发表的最后一次公开宣讲:

你们要记住：

谁若是支持或哪怕赞同那些削弱我们坚定斗志的指令，谁就是叛徒！应该立即将他判处枪决或绞刑。

身处地下近十米的地方，希特勒和他最后一批忠实的同僚无法想象柏林人正在经历的炼狱。所以，他们自然也不敢到地面去呼吸自由的空气。只有负责防空洞和下方人身安全的党卫军侍兵才会来来回回地和外界有些接触。但他们对于当时局势的看法从未有人过问，此外，他们自己也从未有过一刻想要把情况汇报给元首。至于想离开防空洞的企图，即便是饱受战争摧残的士兵，只要一想到这念头都会浑身颤抖。自4月20日以来，铁血军规已经在整个柏林生效。罗胡斯·米施，地堡的电话接线员，也没能逃过这种恐慌情绪："我也怕被盖世太保抓住，万一他们在城市的废墟里找到我呢。……我和亨切尔一样（他在地堡的同事，作者注）确信，万一被秘密警察逮到，他们一定会杀了我们。"[1]

元首地堡对于身在其中的那些人来说，每个小时都在变得更像一块裹尸布。

然而在那些厚厚的水泥墙之间，生活还是一点点有条不紊地展开着。每天的坏消息一条接一条传来，单调而乏味。希特勒分子的悲剧呈现着最后一幕精彩表演，总共不过十五个演员，但他们把剧目演出了一种荒谬的完美。在这奄奄一息的第三帝国缩影里，有一个悲怆动人的群体正尝试着继续生存下去。其中有一些军人，他们认为盲目服从于首领能帮他们免除一切行责；有一些政客，他们在一种相互的憎恨中彼此团结一心；还有那些自打入校就被纳粹化、誓死效忠的年轻一代德国兵

---

[1] 罗胡斯·米施：《我是希特勒的警卫员（1940—1945）》，第201页。

士。只有希特勒还能把这些火爆脾气的男人女人聚集在一块儿,并阻止他们相互厮杀。

尽管其中一些开始感到怀疑,但大多数人还是继续对元首唯命是从。他们的这一位可是把一切都算计、预料、安排好了的,他们心想。这些重复不断的战败消息,只是给苏联人设下的一个陷阱。势必是这样。证据就是,希特勒看起来那么轻松惬意。他和他的布隆迪在玩耍,这只声名赫赫的牧羊犬刚刚产下幼崽。幼犬们在堆满了靴子和头盔的走道里奔跑尖叫着。此外,自从戈培尔要求他的妻子,忠诚的金发女人玛格达,带着他们的六个孩子前来与他同住,几乎整个地堡都被充作了幼儿园来用。人们在沃尔堡为他们安置了住处。光是孩子和母亲就占了四个房间。约瑟夫·戈培尔自己,则是住在圣地中的圣地,赫特堡。他离他亲爱的小家伙们只有几米远。其中有海尔加(十二岁)、希尔德加德(十一岁)、赫尔穆特(九岁)、霍尔德琳(八岁)、黑德维希(七岁),以及海德龙,仅四岁。所有人的名字都是以字母 H 开始,H 代表希特勒。这不过是戈培尔夫妇能为他们的元首所做出的最小贡献。

年龄在四到十二岁之间的孩子们,怎么能在一个日夜受到炮击的地堡里安稳度日呢?他们就玩游戏,相互打闹。他们高声吼叫着,忽然从一个房间冲到另一个房间。有时候,士兵们不得不和他们讲起道理来,然后把他们从那些军事作战会议室里赶出去。有些人则会花时间教他们唱首歌,那必定是一首颂扬他们爱戴的"元首叔叔"的歌。孩子们看上去毫无忧虑。炮弹的裂缝、混凝土地基的震晃,他们很快就习惯了这一切。比那些大人,比如希特勒的私人医生莫雷尔先生,他们适应得更快。这个脑满肠肥、卫生情况欠佳、总是恶狠狠斜视着别人的江湖郎中简直害怕得要死。他再也受不了了,乞求并获准离开了,他深信他的心脏再也承受不了苏联炮兵部队的连续轰炸。小戈培尔们看到周围那些党卫军肃穆而忧虑的神情,觉得好玩极了。他们单纯得无法想象他们的"元首叔叔"会撒谎。他不是对他们说过，过不久就会有些可亲的士兵来，把那些混蛋苏联人打回自己家去吗？然后，他还说过，从明天开始，他们就能获准到花园里、到地面上去玩了。

玛格达·戈培尔，她同样也试着找些事做。这个宛如瓦格纳歌剧人物的纳粹女人努力地以各种方法让自己不至于崩溃。她已四十三岁，长期以来早就不再相信她丈夫告诉她的那些疯狂得要命的故事。必来的胜利，元首的先见之明，她只能假装表示赞同。她心里十分清楚，地堡，就是她和孩子们的坟墓。很快，她找到一件可以让她不至于丧失理智的事来做，就是家务活。在这样悲剧性的时刻可能会显得荒谬，却把她带回活人的世界中：让孩子们的衣服保持整洁。就如纳粹崇尚的北欧神话中的女武神瓦尔基丽一样，她愿意接受这个即将吞噬她家庭的悲剧性终局。她劝慰自己，要是第三帝国消失不再，她更愿意一道消失，并且带她的孩子们到一个没有纳粹教条的世界里。她只担心一件事，就是过早地死去。早到不能亲手夺去她亲爱的孩子们的生命。或者更糟的是，在最后一刻缺乏勇气，没有力量杀死自己的六个孩子。于是，她经常带着几近疯癫的眼神，在地堡里向周围人请求帮助，帮她在那一刻到来时杀掉她的孩子们。

1945年4月25日

"可怜啊,可怜的阿道夫,被所有人抛弃,被所有人背叛!"
(埃娃·布劳恩)

温克率军发动的进攻毫无作用。斗志昂扬的元帅被阻隔在波茨坦一带、距首都西南方向半小时路程的地方。柏林的中心现在就拱手送给了苏联的雷霆之师。新总理府,这幢六年前由纳粹建筑师阿尔贝特·施佩尔设计建造的笨重大楼,在苏军的连续轰击下竟然矗立不倒。然而,苏联红军的炮兵又开始把火力集中在元首的藏身处。美国军队那边,则是向上萨尔茨堡发动了一次远程空袭。纳粹领导层重点制定的退守策略就这样成为了泡影。

在元首地堡的过道里,过往严明的纪律正逐渐让位于一种末日统治的氛围。男人们开始兀自抽着烟喝着酒,这在平时可是难以想象的,要知道,苦行僧般生活着的希特勒,对此可是完全持反对态度。元首的秘书格尔达·克里斯蒂安和特劳德尔·容格已经无事可做(另外两个秘书克里斯塔·施罗德和乔安娜·沃夫已于4月22日离开了地堡),她们和希特勒的私人营养师康斯坦策·曼齐亚利聊天,埃娃·布劳恩也经常加入她们,大家一起围坐喝茶。戈培尔的妻子则完全格格不入。她的样子近乎精神错乱,每当提到她的孩子们还总是泣不成声,大家几乎都躲着她。

埃娃·布劳恩则是完全相反的状态,她在地堡的生活显得十分舒适。这个三十三岁的年轻女人从未如此容光焕发过。这些历史性的时刻,她充满激情地细细品味着。毕竟,元首的这个情人伴侣终于能彻底站住脚了。由于过于虚弱，希特勒已然不再需要她的陪伴。但这位优雅的巴伐利亚女人始终面带微笑。她喜欢接待地堡里一些有身份的来访者。毋庸置疑，地堡的舒适程度仅勉强合格，所以她每次也都是先连连致歉。于是，当施佩尔前来向元首告别时，埃娃·布劳恩会邀请他喝上一杯。就在这样的特殊情况下，她甚至还能弄到一瓶沁凉的酩悦香槟。总理府的那些高大宽敞的会客厅已经成为过去，如今只能跻身于一个四墙无光还满是混凝土那股酸涩味道的小房间。还好，埃娃把房间装饰得那么靓丽动人。"她把房间布置得很有格调，用了我多年前为她在总理府的那套房间所设计的家具。"阿尔贝特·施佩尔后来追述道，"实际上，埃娃·布劳恩是地堡里所有已经选择赴死的人之中唯一一个保持平静与尊贵的人，让人不得不心生敬仰。而所有其他的人，要么像戈培尔那样被一种英雄式的激奋牢牢拴住，要么像鲍曼那样整日担忧自己是否能幸存，要么像希特勒那样奄奄一息，再或者就像戈培尔夫人那样完全垮了。她呢，则是显示出一种几乎欣悦的泰然平和。"[1] 就这样，这个年轻女人马上就要得到希特勒了，她的情人，那么长时间以来都在拒绝她。结婚！在等待婚礼的前夜，她花了好些时间梳妆打扮，摆礼仪姿态，请她那些不走运的女邻居喝茶，并为战争给德国人带来如此多的致命灾祸而表以歉疚。至于她自己的死，这不是个问题，她已经准备就绪了。但是怎样才能死得得体些呢？"我想成为一具漂亮的尸体。"她悄悄向特劳德尔·容格说。绝不能朝嘴巴里给自己来上一枪，把她的漂亮脸蛋炸得像只过熟的西瓜。这不仅会丑得可怕，而且人家又怎能认出她来呢？她这样辩解道。因为显然她的尸体将会被战胜者拍照，展示给全世界看，然后收录在历史书当中。唯一的解决办法，她总结说，就是毒药。用氰化物。似乎地堡里所有的官员都有这个，装在一支安瓿瓶里。希特勒也有。

---

[1] 阿尔贝特·施佩尔：《在第三帝国的中心》，第670页。

1945 年 4 月 26 日

"还是活下去吧,我的元首阁下,
这是每个德国人的意愿!"
(汉娜·莱契,优秀的德国空军飞行员)

所有的将军全都抛弃了他。希特勒醒来时心情糟透了。国防军和党卫军的兵士们,全都被他斥以怒骂。在他眼里,他们要么是些无能之辈,要么就是些叛徒懦夫。地堡被围住了。滕珀尔霍夫机场也落入了苏联人手中。现在只剩下市区西南部的加图机场,但是这个机场又能坚持多久呢?苏联人加强了攻势。一架小型双座飞机成功着陆,机上的飞行员是空军将军罗伯特·里特尔·冯·格莱姆。与他同飞的汉娜·莱契是小他二十岁的情侣拍档。她为他领航。刚庆祝完三十三岁生日的她说什么也不肯错过再次见到希特勒的机会。况且,这个被称作德国空军中最优秀飞行员之一的女士可不怕在苏联的空袭炮弹间玩障碍滑翔。格莱姆和莱契降落在了雷希林,柏林以北 150 公里处的纳粹基地。两天以前,他们接到了第三帝国参谋部发来的明确指令:"即刻前来柏林!元首要见你们。"

到达加图机场后,冯·格莱姆询问纳粹官员为什么自己要冒着生命危险赶来柏林?国防机密,别人回答他说。"但命令现在仍然是有效的吗?"空军将军着急起来。"从未如此有效。你要不惜任何代价,马上赶达地堡。"

从加图机场到元首地堡不过 30 多公里的距离,但在敌人的控制下,公路可能会不通。因此,通往地堡的路只剩下航空一条。必须靠他们的小飞机了。于是，这对飞行员搭档勉强试着在柏林天空的枪林弹雨中迂回穿行。几分钟过后，超低空飞行的这架飞机被一挺机枪扫中。"我受伤了！"冯·格莱姆吼了一句，随即昏了过去。一发子弹射穿了座舱，把他的脚射出了一个洞。坐在他身后的汉娜·莱契越过他的肩膀，抓住驾驶柄。她多次来回飞过柏林上空，对这座城市已经了然于心。但她可从来没在全世界最强悍的炮兵部队的火力下飞行过。在加图机场，纳粹官员向她确认，一条临时特设通道已经开辟出来，让他们能在邻近地堡的地方着陆，就在勃兰登堡门旁边。汉斯·鲍尔已经安排好了一切。几百米以内的路灯都被拆除了，以便飞机不至于在落地时震碎机翼。真是个巧妙的主意。万幸，莱契勉强在大街的正中央着陆了，但比鲍尔预计着陆的地点远了些。飞机的螺旋桨还在转动，苏联士兵就已经逼近了。走运的是，一辆纳粹车辆飞驰而来，接走了女飞行员和她的伤兵。

他们在将近晚上6点到达了地堡，几乎安然无恙。第一个前来迎接他们的是玛格达·戈培尔。由于处在极度神经质的状态，她一见到他们就大哭起来。她是否相信他们是来确保地堡里的人能安全撤离的呢？冯·格莱姆对此未加在意。他已经苏醒过来，但脚部仍然大量出血。他立即被转送到一个小手术室。希特勒很快就出来见了他们。真是个勇敢的人，他喜不自胜。冯·格莱姆和希特勒余下的谈话在汉娜·莱契被逮捕后，于1945年10月汇报给了美国秘密情报部门。

希特勒：你知不知道我为什么要求你前来？

冯·格莱姆：不知道，我的元首阁下。

希特勒：因为赫尔曼·戈林背叛和抛弃了我，以及祖国母亲。他背着我和敌人建立了关系。他的行径绝对是一个懦夫的标志。而且他还违抗我的命令，逃去了贝希特斯加登，从那儿发给我一封极不尊敬的电报。他说我有一天曾任命他为我的接班人，现在，既然我不再能在柏林领导第三帝国，他就准备从贝希特斯加登代替我的位置。电报结尾他说，要是他在发电当天的晚上9点30分没有收到回复的话[在戈林的电文里，实际上是晚上10点，作者注]，他就会推断出我的答复是赞同的。

汉娜·莱契虽然从未加入纳粹党，但极其仰慕元首，她形容当时的场面是"悲剧性地让人心碎"。据她说，希特勒当时说到戈林背叛的时候，眼里都噙着泪水。他似乎很是动容，就像个孩子一样。随后，像经常发生的那样，他的脾气瞬间来了个180度的转变。他的眼睛恢复了神气，眉毛皱了起来，嘴唇紧抿。"一封最后通牒！"他像个精神病患那样吼起来。"一封最后通牒！！真是什么都没留给我。毫无忠诚可言，让我失望极了，我还没碰到过这样的背叛，现在可倒好，彻头彻尾地被我遇到了。他什么都不给我剩下，全都替我做主了！"

冯·格莱姆和莱契不敢打断他。面对这个他们刚刚冒着生命危险赶来一见的人所倾泻的愤怒，他们只是傻愣在那里。

他们对整个"背叛"的故事完全不知情。冯·格莱姆本身是纳粹空军的一名将军，直接受命于戈林，直到最近4月23日戈林还是极其强势的德国空军部部长。

> 我立即就让人以背叛第三帝国的罪名逮捕了戈林，希特勒平静地再次发话道。我撤去了他的一切职务，把他排除在我们所有的组织机关之外。就是为了这个我才让您到我这里来。

冯·格莱姆费力地从他那张命运之床重新直起身子，他的脚让他备受折磨。他挤住一丝痛苦的干笑。

> 我向您当面宣布，您接替戈林，任纳粹空军部总司令。

这就是为什么希特勒命令冯·格莱姆来地堡了！这样一次任命原本完全可以远程指示生效的。但希特勒绝对是对地堡之外的局势一无所知，继续丝毫不顾同胞们的性命，尤其是对他那最后几个依旧还忠心耿耿的将军。

现在既然已经有了正式的任命，冯·格莱姆只需动身去雷希林了。元首让他明白，没有一刻可以浪费。至于他脚上的伤？只是个不幸的意外，在战争期间还是可以忍受的！"马上回去，带领空军打反攻！"希特勒命令他。只是柏林的天空现在已经说俄语了。在一条遭到轰炸的街上执行紧急着陆，这是一回事；从那儿再起飞，又是另外一回事了。这些对希特勒来说没什么重要的。比起本地区的真实情况他的命令更重要。雷希林的航空基地于是派出了最优秀、也是最后一批飞行员，前来柏林迎接他们这位空军部的新任长官。一架又一架，德国飞机被苏联人打了下来。冯·格莱姆和莱契不得不在地堡多逗留几日。这一情景让他们欣喜至极，因为在他们看来，能在他们的元首阁下身边死去那是至高的特权。

过了一阵，到晚上的时候，希特勒召见了年轻的女飞行员。她和埃娃·布劳恩同样年纪，但性格很不一样。除了冒险带给她的刺激和颤抖，汉娜·莱契不喜欢任何东西。作为空军的试飞员，纳粹宣传部把她作为彰显第三帝国骁勇和果敢的代言人。她由此成为了纳粹帝国唯一一个获得铁十字勋章的女人，那是国家最高级别的军事奖章，还是由希特勒亲手授予。那是在另一个时代，当时的纳粹德国让整个欧洲都陷入惊恐，把一支支敌对军队统统打倒。那时希特勒复仇者般的言语让男人和女人都深深地为他着迷。有人说，他的眼神能像一把坚韧无比的剑一样穿透你。在这个4月26日，汉娜·莱契还认得出那个令她如此崇拜的人吗？她面对的这个男人，这个憔悴如幽灵般的人，真的是希特勒？以下是她就那次会面向美国秘密情报部门透露的内容："他以极其细微的嗓音对我说：'汉娜，您也会和那些人一样最后与我一同死去。我们每个人都拥有一个这样的小毒药瓶。'随后他给了我一个小药瓶。"对这个骁勇善战的女飞行员而言，这绝对是温柔的一击。她瘫坐在椅子上，哭得像个泪人。她第一次真正认识到局势是多么令人绝望。"我的元首阁下，为什么您留着不走？"她问道，"为什么您不让德国看到您活下去呢？报纸上宣布说您将待在柏林直到最后一刻时，人们的反应都是恐慌而惊讶的。'元首应该活着，这样德国也能活着'，这就是人民说的。还是活下去吧，我的元首阁下，这是每个德国人的意愿！"

希特勒是怎样回应这样一种充满虔诚的爱的宣言？当时的场景没有任何旁证，只能从汉娜·莱契的讲述中逐渐回忆。她想将希特勒呈现为一个通情达理的人，一个关心人民未来的国家首领，一个人道主义者？势必如此。她关于他的描述话语里充满了同理心，他的亲信圈子里没有任何其他成员在另一个场合曾这样讲过。让我们继续来体会一下这个由汉娜·莱契讲述的片段。纳粹独裁者平静而深沉地回答这个年轻女人，他不能逃避命运，他选择留在柏林是为了更好地保护那些被苏联进攻所围困的三百万左右的柏林人。"如果我留下来，国家所有的军队就都会以我为榜样，前来拯救这个城市。我一度希望他们能作出些超人的努力，来救出我，并且也救出我那三百万同胞。"希特勒选择自我牺牲来为他的人民着想？恰恰相反，直到现在他都从未担忧过柏林人的命运。他的参谋们当时恳求他离开地堡，躲去巴伐利亚的阿尔卑斯山区，这样一来就能避免柏林遭受长久和毁灭性的围攻了，他对此总是予以拒绝。

特劳德尔·容格，仍在地堡中供职于元首的两名秘书之一，在回忆时想起了为希特勒所着迷的汉娜·莱契。"她或许是那些无条件、无保留地狂热痴迷希特勒的女人中的一个。……她们热情地发扬着一种为元首和他的理想而死去的狂热忠心。"[1]

难道汉娜·莱契对希特勒没有最起码的客观态度？可以肯定的是，她手里拿着一个毒药瓶子离开了元首，回去见到脚上带伤、待在病榻上的冯·格莱姆。她要向他宣布，战争失败了。

---

[1] 特劳德尔·容格：《狼穴之中：希特勒秘书的忏悔》，巴黎，JC Lattès，[2003] 2005，第240页。

1945年4月27日

"埃娃,你应该离开希特勒……"
(赫尔曼·菲格莱因,党卫军将军、埃娃·布劳恩的妹夫)

　　完全无法入睡。尽管房顶和墙壁都很厚实,元首地堡还是晃动。整个夜里,苏联炮兵部队都持续着它地狱般的轰鸣。希特勒明白,温克的反攻遭到了围堵,他的这名将军需要新鲜队伍的补充。但是去哪里找人呢?

　　另一方面,地堡里的住民们纷纷失去了希望,一个接一个地濒于崩溃。那些没能在酒精里消沉下去的,便大声自顾自地提问,怎样才是了结一切的最好方法。还有一些人则把自己关在房间里,独自一人默默流泪。希特勒感觉自己已无法控制局面。他决定不再组织不知第几场的军事汇报会,转而开一次特别会议。他将其简单称之为"自杀会议"。在惊愕的亲信们面前,他平静地详述了自己的计划,以便在时刻到来之际,任何人都不会缺席他的自杀。具体来说,一旦苏联士兵踏进了总理府花园,每个人就都得结束自己的性命。绝不能让随便他的哪个亲信被生擒活捉了。为避免出现这种意外之祸,那些可能会犹豫不决的人可以信赖党卫军或者盖世太保的忠士们,请求让他们帮忙。会议结束时响起了久久不息的纳粹式致敬,随后大家吵吵闹闹地保证会信守誓约,完成最后的承诺。

　　这个事情解决之后,希特勒又恼了起来。一阵让人无法忍受的噪声在整个地堡里回响。那不是爆炸,而是其他什么东西。林格,他的侍从,告诉他说避难所的通风系统不太能用了。元首担心起来。没有这个，就无法呼吸。一场巨大的火灾在外面肆虐起来，恰恰就在地堡的上方。正是这股烈焰引起了通风系统的运行障碍。希特勒平静而困惑地听侍从解释。总理府花园里发生了火灾？这可能吗？自从4月20日新总理府大厅里临时举办小型生日会那天以来，元首第一次要求上到他的避难所外面。他要亲自看一看到底是怎么回事。他艰难地走向通往地面的楼梯，一级一级地抓着旁边的金属栏杆。林格就在他身后护着，以免意外跌落。朝向花园的厚装甲门是关着的，林格匆忙去推开它，这时正有一颗炮弹在仅仅几米远的地方炸开了。爆炸把门楣的地方震裂开来。正当侍仆转身回去确认元首安全的时候，他已经不在那儿了，已经回到他的巢穴里去了。他是不会再出去了。

党卫军将军菲格莱因则离开了地堡，并且不打算再下去了。直到当天晚上举行参谋部例会的时候，人们才发觉了这个希姆莱的官方代表的缺席。元首怀着一股冷冷的怒火走了进来；他知道菲格莱因并不认同他那集体自杀的决心。这个留恋凡尘、痴迷女色的浪子只有三十八岁，想要活下去的强烈愿望促使他犯下这不可想象的错误：逃离。希特勒把它当作个人事件来处理，他要人立即把他找出来！埃里克·肯普卡，元首的私人司机，同样也是地堡停车室的管理人，知道他藏在哪里。他确信地说，菲格莱因在接近下午5点的时候问他要了最后两辆还在使用状态的车。"出于军事原因。"他向他这样解释道。三十分钟后，两辆车和他们的驾驶员回到了地堡中，但不见了他们的党卫军将军。经过迅速的调查，菲格莱因被证实躲藏在他柏林的私人公寓内。希特勒和鲍曼对这一背叛行为报以怒吼。士兵们被紧急征派去菲格莱因的住所。他们找到他时发现他正和一个女人躺在床上。但那不是他的妻子，埃娃·布劳恩的妹妹格蕾特。在房间里，士兵们搜到一些为长途旅行而准备的行李箱，还有一些包，里面装满了黄金、银行票据和首饰。菲格莱因并不为自己辩称。他酩酊大醉，几乎走不动路。

但这又有什么要紧呢。作为埃娃·布劳恩的妹夫，他不几乎就是元首的家庭成员吗？他在1944年6月迎娶了格蕾特·布劳恩，唯一的目的就是为自己提防着元首的第一权力圈：鲍曼、戈培尔及其同党们，他们对他厌恶之极。这些人很快就明白，他从来就没有相信过纳粹主义，也不相信优越人种的存在，但他却是个希特勒如此青睐的雅利安族德国人。菲格莱因喜欢女人、生活和金钱，于是只能在这样一个严谨又危险的教条世界中讨好奉承，求得保全。

不过，他不是希特勒的"宠儿"之一吗？不正是他第一个在4月20日向元首祝贺生日诞辰的吗？他所做的一切都会被宽恕的。这就是不了解元首阁下了。最开始，元首确实只想惩罚他，把他下放到一个柏林中心作战兵队中去，但希特勒最终改变了主意。菲格莱因将受到一个为背叛脱党特设的战争参委会的审判。所遭受的处罚是死刑。

埃娃·布劳恩不愿做任何介入来保护她的妹夫。她甚至还向希特勒透露，他前天晚上打过电话给她。他本想劝她一起逃离柏林。以下就是他当时所说的内容："埃娃，要是你没办法让元首离开柏林的话，你就应该离开他。别那么傻，现在是关乎生死的问题啊！"[1]

很快，党卫军将军的命运得到了最终定夺。但是总不可能对一个醉醺醺的男人进行审判。于是，菲格莱因被安置在一个严加看守的监牢里。他的判决要等到他酒醒了才能执行。

---

[1] 特劳德尔·容格：《狼穴之中：希特勒秘书的忏悔》，第245页。

1945年4月28日

"为能尽快结束欧洲战事，希姆莱展开系列谈判。"
（路透社报道）

这一天开始得很糟。将近9点，一个党卫军官员带领了一个兵队来到希特勒面前汇报。他告诉他，俄国的第一批突击队已经邻近威廉街，离总理府只有一千多米远。但温克迟迟没有赶来。问题已经不再是地堡是否会沦陷，而是什么时候会真正发生。消息传开之后，在这个德国避难所里的每个人都要求拿到自己的那一小瓶氰化物。并不是每个人都有，只有那些被选中的人才有此殊荣。保卫地堡最后一道防御的士兵必须用他们手里的武器来了结生命。至于如何向外界发报求救，这已属多此一举，最后几道电话线都已经被切断了。为得到敌方军队行进的消息，地堡的执令者们改听无线广播。尤其是英国广播公司（BBC）的消息。多亏了英国这个广播电台，希特勒又发现了一个新的背叛者。一个比戈林那次更令人心痛的背叛。即便声音微乎其微，BBC电台中巡回播报的消息依旧由不得人产生一丝怀疑：希姆莱提议德意志第三帝国向盟军投降。BBC电台引述了英国路透社的一封电讯：党卫军最高首领海因里希·希姆莱向英美军队单方面提出特别和平协议。路透社的文章标题为"为能尽快结束欧洲战事，希姆莱展开系列谈判"，文中写道："希姆莱所提出的仅在英国和美国人面前，而不在苏联人面前投降的提议引发了巨大的轰动，被看作迅速将欧洲战事推进尾声的重要举措。"契约具体内容如下：希特勒退位，希姆莱将取代他的位置，德意志第三帝国仍然保留，德国军队加入盟军，共同打击苏联人。在地堡当中，这绝对是个重磅炸弹。一方面，戈林的态度并没有真正让任何人感到惊讶，另一方面又是希姆莱，这个"犹太人问题最终解决方案的提出者"，忠实者中最忠实的一个，亲手毁掉了纳粹政体的最后一丝信心。

希特勒的反应简直像个疯子。汉娜·莱契记得当时的情况："他的脸色从淡粉色转为了深红色，简直就快认不出了……这一连串危机状况过后，希特勒最终陷入了一种呆滞状态，地堡完全安静了下来。"就像他对戈林所做的那样，希特勒立即革除了希姆莱的所有职务，并将他开除出党。

菲格莱因将为背叛党卫军的首领付出代价。要知道他是希姆莱在希特勒身边的官方代表，他的死刑也立即确认生效了。对元首而言，埃娃·布劳恩的妹夫必定是知道希姆莱夺权以及与敌人谈判的计划方案。他逃离的企图在希特勒看来就是证明。"一小撮纳粹帝国的保安处的人前去寻找菲格莱因。他们在走道里走了没几米，其中一人就拿着冲锋枪，朝他背后一通扫射。"[1]

在这几次背叛之后，一种偏执妄想的情绪在整个地堡弥散开来。接下来会是谁？人们面面相觑，任何一点儿想要逃跑的蛛丝马迹，任何一句评论最高首领的言语，都被加以探询。堡外的地面上，柏林的中心已是一片废墟。苏联人的怒火继续在第三帝国的首都嘶嚎冲撞。庞大的苏联坦克捅穿了邻近地堡的波茨坦广场上的那些大楼。由德国士兵和民兵队伍"德国人民冲锋队"组成的抵御防线，能做到的只是将无可避免的败局向后推延个把天数。

这支"德国人民冲锋队"由希姆莱提议，组建于1944年秋天。全体人民都应当加入到战争中来。最开始，这道巨型防线只包含所有身体健全、年龄在十六岁到六十岁之间的男人。不久，尤其是在柏林，哪怕

---

[1] 罗胡斯·米施：《我是希特勒的警卫员（1940—1945）》，第 206 页。

是伤员，哪怕是年龄极小的孩子和年迈的人，也都被号召迅速在空旷处集结起来壮大队伍。既没有正规的武器装备、也没有统一制服的"人民冲锋队"被苏联人看作游击队员，所以他们也就不受战争状态下国际公约相关保护条例的保护。换句话说，就算他们投降了，也得被枪毙。

地堡住民们最后一次恳求希特勒迅速撤离。阿图尔·阿克斯曼，希特勒青年团的长，希望能扮演起拯救者的角色。他自告奋勇地想帮助元首撤出去。因为有一批经过了仔细遴选的突击队员随时准备为此牺牲，逃离并非无稽之谈。加图机场留有一架飞机随时待命、准备起飞，总理府旁特设的逃生通道也还在德方的控制之中。汉斯·鲍尔确认说："这很危险，十分棘手，但还是有可能的。只要元首一句话，一个手势，撤离行动就立即启动。"

希特勒犹疑地旁听着，但他已经非常疲惫了。他患病的身体和脆弱的神经是否还能承受住冲击呢？对汉娜·莱契而言，这个五十六岁的男人现在就只是一个生命垂危的老头了。"应该能有一个安全通道，让他能离开这个已经坚守不下去的地堡。"她这样认为。这一现实，希特勒完全是心知肚明的。对他而言，活着走出地堡的最终希望，就是打赢柏林这一仗。

1945 年 4 月 29 日

"在各位见证人面前，我请问您，阿道夫·希特勒元首阁下，您是否愿意与埃娃·布劳恩女士结为夫妻？"

（瓦尔特·瓦格纳，纳粹民政官员）

已是午夜零点。

希特勒兴奋极了。他觉得已经找到逃脱苏维埃利爪的办法。但并不是阿克斯曼所提的建议，从炮弹轰炸中直接逃出去。迈着坚定的步伐，他走进他的新任空军总司令冯·格莱姆和汉娜·莱契休息的房间。这个年轻女人对此的证言被美国政府列为了"机密"。以下是其陈述的内容。

"冯·格莱姆听到希特勒向他下达当晚必须离开地堡的命令后大吃了一惊。"她说道。当时新官上任的空军司令（希特勒不久前刚下的提拔命令）身上仍带着伤，正被困在柏林，他眼看着自己接下了这个改变历史进程的荒谬任务，阻挡或者至少减缓苏联人的攻势。为此，他须在第一时间赶到北面 150 公里处的雷希林空军基地，随后从那里率领德国空军远程突击队，去打击柏林外围的苏联军事力量。希特勒对自己的这一计划毫不怀疑，并同时派给了冯·格莱姆另一个任务。一个更加私人甚至极其私人的任务。"您出发前往雷希林的另一个理由，就是要制止希姆莱。"就在道出"第三帝国党卫军首领"的时候，希特勒的声音开始颤抖起来，他的嘴唇和双手几乎持续痉挛。但他仍然坚持着。冯·格莱姆必须通知正在丹麦边境普伦总部的海军元帅邓尼茨，告诉他必须逮捕希姆莱。"一个叛徒永远也不能继承我元首的位置。为了确保这件事成功，您必须马上离开这里！"

整个柏林都被苏联红军所淹没。地面上，他们以超过两百万的人数来准备把这座纳粹首都化为灰烬，天空中，近千架带红色五角星标志的猎狙机牢牢控制着局势。冯·格莱姆和汉娜·莱契试图让希特勒重归理智。如果他敦促着他们出发，就等于是签署了他们的死亡令。"作为第三帝国的士兵，"希特勒恼怒起来，"尝试不可能中的可能是你们崇高的义务。现在是我们最后的机会。把握住它是你们也是我所应尽的义务。"争论就此打住。他发号施令，他的士兵服从。但汉娜·莱契可不是士兵。这个年轻女人是个性鲜明的市民。"不！不！"她喊道。在她看来，所有这些不过是纯粹的发疯。"一切都没了，试图现在改变局面是完全不切实际的。"出乎一切意料，冯·格莱姆制止了她。刚上任的司令不愿意让自己作为一个拯救元首时迟疑的人而进入史册。哪怕成功的机会只有百分之一，也必须抓住，他直直地瞪视着他年轻情人的双眼说道。

出发前的准备只用了几分钟。贝洛，地堡中的空军代表鼓励着他的新上司。您应该能做到，只有倚靠您，真相才能为我们的人民所知，才能在全世界面前挽救我们空军和德国的名誉。地堡里的人都已得知了希特勒的计划。所有人都羡慕这即将出发上路的人。有一些交给他为家人匆匆写下的书信或是临时决定的遗嘱。汉娜·莱契后来向审讯她的盟军人员表示，为了防止这些信件落入敌人之手，已经把它们全销毁了，包括埃娃·布劳恩写给她妹妹格蕾特的信。但有两封除外。那是戈培尔一家写给哈罗德·匡特的，玛格达在第一次婚姻养育的长子。哈罗德当时二十四岁，是家中唯一一个没有住进地堡的人。因为这个原因，1944年在意大利，他被盟军逮捕并关了起来。玛格达·戈培尔不仅把信交给了汉娜·莱契，还送给她一枚镶嵌着钻石的戒指作为留念。

离希特勒下达命令仅过了三十分钟，冯·格莱姆和莱契就准备好了。他们重新来到地面，跳上了一辆为他们专派的轻型装甲车。距离勃兰登堡门不到一公里远处，一架套着伪装层的小型飞机，阿拉道96教练机，正等着他们。在街上，俄军的迫击炮回声隆隆，排出疯狂节奏，红色的天空与首都的上百幢着火的楼房相映衬。满是灰尘的空气染黑了双颊，也刺激着喉咙。小车歪歪扭扭地挤过那些堆满了尸身的巷子，坐在车里的汉娜·莱契被颠得从一个车门撞到另一个车门。她集中精神努力扮了个痛苦的鬼脸。她知道这只是他们这次出逃中最容易的部分。

几秒钟后，她就要去操纵那架她远远能瞥见的飞机了。它就趴在这条东西向大街的正当中，旁边就是柏林最著名的建筑，勃兰登堡门。

阿拉道96教练机不是一架作战用飞机，纳粹空军主要用它来训练初学的飞行员。它的速度不是很快，每小时仅330公里，比较而言，战斗机梅塞施密特109的速度每小时超过了650公里。但它的可操作性十分之强。汉娜·莱契很熟悉这款机型；她感觉驾驶着它简直能创下一番伟业。但目前的问题是仍需在一条堆满残骸的石子路上起飞。好消息是，这条临时通出来的跑道还没有被连串轰击的炮弹整成瑞士格吕耶尔奶酪。但坏消息是，它的长度仅有440米。汉娜·莱契坐到了操纵位上，几乎不留时间给冯·格莱姆在后座就位。她只有唯一一次尝试的机会。苏联人一旦听到阿拉道465马力的轰鸣声，绝对会立刻就搞清楚局面。希特勒可能出逃了！他们十人一组，像邪魔一样，极速越过那些燃着火焰的废墟，向着这架飞机匆匆赶来。但来得太迟了。这个大家伙已从地面一跃而起，几乎垂直地上升来躲过连发的子弹。飞机刚升到大楼的上方，又一个危险突然出现了。苏联防空战队的那些巨大探照灯神经质地在整片天空搜寻。紧接着就是一阵猛射，像是金属泡沫一般，试图让他们这场意外的逃脱宣告终结。奇迹般地，飞机只挨了几下无关痛痒的碰撞。到了海拔两万英尺的高度，它已经无法被打到了。这次成功的冒险超出了人们所能理解的范畴。当然，也无需理解。五十分钟后，将近凌晨2点的时候，冯·格莱姆和莱契在雷希林空军基地着陆了。按照元首发出的命令，这个新上任的空军司令发动所有能起用的飞机向柏林飞去。但显然他们还是人数过少，依旧无法改变战争的进程。

冯·格莱姆并没有留在雷希林来见证这一切。他只想着尽快完成第二项任务：逮捕希姆莱。为此，莱契和他要从空路前往海军元帅邓尼茨所在的普伦总部，距离雷希林西北部300公里。邓尼茨，希特勒的最后几名忠实信从之一，还未得知希姆莱叛变的消息。相比去逮捕党卫军的首领，他可还有很多重要的事情要忙。他就是这样向冯·格莱姆解释的。对后者来说，是彻头彻尾的失败。

最终，到了5月2日，希姆莱亲自来到普伦与希特勒的密使们碰面了。党卫军首领去那里是为了参加一次与邓尼茨的军事简会。他进去开会之前，女飞行员将他拦了下来。

"等一下，尊敬的帝国元首阁下，我想请问您一个问题，这极其重要。"

"当然可以。"希姆莱几乎是兴高采烈地回答道。

"尊敬的帝国元首阁下，听说您在没有收到希特勒命令的情况下，已经联络盟军并提出和平协议，这是否真的呢？"

"当然是啊。"

"您在最昏暗的时刻背叛了您的元首和您的人民？像这样的行为属于严重背叛，尊敬的帝国元首阁下。您怎么可以这样行动，您实际上现在应该和希特勒一起待在地堡里对吧？"

"严重背叛？并不是！您看吧，历史会作出判断的。希特勒想继续打下去。他被自己的高傲和他的'荣耀'冲昏了头脑。他想要德国再多流些血，但现在已经所剩无多了。希特勒是个疯子。这原本早就可以被制止的。"

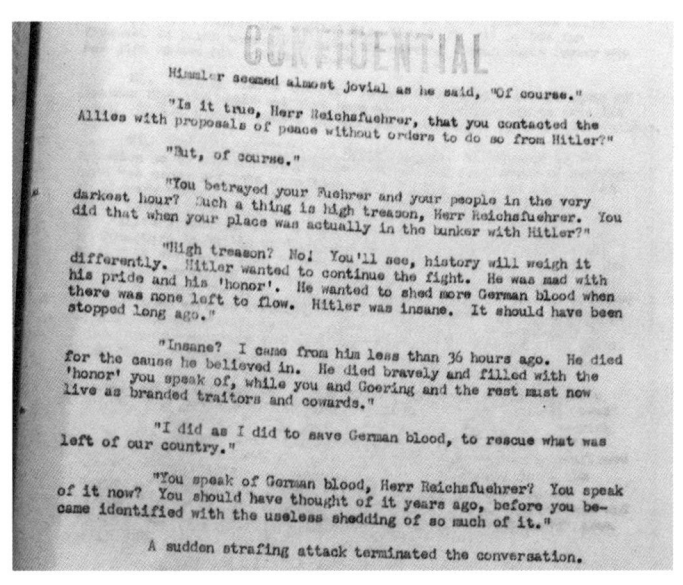

> CONFIDENTIAL
>
> Himmler seemed almost jovial as he said, "Of course."
>
> "Is it true, Herr Reichsfuehrer, that you contacted the Allies with proposals of peace without orders to do so from Hitler?"
>
> "But, of course."
>
> "You betrayed your Fuehrer and your people in the very darkest hour? Such a thing is high treason, Herr Reichsfuehrer. You did that when your place was actually in the bunker with Hitler?"
>
> "High treason? No! You'll see, history will weigh it differently. Hitler wanted to continue the fight. He was mad with his pride and his 'honor'. He wanted to shed more German blood when there was none left to flow. Hitler was insane. It should have been stopped long ago."
>
> "Insane? I came from him less than 36 hours ago. He died for the cause he believed in. He died bravely and filled with the 'honor' you speak of, while you and Goering and the rest must now live as branded traitors and cowards."
>
> "I did as I did to save German blood, to rescue what was left of our country."
>
> "You speak of German blood, Herr Reichsfuehrer? You speak of it now? You should have thought of it years ago, before you became identified with the useless shedding of so much of it."
>
> A sudden strafing attack terminated the conversation.

汉娜·莱契在美国情报部门所述的证词，此为保存在"加尔夫"局的影印本。

莱契在美国情报部门确认说，她在党卫军首领面前头脑还算清醒，他们的谈话直到盟军朝着邓尼茨的司令部发起了一次攻击时才被打断。

希姆莱是否还记得这些话呢？很有可能。他也向其他一些纳粹高官重复过好多遍。对于希特勒毁灭性的疯狂而言，这份突如其来的清醒认识并没能让他脱离困境。被盟军持续追截之际，他于1945年5月22日被抓获，当时他正企图逃往巴伐利亚。被抓次日，他吞服了一支氰化物安瓿瓶自尽。与他交给希特勒的是同一种安瓿瓶。

再回到柏林这边，4月29日。希特勒并没有预料到他下达的清除希姆莱的命令永远都不会被遵从。他刚刚得到消息，他的空军司令和汉娜·莱契一起成功地完成了那疯狂的突围。终于有了能让局势发生改变的迹象，一切还未完全结束。

他现在能心无旁骛地来投入到眼前正准备就绪的仪式当中了。

几分钟以来，在希特勒平时召开军事会议的小厅里，士兵们一直在兴奋不安地忙碌着。在林格的监督下，他们拿出一些椅子，匆忙地整理着家具的位子。是终于准备要离开了吗？

走廊里，一名穿着纳粹制服的陌生人出现了。他叫瓦尔特·瓦格纳，被两个神情严肃的人直接从外面押护进来。地堡里的人都好奇地发问起来。他是谁？他和希姆莱的背叛有关系吗？副官罗胡斯·米施询问了他的一个党军同志："他以极干脆的语气告诉我说，那是一名民政部的官员。我瞪大了眼睛看着他。'是的，是民政部的官员，因为希特勒要结婚了！'"[1]

埃娃·布劳恩高兴极了。好几天以来，她都在恳求她的情人能迎娶她。一想到死去的时候不能正式地冠上她所爱的这个人的姓氏，她是绝不甘心的。1929年，当她在慕尼黑遇见这个男人时，只有十七岁，在希特勒的摄影师海因里希·霍夫曼的工作室工作。很快，他们就在一起了。她向他提起婚事。但他说自己身不由己，他已经有一位妻子了，就是德国。今天，德国不能再让他满意了。面对这样一份配不上他的爱情，他决定与自己的誓约决裂，接着就能自由地与埃娃·布劳恩结合了。

婚礼见证人的选择受到各方面的限制，最终定下了约瑟夫·戈培尔和马丁·鲍曼。没有女性证婚者。埃娃·布劳恩没什么要说的，她有些不情不愿地接受了鲍曼在场，一个她讨厌至极的男人。多年来两个人都在争抢希特勒的宠爱。他们都渴望着能在他身边产生影响。鲍曼和希特

---

[1] 罗胡斯·米施：《我是希特勒的警卫员（1940—1945）》，第207页。

勒的多名信从一样，总是喜欢严厉批评这个年轻女人。她缺乏深度，表现得过于轻浮，相比政治而言更在意她指甲油的颜色。汉娜·莱契，或许因为私底下对元首极其迷恋，甚至认定她是个自私而幼稚的人，几乎将她看作一个白痴。

临近凌晨一点的时候，这对新婚夫妇走进了会议室。希特勒的脸色就像好几天不见阳光的人一样，泛出些蜡黄色。他穿着平日的衣服，由于长时间躺卧在床，上面都起了皱。唯一别致的一点，就是他在衣服上别上了纳粹党军的徽章、他的一等铁十字勋章以及第一次世界大战的伤员奖章。埃娃·布劳恩面带笑容，穿着一条漂亮的深蓝色丝质连衣裙，外面罩着一条毛茸茸的灰色裘皮披风。他们相互搀扶，走到瓦尔特·瓦格纳跟前。瓦格纳正害怕得浑身发抖。他始终不能直面德国元首。于是，用一种极其犹豫的声音，这名官员开始读起第三帝国婚姻法规前两页的内容。在列数义务的过程中，瓦尔特·瓦格纳发觉它们根本就无法完成。他自接受培训履职起，就知道要完全按字面的意思来遵循由纳粹政府编订的这些条款，现在他不知该怎么办了。缺少那么多的官方文件，比如无犯罪记录证明（希特勒不可能会有这个，要知道他在1923年参加暴动失败后，被判过五年的刑狱）、警局出具的品德优良证明，以及新婚夫妇对第三帝国的政治忠诚度担保书。对民政官员来说，这可是个大难题。然而，元首阁下可不会等下去。最后，他决定开一次例外，在结婚证书中明确指出，考虑到战争期间的特殊外部环境，此对夫妇可免除一般规定中需行的义务和申请时限。因此，整个婚姻完全是出于新婚夫妇的良好意愿、二人纯粹的雅利安血统，以及双方不带有任何遗传类疾病的事实。

接下来就到关键问题了。瓦尔特清了清嗓子，开始大声宣读道："在各位见证人面前，我请问您，阿道夫·希特勒元首阁下，您是否愿意与埃娃·布劳恩女士结为夫妻？如果情况确实，我请您以'是'来回答。"

仪式只进行了十分钟。只有时间让未婚夫妇作出肯定回答了，还要签署几份官方文件，并相互祝福。从此以后，埃娃的姓氏不再是"布劳恩"，而是"希特勒"了。新娘太过激动，以至于她签署民政文件的时候竟出了错。她开始落笔的时候写的是一个大写 B，布劳恩的 B，然后又重写。B 被笨拙地划掉，代之以 H，希特勒的 H。

接下去的欢迎会也只延续了几分钟。元首的房间被征用来接待地堡中有名望的贵宾：几位疲惫的将领和沮丧透顶的纳粹军官，以及三个几近神经崩溃的女人，玛格达·戈培尔和希特勒的两个私人秘书。所有人都被请用几杯茶，甚至能喝到香槟。唯独特劳德尔·容格，秘书中最年轻的那位（她只有二十五岁），没能享受这罕有的惬意片刻。她向新婚夫妇表达了自己的衷情祝贺之后，就神情焦灼地悄悄离去了。

"元首阁下等不及要看我所整理的文字记录。"她在回忆录中写道，"他返身来到我的房间，看了一下我的进度，什么也没说，但神情忧虑地看了看余下还没打出来的速记内容。"特劳德尔·容格正把希特勒赶在婚礼仪式之前口述给她的内容整理成文。这是他的遗嘱，更确切地说是他的几份遗嘱。第一份关于私人问题，第二份长一些，关于政治。在他的私人遗嘱中，希特勒首先解释了一下他与埃娃·布劳恩突然结婚的原因。也许在他看来，一个男人在与一个女人过了多年夫妻生活之后正式结婚的普通举动并不寻常。"我决定，在我与这世上的事业即将终结之前，娶这位年轻女人为妻，多年来她忠贞不渝，又自愿来到这个实际上已被围困的城市，来分享我的命运。"一个慷慨的举动，但也有代价：死亡！在接下来的一段，他明确说道，他的妻子将伴随他直至进入坟墓。此时，就算他提到自杀，但也没有明确说出这两个字眼。"我的妻子和我本人，为了躲避被革职或投降的耻辱，宁可选择死亡。我们的遗愿是，能够在我十二年以来辛勤服务人民的地方被焚化。"

尽管埃娃·布劳恩直接出现在这些文字当中，但从未参与遗嘱的撰写。她是否知晓丈夫为她准备的这份"新婚礼物"呢？

特劳德尔·容格重读了一遍她的记录。她深谙自己这一任务的历史意义，绝不允许出任何差错。就在三十分钟之前，希特勒让她跟自己到地堡"会议室"去的时候，她以为是要撰写一份新的军事命令。于是，她像往常一样坐到打字机前面，那台机子特别设计成全大写字母模式，以便希特勒可以毫不费力地阅读。"您直接在记事本上速记就行。"他要求她道，打乱了她一贯的方式。短暂思索了片刻之后，他接着开始了："以下就是我的政治遗嘱……"

战后，特劳德尔·容格数次在媒体上、回忆录中和向盟军的供词里表达了对这篇公告的失望之情。她曾抱有如此多的期许，期望这会是一篇告慰一切由纳粹主义引发的深重灾难的结语，能够让自1924年《我的奋斗》撰写以来所引发的一切灾难和血腥味的疯狂在理性上能够被人们接受。恰恰相反，女秘书听到的是她再熟悉不过的那套纳粹话语，重复得毫无新意。并且还是那些德意志第三帝国话语所组成的特别措辞，一种纳粹式语言，由德国犹太知识分子、语言学家维克多·克莱普勒给予了理论化的命名，叫作第三帝国语言。这一创新的表达方式，是维克多·克莱普勒十二年来对第三帝国发展扩张和宣传普及的观察结果。留在德国境内的他不得不躲藏起来，险些没逃过集中营的死亡命运。直到希特勒政府垮台，他才得以在1947年编写了这部专门描述第三帝国语言的著作。在他看来，这种语言遵循着一些设定完善的规则。其目的在于适应纳粹政府渴望创造出的能够绵延数代的新人类。第三帝国语言的创造既是为了震慑敌人，也是为了激励民众。它的词汇强调动作、意志和力量。就像一个不停转动的滚筒，单词不断重复，用夸张和带有攻击性的情绪反复冲击对方。一些词语能使最残酷恶劣的行为变得平平无奇。于是，杀人不再是杀人，而变成了"净化"。在集中营里，人们消灭的不再是鲜活的生命，而是"统一群体"。至于犹太人大屠杀，那只是一个"最终解决方案"。

希特勒的政治遗嘱本身，就是这种语言的一个最好的范例。一上来就以受害者自居，随后很快将罪恶的源头指向了他一贯的敌人：犹太人。

> 有人认为是我或者德国人在1939年发动的战争，这种说法是错误的。推动和引发战争的是国际上其他国家的人们，是犹太人，或者是那些为了犹太人利益而奋斗的人。……几个世纪之后，在我们的城市和纪念碑的废墟上将不断地生长出反战的仇恨，而这一切全都归功于他们：国际犹太社会，以及追随它的人们。

特劳德尔·容格努力以尽可能忠实的方式，重新整理笔记以呈现元首的风格。在希特勒焦躁的目光注视下，她继续以最快的速度在打字机上忙碌着。接下来的一段提到了纳粹政府对数百万犹太人命运的安排，这在此前从未被明示过。

> 我从未让任何人对此有过怀疑：如果欧洲人民一再地被那些国际经济金融界的阴谋家当作一支支股票，那么大屠杀的唯一责任人就该由真正的凶手来承担：犹太人。对于这一点，我也从未让任何人怀疑过：如果真正的罪手能够被绳之以法，哪怕是以更人性的方式，这次，数百万的雅利安儿童不会被饿死，数百万的男人不会战死沙场，数千万的妇女和孩童也不会在我们的城市里被烧死或者在轰炸中丧生。

即便由他那攻击性的政见所引发和煽动的冲突已然尘埃落定，希特勒仍旧无怨无悔。

在六年的战争过后,无论遭遇了多少失败,历史总会留有一天,铭记那一场为了民族生存所做出的最光荣和最有英雄气概的斗争,我无法抛弃第三帝国的这座首都。由于我们的力量太过薄弱,以至于无法抵挡敌人的攻袭,而且我们的抵御又一次次地被盲目和懦弱的情绪削弱,我决意将自己的命运与其他数百万身在这座城市的人相连,与大家共进退。此外,我也绝不会落入敌人之手,他们正在等待另一出犹太人上演的新剧,用以娱乐那些歇斯底里的大众。

所以,我决定留在柏林,在这里,当我认为元首的位置和总理府不能再继续维持的时候,我会自愿选择死亡。

在他遗嘱的第二部分中,他正式确认将希姆莱和戈林剔除出党、公开处死的决定:"戈林和希姆莱给整个民族带来了不可弥补的羞耻,他们在我不知情、违背我意愿的情况下秘密同我的敌人谈判,也试图非法地夺取对国家的控制,更不要说他们对我的阴险背弃了。"

随后他委任了他的第三帝国接班人:海军元帅邓尼茨。邓尼茨要担任的头衔不是纳粹党元首,而是帝国的总统。至于戈培尔,他成为新的总理。此外,十二个部门都被委派给了最后几个亲信,他们都是陆、空、海军的参谋总领。都是些虚职,整个纳粹的国家和战争机器都已濒于崩溃。

最后,希特勒以一个建议作为结束:"重中之重的是,我希望民族的领导者和他们的臣民能够极其审慎地阅读那些种族法律,毫不留情地揪出各个民族中的毒瘤:国际犹太社会。"

就在特劳德尔·容格几乎快要完成的时候,眼看着变得激动万分的戈培尔却突然打断了她。他刚得知自己即将担任总理。对此，他完全拒绝，因为这意味着他要在元首的身后继续活着。这是决不允许的。冒着让秘书的任务变得更加复杂的危险，德国宣传部部长立即决定向她传述起自己的遗嘱。"如果元首死了，我活着没有任何意义。"他眼中含着泪哀叹道，"快打呀，容格女士，把我的口述打出来。"这风格也是典型的纳粹式。重点就在于展示他对希特勒的忠心，以及民族社会主义在德国垮台后他不再苟活的决定。他把自己的所有家庭成员都加入到他的死亡意愿当中。"鲍曼、戈培尔以及元首阁下不停地走进来看我是不是弄完了。"特劳德尔·容格讲述道，"到最后，他们几乎是从我手中一把抢去了打字机里的最后一页纸，回到会议室签署了这三份文件[1]……"

凌晨四点，戈培尔、鲍曼以及布格多夫和克莱勃斯两位将军作为见证人在希特勒的政治遗嘱上签字。三份文件副本交给了三位信使。每一个人都带着一份沉重而危险的任务，要把这珍贵的文件送出柏林。一份送到北面的海军元帅邓尼茨处，一份送给驻守在捷克地区的舍尔纳元帅（德军中部编队司令），最后一份送到位于慕尼黑的纳粹党军总司令部。

疲累至极的元首准备去睡觉了。他只能短暂地小憩一会儿。

苏军对地堡发动的新一轮攻击让他在清晨六点惊醒。他的周围不断有尖叫声回响，有些人坚信总理府已经被包围了。避难所的安全门可能已经遭到了连发的子弹射击。能坚持很久吗？希特勒看了看他总是放在口袋里的氰化物安瓿瓶。一阵疑虑让他感到压抑。不正是希姆莱把它们交给他的吗？兴许这是个陷阱呢？只需把这毒药换成一种强力的催眠药，他就能被敌人活生生地给逮捕了。不行，必须要证实一下，他想找个人试验一粒。但找谁呢？

那么就是他的母狗了，忠诚的布隆迪。他如此喜爱的那条德国牧羊

---

[1] 特劳德尔·容格：《狼穴之中：希特勒秘书的忏悔》，第 253—254 页。

犬。为了让它能吞下毒药，总理府的驯犬师也亲自出动了。牧羊犬不停挣扎着。于是发动了好几个人，把它的嘴掰开，再用钳子把安瓿瓶碾碎。布隆迪很快就痉挛起来，在经历了几分钟深深的痛苦之后，它在主人眼前咽了气。希特勒看着他的宠物一声没吭。他放心了，这确实是氰化物。

地堡的居民们实在无法下决心放着机会不逃而坐着等死。但是这之前，必须得到希特勒的批准。没有这个，等待大家的就是盖世太保的一发子弹。好几名年轻军官得到了希特勒开的绿灯。"你们要是在外面遇到温克，"他向他们要求，"得让他快点，要不然我们就败了。"空军上校尼古拉斯·冯·贝洛也决定要试试运气。他在4月29日至30日的凌晨离开地堡，向西边而去。两封信交到他手中。一封是希特勒写给凯特尔元帅的，另一封是克莱勃斯将军写给约德尔将军的。就如汉娜·莱契所看到的，刚一出总理府冯·贝洛就烧掉了那两封信。他声称，这是怕它们落到敌人手中。更可以肯定的是，万一被苏联人抓到，可以更好地掩藏他的身份。最终，是英国人逮捕了他，时间是1946年1月7日。不论怎样，战争已经失败了，这些信还有什么重要呢？他在审讯他的英军面前这样申辩道。但在毁掉它们之前，冯·贝洛还是仔细读了其中的内容。他凭记忆在1946年3月向柏林的英国秘密情报局（通称"军情六处"）供述了大概内容。以下是根据冯·贝洛的回忆，希特勒写给凯特尔元帅的内容："柏林的战斗已经接近尾声了。其他前线也一样，结束都是很快就会来临的事。我会自尽，决不投降。我已指派海军元帅邓尼茨来接任帝国的大总统以及国防军总司令。我希望您可以继续待在您的位置上，并且将您曾经向我付出的热忱支持也同样给予我的接任者。……德国人民在这次战争中的努力和牺牲是如此巨大，我无法想象他们所做的都是徒劳的。最终目标还是要在东部为德国人民争取一片领土。"希特勒明确无误地交代了他的自杀决定。然而，那名在冯·贝洛的证词报告上签字的英国官员注意到，没有证据能证明希特勒确实写过这些话。但是"这些内容与我们从其他来源获得的证据恰好相符"。

尽管对于冯·贝洛而言，4月29日的夜晚标志着元首地堡中几周精神摧残的结束，但对希特勒来说，噩梦仍在继续。他在深夜收到一个令人难以承受的消息，就像是隐约瞥见了历史为他所预留的命运。他获知自己的忠实盟友，那个在自己起步阶段启发过他的人，贝尼托·墨索里尼，死了。法西斯长在前一夜被一群意大利游击队员处死，当时他正假扮成德国士兵，试图从意大利北部逃走。让希特勒感到心寒的并不是盟友的逝世，而更多的是他们两人之间命运的相似。意大利独裁者像条狗一样，与他的情妇克拉拉·贝塔奇一起在审判过后被打死，随后他们的尸体在米兰示众，吊挂在洛雷托广场。人群整个失去了控制，将这两具尸体野蛮地切毁得支离破碎。直到刚刚解放了这个国家的盟军士兵介入，才让这个集体歇斯底里的场面有所克制。当晚，墨索里尼被人偷偷埋葬在米兰的某座公墓内。

希特勒感到了恐惧。承受同样的侮辱是绝无可能的。他向他的飞行员汉斯·鲍尔倾吐了自己的想法：苏联人会想尽一切办法来将我活捉。他们会用一些催眠气体阻止我自杀。他们的目的就是把我像只集市上的牲畜一样展示起来，像一个战利品，然后我就会像墨索里尼那样彻底完蛋。

1945 年 4 月 30 日

"你的飞机在哪儿?"

(希特勒问他的飞行员,汉斯·鲍尔)

"温克呢?他在哪儿?"已经是凌晨 1 点,两个地堡里总是听到同样的问题。希特勒开始不耐烦起来。温克的攻击什么时候开始?元首无法再长时间地淡定下去了。好几个星期以来,他夜夜都在他的房间附近进进出出,试图重新找回到他丢失已久的睡眠。此外,夜里也好,白天也好,一旦久居地下,远离了所有自然光线,所有这些概念都变得抽象起来。避难所的潮湿空气刺激着皮肤和呼吸道。它是否也扰乱着精神,让哪怕最顽固的人也变得如此脆弱呢?或者说,一个彻头彻尾的地狱是否正降临到第三帝国这些难民的头上呢?

同外界罕有的一些联系让胜利的可能变得越发渺小。时常有士兵们满身尘土、神色惊恐地跑来报告。战斗失败了,他们不停地这样说。苏联人一路狂轰猛炸,朝着帝国大厦前进,离新总理府就剩 300 米了。甚至可以说,已经到达了步枪的射程范围。

将近两点,所有人都在等待的回复终于通过电报送了过来:温克的部队继续在英勇奋战,但无法到达柏林,更不用提救出希特勒了。

那么就是结束了。

"我们还能坚持多久?"元首的这句问话不再是针对整个德国,甚至也不是在过问柏林,而只是他的地堡。距离最后的进攻,还有几天,或者还有个几小时?站在他面前的这名官员毕恭毕敬地站立着,毫不犹豫地回答道:"最多两天。"

2点半了。新总理府里所有的女人，主要是一些用人，被聚集在一个餐厅当中。她们总共十来个人在那儿站得笔直。没有一个知道为何她们半夜三更地被叫起来。忽然，希特勒径直走进了房间。他身后跟着鲍曼。整个场面被详细记录在1945年11月1日英国情报部门问询目击者的一份报告之中。独裁者看上去失魂落魄、眼神呆滞，仿佛正处在某种药剂或麻醉物的作用下。他上前一个个地与她们握手问好，随后简短说了几句关于叛徒希姆莱以及当下严峻局势的话，以及准备将区域内人员疏散的决定，声音小得几乎听不到。接着，他就将她们从忠于他的誓言中解放出来。他唯一的建议：往西逃比较好，东面已经完全被苏联人控制了。落入他们的手中，他提醒道，注定会被奸污，并且像供士兵玩乐的妓女那样丧命。他讲完之后，径直和鲍曼一起离开了房间。在场的女人们就被孤零零地留在了那儿。整整几秒钟，她们愣在了那里。就在刚刚，她们的元首将她们抛弃了。

现在轮到军官和亲信们接收同样的指令了。这期间，埃娃·希特勒一直在她的小房间里收拾东西。她叫来特劳德尔·容格。容格拿起自己的笔记本，心想她也是准备要向自己口述遗嘱了。但完全不是这样。埃娃探身到一个满是连衣裙和皮毛大衣的衣柜里，示意年轻的女秘书走上前来。"容格女士，我想送您这件大衣作为告别礼物，"她说，"我特别喜欢那些穿戴好看的夫人围在我身边，现在，您可以开心地拥有它了。"[1]银色狐皮斗篷，正是她在婚礼上穿的那件。

清晨8点，撤离政府办公区域的命令终于正式下达了。希特勒刚刚向鲍曼传令下去。一支支小分队立即组织起来。每一个都抱着碰碰运气的心态。一部分准备往西南方向撤，另一些要往北去。苏联人把首都包

---

[1] 特劳德尔·容格：《狼穴之中：希特勒秘书的忏悔》，第255页。

抄了也没用，他们对柏林不熟悉，对它的地下运河网络和柏林地铁的枝枝蔓蔓更不知情。逃走还是有可能的。飞行员汉斯·鲍尔兴奋得热情高涨。他终于能派上用场了。他跑去面见元首，向他保证能将他送出柏林。他知道首都哪里能找到飞机。鲍尔考虑好了一切。他随后会将希特勒安置在远离这里的地方躲避。还是有几个像日本、阿根廷、西班牙这样的友好国家……"或者，也可以到哪个阿拉伯族长那里，就您对犹太人的态度，他们总是会念旧情的。"[1]

为了感谢这个热情的飞行员，希特勒把办公室里挂着的那一大幅油画转赠与他。上面画的是伟大的普鲁士国王腓特烈大帝，他被称作"开明"专制的典范。对元首而言是政治和军事上的借鉴。鲍尔乐疯了。地堡中的很多人都说这是伦勃朗的作品，价值不可估量。而实际上，据海因茨·林格说，那是阿道夫·冯·门采尔的画作，一位逝于1905年、生前极其受欢迎的德国画家。"它在1934年花去了我34000马克。"元首以会计般的精确补充了一句。这个数字相当于今天的40万欧元。"它是你的了，"随后，他又低着嗓子加了一句，"你的飞机在哪儿？"

海因茨·林格，元首的侍从，也忙了起来。一大早，他的主子便明确告诉他，"真相的时刻"到来了。他建议他向西逃离，甚至可以向英美联军投降。他还确认了关于腓特烈大帝肖像的决定。他坚持认为，就算在这样混乱的时刻，他的意愿也必须要被遵从。这幅画甚至对元首造成了困扰。他想保护它在地堡沦陷之后免遭掠夺。林格保证一定会亲自照看。

归于平静之后，希特勒回到房内休息了几个小时。他合衣平躺，让党卫军护卫在他的门前守着。

临近下午1点，他走出房间去吃午饭，陪同的还有他的妻子、两个

---

[1] 汉斯·鲍尔：《我是希特勒的飞行员》，第188页。

女秘书和营养师。已经有好几天了，他拒绝和男人们同席用餐。在小桌子周围，所有这些女人都神情凝重。彼此之间，几乎没有交谈。没人有心思打趣开玩笑，直到前夜都是这样的情形。

用膳结束后，埃娃·希特勒第一个离桌。两个秘书也悄悄离开了去抽烟，她们遇到了京舍，元首严峻朴实的副官。他向她们宣布，元首想与她们道别。两个年轻女人按灭了烟头，跟在这个让人印象深刻的党卫军军官后面——他身高有一米九三——就这样形成了一个小分队。最后留下的几名亲信在走廊里候着：马丁·鲍曼、戈培尔夫妇、布格多夫、克莱勃斯将军和林格。将近下午3点，会客厅的门开了。希特勒从里面慢慢向他们走来。重复起了同样的仪式。他温热而软塌的手抓住那些伸向他的手，轻声说了几句就很快又离开了。埃娃·希特勒从未如此美艳，刚刚梳理打扮好的头发泛着亮泽。她换了条连衣裙，穿着丈夫特别喜欢的那一条，黑色，颈部镶有一圈玫瑰花饰。她最后一次亲吻了秘书们，要她们尽快地逃离此处，然后就去和希特勒待在一块儿。林格重新关上门，在元首的套房门口守着。每个人现在都只能各自为命了。

1945年5月1日

"希特勒去世了。
直到最后一刻他都在为了德国与布尔什维克主义作着斗争。"
（海军元帅邓尼茨在汉堡广播电台的简短演说）

希特勒在哪儿？夜色正酣，在柏林的街头，这些词眼像一阵机枪般喀啦作响地扫射着。苏联士兵们已经将这句德语烂熟于心："Wo ist Hitler？"（希特勒在哪儿？）对于红军司令部来说，这几乎是一场生死攸关的挑战。指挥这次德国首都突击战役的朱可夫和科涅夫元帅收到了斯大林的两个命令：在英美联军到达之前打下这座城市，并且抓到希特勒。朱可夫和科涅夫都不打算让克里姆林宫的主人失望。

很快，他们就明白了希特勒应该是躲在新总理府附近。帝国政府附近纳粹的疯狂抵抗给了他们一个极其重要的提示。随后那些被抓起来的平民和士兵也一概作证："希特勒宣称他会待在城里直到最后一刻，"他们这样说道，"他可能把自己关在了一个地下避难所里。"

逮到他现在成了不可抗拒的行动了。德国的权力象征一个接一个地倒下了。昨晚将近10点，帝国大厦被占领。苏维埃联盟的旗帜飘扬在这座废墟的圆顶上。地面上，战斗仍在残酷地继续着。十五天内，柏林战役中的双方阵营里已经死去了至少两万名平民和二十万名军人。凌晨1点，几百名士兵用血的代价攻下了政府大楼的那最后几十米。党卫军的最后几支兵团疯狂死守着新总理府那些烟雾弥漫的残墟。

突然，就像是施了什么魔法一般，周围一下子全安静下来。再没有一声枪响，也没有了吼叫声。整片街区都沉陷在一种极不真实的寂静中。两个身穿纳粹国防军制服的男人在被烧焦的石头和不成形的石灰渣路面上疾行，这曾是柏林最美的街道之一。步兵部队的汉斯·克莱勃斯将军俄语说得还不错。正是由于这一语言天赋，以及作为地面部队总指挥的身份，他才不得不冒着生命危险来到这个柏林战役最糟糕的核心地带。他在元首地堡中得到的命令是明确无误的，他得试图和苏联人进行一次谈判。他身边的一个官员，冯·杜福文，负责从旁协助他，并且在必要时对他加以保护。确实，就在几个小时之前，交战双方达成了一致，让这两个人自由通过，但苏联人是否会遵从它呢？

两名德国官员很快来到了最近的苏联指挥部所在地，那是崔可夫将军率领的苏联第八军。这位将军出身于平民家庭，面对敌人不知疲累而且从不妥协，是俄国农民的儿子，一个举止粗俗的大个子。而汉斯·克莱勃斯，则是典型的德国军事贵族。他精心修饰了胡子，穿上了自己最帅气的军装，铁十字勋章别在上面十分醒目，外面披着一件质地上乘的皮革长外套，而最别致的当属他左眼戴着的那副单片眼镜。两个男人几乎是相同年纪，那个苏联人四十五岁，这个德国人四十七岁。他们处处形成对比。崔可夫有着乱蓬蓬的黑色头发，前额凹陷，印有深深的皱纹，其中还混杂着些凌乱的伤疤，眉毛浓密而峻朴，鼻子扁平，因为喝多了烈酒，皮肤厚实而软塌。最令人惊奇的是他的牙齿，全是镶银的金属假牙。他那有如扮鬼脸一样的微笑只能让他显得更加具有威胁。克莱勃斯面对这样散发着兽性的强势敌人只得僵直地待在那儿。从谈判期间苏联人拍下的照片里，依稀能看出德国将军的惴惴不安。克莱勃斯犯下了第一个错误。他做出了立正姿势，还敬了一个最漂亮的军礼。他认为自己站在了大元帅朱可夫的面前。崔可夫为这一混淆感到好笑，转向他的军官们，一脸快活的神情。克莱勃斯能从苏联人在他面前交谈的内容中听出些许单词，尤其当崔可夫猛地以雷鸣般的洪亮嗓门发话的时候："应该把他们全给了结了！"这绝不是什么好兆头。

最后，这位苏联将军还是打了电话给朱可夫，对他说："就我个人而言，我是不会去摆什么姿态的。无条件投降，就这点而已。"电话交谈过程中，在场苏维埃士兵的态度让两个德国人很是担心。他们眼中的仇恨清晰可见。克莱勃斯甚至被一个陆军中校粗暴地在一旁挟持着。后者想要夺走他佩在腰带上的手枪。其他几名官员只得上前将他劝阻。崔可夫这边则确认说，由于盟军方面缺席，任何谈判都是无法预期的。

于是，克莱勃斯打上了所剩无几的最后一张牌。他从冯·杜福文的挎包里拿出一份文件递了过去。那是戈培尔写给"苏联人民领导人"的。里面写道，希特勒在前一晚已经自尽，他将权力分别转交给了邓尼茨、鲍曼和戈培尔。

希特勒死了！苏联人并未料到这个结果。朱可夫也立刻得到了消息。消息过于沉重，他决定立即致电斯大林。当时莫斯科是凌晨四点钟，斯大林还在睡梦中。"我请求您把他叫醒，"朱可夫向接电话的官员吼起来，"事情紧急，而且不能等到明天了。"[1] 关于自杀的消息让克里姆林宫的领袖有些恼火："他可得逞了，这个卑鄙的混蛋。没能把他活捉可真是遗憾。尸首在哪儿？"[2]

在这期间，在下午3点18分，一封紧急电文发到了驻普伦海军元帅邓尼茨的参谋部。署名是戈培尔和鲍曼：

海军元帅邓尼茨（私人密电）
仅由军官传递

元首于昨日15时30分去世。在他立于4月29日的遗嘱中，

---

1 叶连娜·里耶夫斯卡娅：《战时翻译的笔记》，第227页。
2 朱可夫（元帅）：《回忆录卷二：从斯大林格勒到柏林（1942—1946）》，谢尔盖·奥博伦斯基译，巴黎，法亚尔出版社，1970，第323页。

他吩咐由您就任帝国大总统一职，戈培尔部长任帝国总理，全国长鲍曼任纳粹党党首，赛斯-英夸特部长任外交部部长。按照元首指令，遗嘱的一份副本已发与您，另一份发至陆军元帅舍尔纳，还有一份被安全送到柏林以外。全国长鲍曼会在今天与您会合，向您告知局势情况。此消息转告军营以及公之于众的方式和时间，谨由您慎为定夺。

确认电函接收。
签名：戈培尔、鲍曼。[1]

数小时过后，将近晚上7点，汉堡广播电台中断了平日的节目，插播一曲瓦格纳的《诸神的黄昏》。随后一则快讯被反复播读，其中说到希特勒仍与军队坚守柏林。两小时过后，一个沉郁的声音告诉听众，一则庄严的消息即将发布。在一阵葬礼哀乐的背景音下，邓尼茨的声音开始回荡起来："所有的德国男性和女性公民们、国防士兵们：我们的元首，阿道夫·希特勒，已经倒下了。德国人民在悲悼和崇敬中默哀。"

柏林元首地堡也已是日暮。克莱勃斯将军回来了。苏联人毫不含糊地拒绝了停火要求。他们要求完全无条件的投降。尤其是，他们想要希特勒的尸体，来证明他确实已死，而不是逃脱了。

---

[1] 卡尔·邓尼茨：《邓尼茨回忆录：10年和20天》，巴恩斯利，前线出版社，2012，第452页。

1945年5月2日

"希特勒逃跑了!"
(苏联塔斯通讯社)

《真理报》5月2日特稿,苏联塔斯通讯社电讯:

昨日晚间时刻,德国广播电台播报了一则据称来自"元首总司令部"的通讯消息,确认希特勒已于5月1日下午去世。……德国广播电台的这些消息可能是法西斯分子的又一个诡计:在散布希特勒死亡消息的同时,德国法西斯分子希望能为他留下离开舞台,转到地下匿名活动的可能。

第三部分
调查（二）

莫斯科，2016 年 12 月

  红场附近的节日氛围十分浓厚。布满花环的圣诞节装饰将一幢幢长方形的小木屋簇拥围绕，骄傲地展现着俄罗斯的民间艺术。成群结队的莫斯科人穿着颜色艳丽的风雪大衣自如地穿梭在各个摊位之间。在尼克尔斯卡亚长长的人行道上，他们欢笑着朝克里姆林宫胭红色的围墙匆匆走去。那些极其怕冷或是穿戴不严的人把古姆百货商场——这座莫斯科的历史购物中心的入口，当作一片温暖的绿洲。这座矗立在列宁墓前、用宝石与玻璃打造的豪华建筑十分引人注目。古姆百货商场装点了万千灯饰来欢庆年末，一个个梦幻般的橱窗琳琅满目地摆放着西方的奢侈品。一些外国游客顶着寒风开心地体验着俄式皮帽的保暖功效。他们对自己的防寒能力感到惊喜之余，用自拍杆颤巍巍地支起手机记录下这一时刻。圣诞节马上就要来了。

  我们的礼物在另一片游客区的尽头等着我们。

  我再一次踏上了俄罗斯的土地。上周跟拉娜通过电话之后，我最终作出了这个决定。"没问题。"她告诉我。我获得了许可，登上了从巴黎飞往莫斯科的航班。我们定好在市中心克里姆林宫附近见面。

  然而，在沿着尼克尔斯卡亚大街逆流而上的时候，我们对于礼物的样子仍然一无所知。

  俄罗斯的冬日阴暗而萧索，即使莫斯科人可以接受零下十五度的天气，但无休止的冻伤依然让人十分痛苦。看到汽车青蓝色的前灯，我们意识到自己已经走到了人行道的尽头。出现在我们面前的是一个纪念广场，俄罗斯人非常擅长修建这样的广场。广场中心，筑起的土堤覆满了白色的雪。稍远处，一座意式风格的橘色建筑昂然挺立。庄严，简洁，没有繁杂的装饰，让人一眼就能看出轮廓。这就是著名的卢比扬斯卡亚广场，以及广场中这座同样著名的大楼：卢比扬卡大楼。

一提起卢比扬卡，人们就会联想到克格勃（苏联国家安全委员会），而一提起克格勃，人们就会感到恐惧。如果说苏联历史中有过许多阴暗的部分，那卢比扬卡则毫无疑问是整段历史中那颗黑色的太阳。在这几十年间，大卢比扬卡街2号一直为克格勃这个秘密情报机构提供掩护。它不仅是一个只会盖章把人送去西伯利亚营地流放的行政机构。在卢比扬卡大楼里，还藏着众多审讯室和一个监狱。对于历代苏联人而言，进入这座建筑就意味着被判了死刑或者至少消失很多年。一些纳粹高层分子在纳粹德国倒台之后被关押于此，在这厚厚的围墙内经历了他们人生中最为严酷的折磨。1995年后，克格勃被俄罗斯联邦安全局取代，从此不复存在。它的总部一直设在大卢比扬卡街2号。我们就约定在这里相见。这次碰面是为了查阅那些尚未解禁的关于希特勒之死的秘密报告，特别是关于那具被认定为希特勒尸体的发现。纳粹德国倒台六十余年后，希特勒的档案始终处于部分保密状态，由秘密情报部门保管。

很快，我们从俄罗斯联邦国家档案馆的受访处了解到，解密希特勒的关键之一，俄罗斯国家档案，被存放在俄罗斯联邦安全局内。就像被一个淘气的孩子弄乱的一幅巨型拼图一样，"希特勒档案"的拼块散落在不同的俄罗斯政府部门之中。是不是因为不想让一家机构掌握所有秘密而故意为之？抑或只是平衡政府官僚争夺档案的结果？从过去的苏联到今天的俄罗斯，政府当局都非常擅长制造和维持这种政治斗争，完美地展现了一个体制的偏执特征。不论如何，探寻这些档案就像一场线索游戏，每一个受访者都会设置一重不同的关卡。斯大林从来没有否认过这些方法。在俄罗斯联邦国家档案馆摆放着一块所谓的希特勒头骨，在军事档案局存放着希特勒死前的警局档案，而俄罗斯联邦安全局中又有一份发现和证实尸身的档案。所有的档案和文件都被杂乱无章地摆在那些追求简洁的查阅者面前,即历史学者和记者。防不胜防的圈套和难缠的负责人层出不穷,对于德国元首的死亡调查很快就陷入了僵局,让人筋疲力尽,既耗时力又耗财力。

转眼间,距离我们向俄罗斯联邦安全局提交申请已经过去三个月。从十月到现在,三个月的等待。毫无音讯,毫无结果,毫无回应。"算了,别想了,不可能的。"拉娜非常了解俄罗斯人的心理,为了不在受到第一次拒绝之后就此放弃,她很快又写了新的邮件。接着,一切再次回到起点。但说服是她最大的强项。为了给我们增加机会,她又向俄罗斯外交部新闻司求助。亚历山大·奥尔洛夫负责外籍记者的境内事务。正是他拿走了我的俄罗斯临时新闻证,没有这个证件,我便无法展开调查。亚历山大会讲法语并且知道我们在调查希特勒。他必然会有俄罗斯联邦安全局的联系方式。拉娜对此坚信不疑并向他发出了请求。苦苦等待许久,亚历山大的一个电话终于让事情有了转机:"可以了,就在下周。周三!"

预约的前一天夜里,就在我刚刚回到莫斯科的宾馆时,拉娜告诉我周三不用去了。一切都取消了。事实上,不是取消,而是推迟。推迟到什么时候?也许是周四。在电话里,拉娜苦苦哀求,据理力争。"他可是专门从巴黎赶过来的!"她向亚历山大解释道。"这个法国记者什么时候回国?"后者问道。"啊,周五!""他的航班是什么时候的?""1点30!""那预约就安排在周五上午10点吧。接待你们的人叫德米特里。请不要迟到!"

得到这一积极答复,令人感到惊讶和喜悦之余,一个问题让我们百思不得其解:为什么?为什么俄罗斯政府的态度突然有了转变?为什么俄罗斯联邦安全局在封存六十年之后愿意把秘密分享给我们?为什么是我们?说实话,拉娜和我很快便开始质疑我们对于他们的重要性。这并非质疑我们调查方式的严肃性和我们职业信誉的合理性，这些还远远不够。

不过，拉娜在与各路政府机关打交道时的耐心与毅力是不容置疑的。更不必说她还可以经常得到政府高层的朋友们的支持。这两个因素叠加在一起，似乎能够为我们的国家档案馆（"加尔夫"局）之旅完美地扫清一切障碍。她帮助我们在各路相关机构之间大开绿灯。特别是保证了我们对档案的查阅权，几乎没有研究人员，特别是外国人，能够获得这一殊遇。但是俄罗斯联邦安全局的档案从属于另一个世界，一个封闭的世界。在普京再次当选之后，这种情况变得更甚。上世纪90年代叶利钦当权时，没有用钱解决不了的事情；但现如今，这种方法行不通了。而且，我们在调查期间遇到的所有受访者都多次指出：希特勒的档案直接隶属于克里姆林宫。任何有关这些档案的决定都必须得到国家最高层的许可，或者至少要知会他们。

我们能想到的最可信的假设是：这其中的因由与我们无关。拉娜总结为一个词：操纵。也许，放任我们查询这些关于希特勒之死的档案是对俄罗斯政权的一种政治宣传？就像刚结束战争的斯大林时代一样，莫斯科如今对西方世界，特别对美国充满不屑。近十年间，白宫和克里姆林宫之间的外交摩擦不断升级，几乎人人都能感受到西方国家与俄罗斯之间关系的冷却。而我们此次对于希特勒的调查正处于这一紧张的背景下。它给了莫斯科一个提醒全世界的机会，是苏联红军战胜纳粹德国、打垮希特勒的。这些都是第二次世界大战最终胜利的证据：德国元首的尸身残骸，尤其是他的一块头骨。如今，将这些证物公之于众可以再次提醒世界，俄罗斯是一个伟大的民族，是一股需要被重新审视的强大力量。

在这种情况下，国际记者就是传达这一信息的不二之选：拉娜是俄美混血，而我是一名法国人。

这就是我们的假设。虽不足为信，但可以让我们保持警惕。

人们可能会认为，第二次世界大战的伤口会随着这场悲剧制造者们的衰弱或病逝而逐渐愈合。元首地堡和其居住者们最后的时光在近几十年间已为人所知。其中不乏细节和证物，以及参考文献。我们甚至知道希特勒的地堡里有谁被苏联人、英国人或是美国人逮捕，以及他们中间有谁死去。我们能看到所有人的资料，唯独没有希特勒和埃娃·布劳恩的。

为了准备这次与俄罗斯联邦安全局的会面，拉娜和我温习了柏林倒台的所有准确史实。

1945年5月2日，第一批苏联军队攻占了元首地堡。在希特勒的房间里，他们发现了几名挣扎着逃离但又奄奄一息的伤员和三具尸体（分别是克莱勃斯和布格多夫将军，以及希特勒的贴身护卫首领弗朗茨·施德勒）。这三个人都选择了自杀。没有发现任何希特勒的踪迹。就在前夜，一份呈交给苏联红军总参谋部的由戈培尔和鲍曼签署的官方信息证实了德国元首的自杀。得到消息之后，斯大林立即发布紧急指令，要寻找他的敌人的尸体。苏联所有秘密情报机构和精英军团全都收到了这一新的任务。

然而，就在占领元首地堡几个小时后，戈培尔一家的尸体被人发现，并被拍摄录像。以上就是所有被证实的内容。

我们再回到戈培尔的事情上来。其实，他的身上并不存在任何秘密。众多档案，特别是照片和录像都证实了他的自杀。这个狂热的纳粹宣传头目亲手了结了自己的生命，并在最后一刻的疯狂中带走了自己的妻子和孩子。那是在1945年5月1日。收到戈培尔的私人指令后，地堡里的最后一批武装党卫军烧掉了他和他的妻子玛格达的尸体。接着，他们飞快地逃跑，希望能够躲开苏联红军的抓捕。匆忙之中，他们忘记了，也许是没有时间，理会孩子们的尸体。因此，这些尸体并没有像之前那两具一样被焚烧掉。

苏联人一赶到地堡就发现了戈培尔一家的尸体。以下是人民内务委员部的一份绝密报告，时间是1945年5月27日。这份报告被直接送到了苏联最具权力也是最令人生畏的人物之一，人民内务委员部的首脑，拉夫连季·贝利亚的手中。

> 1945年5月2日，柏林，距离曾担当过战时总部的德国总理府防空地堡几米之外的地方发现了一具男性和一具女性碳化的尸体；值得注意的是，男性身材矮小，右脚呈半折叠状踩在一只烧焦的矫正鞋里，在他的尸体上我们发现了德国纳粹党制服的残片和一枚被火烧坏的党徽。女性尸体身上有一只被火烧到的金色烟盒、一枚金色的党徽和一枚被火烧坏的金色胸针。
>
> 在两具尸体的头部旁，安放着两把瓦尔特一号手枪。

戈培尔的孩子在晚些时候被发现。签署这份报告的中将亚历山大·瓦迪斯是经历了与纳粹恶战的铁血男儿。瓦迪斯并非泛泛之辈，他曾在柏林领导过苏联最神秘、最暴力的"施密尔舒"（Smersh），即存在于1943年4月至1946年5月的苏联反间谍军事机构。然而，在这份报告中，他依然难掩自己的惊恐之情。

> 同年5月3日，在德国总理府地堡中的另一个房间里找到了放在床上的六具儿童尸体，五个女孩和一个男孩，他们穿着轻薄的睡衣，带着监禁的标志。
>
> 经证实，所发现的男性、女性和六个孩子的尸体正是纳粹德国国民教育与宣传部长戈培尔与他的妻儿。其中，最具代表性也最有

说服力的证言来自德国总理府的牙医、"党卫队突击队大队长"孔茨·赫尔穆特，他与戈培尔孩子的死亡有着直接的关联。

当被问到这一问题时，孔茨宣称，4月27日，戈培尔的妻子请求他帮忙杀死自己的孩子，并补充道："情况十分危机，不论如何，我们都得死。"孔茨证实了这份声明。

1945年5月1日12时，孔茨被传唤到戈培尔的地堡医护室，戈培尔的妻子和戈培尔先后建议他杀掉他们的孩子，并说道："决定已经做出，因为元首死了，我们也必须死。没有其他的选择。"

随后，戈培尔的妻子交给孔茨一个装满吗啡的注射器，孔茨给这些孩子每人注射了0.5毫升的吗啡。十到十五分钟后，当孩子们处于半睡眠状态时，戈培尔的妻子将一只装着氰化物的碎安瓿瓶放入他们的口中。

就这样，他们杀死了戈培尔的四到十四岁的六个孩子（事实上，最大的孩子海尔加当时还不到十二岁，作者注）。

杀死孩子后，戈培尔的妻子在孔茨的陪同下进入戈培尔的办公室，并告诉他孩子的事情已经解决。接着，戈培尔向孔茨在杀死孩子的事情上所提供的帮助表示感谢，后将他辞退。

据孔茨所述，在杀死孩子后，戈培尔和他的妻子双双自杀。

苏联人同意将这些机密信息转交给英美盟军。毫无疑问，戈培尔对克里姆林宫而言是战利品，一个值得向全世界炫耀的战利品。由于没有足够的汽油和时间来火化遗体，戈培尔夫妇的尸身很容易辨认。苏联红军马上将战利品的照片和录像传播出去。孩子的尸体被从发现的房间移到总理府的花园，放在他们的父母旁边。两具在火光中烧得焦黑的尸体，像一堆畸形、怪异的肉，摆在穿着白色睡衣的柔弱的孩子旁。他们看上去就像睡着了一样。这种病态的展示非常有效。苏联人就是想从精神上击垮敌人。他们传达给世界的信息十分明确：看看这些纳粹头子能干什么！看看我们打败的这个畸形的政权！

照片和录像，苏联人无所不用其极地证明了戈培尔一家的死亡。诚然，德国国民教育与宣传部长是疯狂的纳粹极权政府里的大人物，他的尸体代表着纳粹主义的灭亡。诚然，他在希特勒死后曾短暂地担任过几个小时的纳粹德国总理。可是苏联人为什么没有对外公布和传播德国元首的类似录像或文件呢？直至今日，还没有任何官方证据能让我们看到希特勒和他妻子焦化的尸体。

因此，我们是否可以认为苏联红军当时并没有时间来拍摄或录下他们头号敌人的尸体残骸？如果没有提供给媒体的资料，那么是否有提供给斯大林的资料呢？更何况，自1945年5月2日柏林被攻陷以来，都没有照片或录像等任何一丝一毫的线索可以证明发现了希特勒的尸体。在一些图像资料当中，我们可以看到一些苏联士兵骄傲地展示一名死去的男人，竖着一撮小胡子，像极了德国独裁者。俄罗斯总参谋部希望可以一一验证这些"假的希特勒"。于是，他们让俘虏来的纳粹军官来辨别真伪。一名曾在其活着时亲眼见过德国元首的苏联外交官被派到莫斯科专门参与辨认。最终，每一次的结果都证明是假的。官方来说，发现的任何一具尸体都不是希特勒的。

很快，流言便四散开来。独裁者是真死了还是逃走了？苏联政府的沉默为希特勒之谜又蒙上了一层面纱。

我们希望能够在柏林沦陷七十年后从俄罗斯联邦安全局的档案里解开这一谜团。但前提是政府可以让我们验证所有我们能查阅到的档案。在俄罗斯，信心只是一个理想的预设，而非必须。

带着这份由内而发的谨慎感，我们朝着俄罗斯联邦安全局的总部大楼走去。与卢比扬斯卡亚广场边上的其他人行道不同，沿着卢比扬卡大楼一面的人行道空空如也。没有一个行人。只有两个手拿警棍、身穿制服的警卫。我们的到来并没有被人忽略。角落的目光一直注视着我们。没有任何标志告诉我们大楼的入口在哪里。四处张望的神态和犹豫不决的步伐让我们看起来像是迷路的游客。其中一个执勤的警卫走向我们，面色不快地提醒着："这条人行道禁止拍照。"接着，他又用警棍指着安装在大楼窗边的多个摄像头跟我们说："你们不能待在这里，这是敏感区域，到处都有摄像头。"我们的回答让他感到惊讶。我说我们在这里是因为想要进去，而不是为了拍照，只是想要进去。"你们确定？"这个警卫略感抱歉地问道，"其实，大门在那边。"然后，他压了压自己的加衬厚外套的领子，走开了。大门位于建筑的中央，周围嵌着一块厚重的大理石，阴沉、灰暗而悲伤，正上方悬挂着前苏联的国徽。如果这个入口是为了震撼游客，那它的目的绝对达到了。

德米特里已经在里面等着我们了。一名穿着豪华制服的士兵站在我们和他之间。他必须很好地把握这短短两米的距离。一句话没有说，他生硬地将一只手伸向我们。"护照！"德米特里僵笑着解释道。此时此刻，拉娜根本没有考虑我能否获得许可进入。一个外国人在俄罗斯联邦安全局的大楼，还是一名记者，这对于国际外交危机缠身的俄罗斯而言的确是过于奢求。试想，一个俄罗斯记者是否能够进入巴黎的对外安全总局（DGSE）大楼？不确定。在无数次邮件和电话的努力之下，拉娜最终找到了说服俄罗斯联邦安全局的理由。但这一切很有可能会在最后一刻全部落空。就在几天前，俄罗斯大使在土耳其电视直播的时候被一名土耳其人以叙利亚"圣战"的名义刺杀身亡。德米特里差一点就把这次会面取消了。谁知道今天早上克里姆林宫是否改变了主意。我们对希特勒死亡的调查很可能也会就此告终，就在俄罗斯联邦安全局大楼的台阶上，离机密文件仅有几米之遥。

卢比扬卡大楼，莫斯科，2016 年 12 月

规则很简单。我们什么都不能碰。在没有获得允许的情况下我们什么都不能拍摄，只能等着。拉娜仔细听着，轻轻地点头，然后向我翻译德米特里在电梯里滔滔不绝的建议。我们的受访者表现得很友好。他的努力跃然脸上。在三楼接待我们的人相比之下就要差了许多。像德米特里一样，他们也穿着一身严肃的制服：黑色的西装，白色的衬衣，再配上黑色的领带。但与我们的东道主不同，他们的脸上始终毫无表情。既没有攻击性，也没有不信任感，只是少了许多善意。典型的 50 年代谍战片中的坏人形象。德米特里带着我们通过一条走廊，走廊上铺着深色的地毯，庄重的色彩给地毯蒙上了一层久远的年代感，也给整个空间增添了一份"镰刀和锤子"的氛围。现在，有三位俄罗斯联邦安全局的官员围在我们身边。没有人说话。昏暗的灯光无法将整条长廊全部照亮。从我们所在的地方看去，甚至一眼望不到尽头。事实上，我们需要步行几十米的距离，穿过整座大楼。在每个间隔处，两边的墙壁上都会出现一扇浅色的抹灰木门。没有一扇门是开着的。门上也没有名字，只有一个个数字将它们区分开来。仅在这一层的这一侧，过道的每一面墙上就足有二十多扇门。这里除了工作人员还有其他人吗？周围太过安静了。在接近其中一扇门时，我放慢脚步把耳朵贴了上去。毫无声息，连一声低语都听不到。只有脚踩在厚实的地毯上的回响。跟这座卢比扬卡大楼相比，电影《闪灵》中的遥望酒店都显得亲切许多。

"就是这里。请进！不用太过拘束。"我们的小队人马又加入了两位"黑西装—黑领带—白衬衣"的爱好者。他们在一扇抹灰门前静静等

待着我们。不同的是，这扇门竟然开着。我们被邀请进去，可以随意坐下，除了同意没有别的选择。事实上，在这里，没有任何事可以被拒绝。任何一个问题在没有仔细斟酌之前最好不要说出来。我们被迫坐下的房间是一个十几平米的小办公室。窗户被厚厚的帘子盖得严严实实。一张圆桌、一个玻璃书柜、一些质量一般的架子、几面俄罗斯国旗、一台电视机、一个劣质的皮沙发和一棵缠着彩灯、闪烁不停的迷你合成冷杉树：这些俄罗斯行政部门的办公室真可谓应有尽有。对了，还有一样没说，那就是墙上骄傲地挂着的俄罗斯联邦安全局的徽章。徽章上面插在双头鹰盾牌上的宝剑提醒着我们，这里不是一个普通的联邦机构。德米特里不知到哪里去了。时间一点一点地过去。一个矮胖身材的男人走进办公室，来到我们中间。他一句话没说，也不回答拉娜的问题。他一直看着我们，就这么直直地盯着，甚至都没有假装自己在做别的事。门外，走廊上一群人叽叽喳喳地在交谈着什么。其中一位女士的声音尤其响。她刚刚过来，看上去并不欢迎我们的出现。他们会同意给我们展示什么？他们接到了什么命令？为了弄清楚这些问题，我决定过去看一眼。我假装费力地走到我们的监视者旁边的那扇门，随即说道："我想尿尿！请问厕所在哪里？"我无辜的样子并没有打动这位看门人。我又重复了一遍我的请求："厕所？WC？"我知道他能听懂。他犹豫了一下，示意我稍等，然后出去了。很快，德米特里出现，让我跟着他走。我再次回到走廊上。我穿过了那群之前传来激烈争吵的人。这其中至少有七位男士和一位女士。所有人在我经过的时候都立刻沉默下来。那位女士穿着一条深色的正装长裙。留到颈部的整齐金发给这片单调的空间带来了唯一的一抹色彩。她身材高大，肩膀几乎和其他的男同事一样宽，从她的神情可以看出，我们的出现似乎对她的原则是一种侮辱。即使背对着她，我都能感觉到她的视线一刻不停地在我身上打量。我们走到另一扇门，依然没有任何的标识，德米特里打开了它。厕所到了。

"他们等一下会依次把文件都拿过来。"我回到办公室时,拉娜兴奋得像一个胜利者。在我离开期间,他们肯定地告诉她,这些秘密文件都将展示给我们。太好了,因为还有不到一个半小时我就要赶去机场。突然,走廊上的那群人相继涌入这间小办公室。首先进来的是那位女士,她的怀里抱着很多文件,就像是别人交给她的圣物一般。在她之后,两位男士小心翼翼地搬进来一个戴着布套的服装模特。

这一切进行得很快。接着,那位女士又将一些文件和一个盒子放在了桌子上,另外两位男士把那个模特摆在了我们左边,其他人就在一旁满意地看着。有的人找了把椅子坐下,有的人就站在原地。由于人数众多,所以他们很难全部都进来。我们呆呆地望着眼前的这一幕,害怕得不敢张嘴,生怕这一切会突然停下来。

"规则是这样的……"一个不容置疑的声音缓缓传来,那位金发女士一条一条地向我们传达查阅文件的要求。拉娜在一旁专注地听着,双手交叉放在背后,就像站在老师面前的学生一样。随后,她在我耳边小声地把刚才听到的内容翻译过来。"可以拍照片,但是只能给文件拍。绝对不能将这里的工作人员拍进去。""绝对不能"这四个字声声掷地,以至于虽然这位秘密部门的女官员说的是俄语,我都能听出来。"此外,我们还会监督你们拍的每一张照片。只有经过我们部门筛选的照片才能使用。文件上都有标签,你们很容易就能将它们区分开。"匆匆扫了一眼之后,我大概估计出这些标签的数量以及他们展示给我们的文件数量。这里面应该足有十多份文件。不得不说,这是一个不错的开端,我心里默默地安慰自己。"我们还给你们拿来了一些军队从希特勒身上获取的物证。"拉娜在旁边一直翻译着,我们就像一对小酒馆里的双簧演员。当她翻译到最后这句话时,服装模特旁边的两位男士将布套拉开。接下来就是见证奇迹的时刻。一件芥黄色的外套映入我们的眼帘。这件外套看上去年代久远,但是被保存得很好。在左胸前的一个外兜上面别着三枚徽章：一枚中间竖着十字架的红白嵌边的奖章、一枚军功章和一枚军帽下面交叉着两把利剑的深色徽章。"这是希特勒的制服上衣。"联邦安全局的女官员如是说道。这三枚徽章非常容易辨识：那枚奖章正是纳粹党的党徽，军功章是一级铁十字勋章，而最后一枚，则是第一次世界大战期间的伤员纪念章。这些跟希特勒平时习惯戴的徽章相同。"是在哪里发现的？"我们的问题瞬间激怒了这位年轻女士。我们怎么敢质疑这件外套的真实性？这无疑就是把他们当成了骗子。德米特里这时说道："这些都是苏联军队在现场发现的，就在德国总理府那里。"它真的属于希特勒吗？或者说，这只是一场表演，看上去完美无缺，但其实无法核验？不过无论如何，这并不重要。我们不是来欣赏这些布料的，而是寻找那些真正与1945年4月30日希特勒死亡有关的证据，特别是那些苏联人发现遗体时的细节。拉娜和我都没有对这些纳粹的物件表现出很大的兴趣。这似乎与他们所预料的恰恰相反。我们的无动于衷让德米特里加快了进程。他示意他的女同事继续后面的展示。一声沉重的叹息后，她让我们走近这张圆桌。文件就摆在我们眼前。那个小盒子看上去像是一个拿错了的旧鞋盒，和"加尔夫"局装头骨的那个有异曲同工之妙，远远地搁在一旁，让我们无法触碰。"这个，你们等一会儿看！"他们发现我盯着盒子便这样说。"拿着，这些是与希特勒遗体有关的机密文件。"打开、浏览、拍照，我用最快的速度做完这一切。离出发去机场只有几分钟了。我是否可以坐下来看这些文件呢？我提出了这个问题。但是拉娜没有时间翻译，她正忙着跟德米特里聊天。我尝试着用英语和我旁边这位女士交流。很显然，她是可以听懂的。"可以，可以。"她满意地回答道。我小心翼翼地按照标签的指示打开第一份文件。这可容不得一点错误。

  这是一份用机器打出来的报告。纸的质量很差，几乎粗糙不平。从折痕可以看出它之前被叠成了四折。纸的边缘破旧不堪，甚至还有轻微的撕裂，好像是有人把它装在一个很小的口袋里带过来的。有一些字只印出了一半，机器里的墨盒大概是状态不佳。所有这些细节可以让人推断出这份报告并不是在正常状态下的办公室里打出来的。当时是在柏林被炮弹攻破之后的废墟上吗？

我立刻看了一眼日期。即使不懂俄语，我也看得出："1945年5月5日。"这份报告显示，发现了一对夫妇的尸体。信息看上去简洁、精确，没有任何解释。其中还包括了这对尸体的身份信息。

> 本人，警卫中尉长官帕纳索夫·阿列克谢·亚历山德罗维奇、士兵楚拉科夫·伊万·德米特里耶维奇、奥列伊尼克·叶夫根尼·斯捷潘诺夫维奇和塞鲁赫·伊利亚·叶夫列莫维奇，于柏林市希特勒的纳粹德国总理府附近，戈培尔夫妇尸体发现地周围，希特勒私人防空避难所旁边，发现了两具烧焦的尸体，一具是女性，另一具是男性。
>
> 发现的尸体被大火严重烧毁，没有深层调查无法对其辨认或验证。
>
> 尸体位于炮弹口处，距离希特勒地堡三米，表面被土掩盖。
>
> 目前，尸体被保存在七十九部队"施密尔舒"反间谍处。

报告的结尾有四个手写的签名，正是发现这两具尸体的四名士兵。

下一份文件是一张精心绘制的彩色地图。纸张的质量和上一份一样糟糕，但是这一份既没有折痕，也没有损坏。题头用大号字体写着："地图"。接着，在正下方写着："希特勒和他妻子的尸体发现地"。这是一份描绘细致、比例精准的新总理府花园地图。一些小巧的数字标记散落在地图各处，代表着烧焦的戈培尔夫妇尸体以及假定的希特勒夫妇尸体的确切地点。苏联人将德国元首和妻子埃娃·布劳恩的尸体掩埋处的

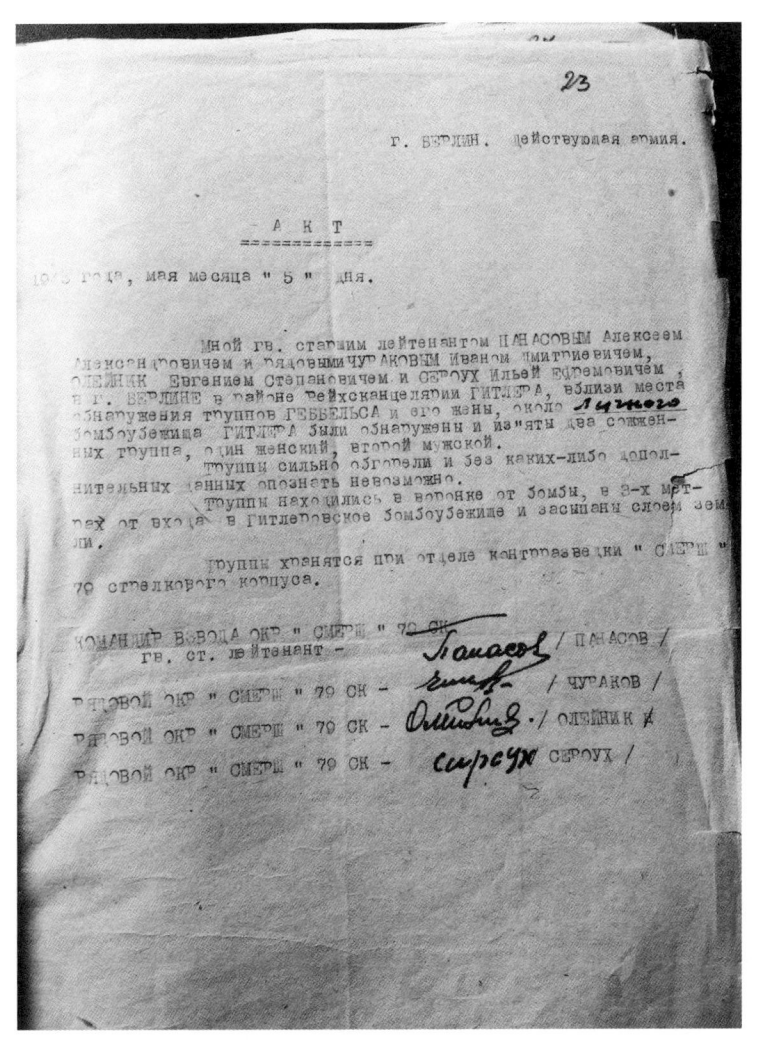

卢比扬卡大楼，莫斯科，2016年12月

苏联秘密情报部门关于此次发现的报告原件，
1945年5月1日，希特勒地堡前发现两具尸体。
如今，这份文件被保存在俄罗斯联邦安全局中央档案馆。

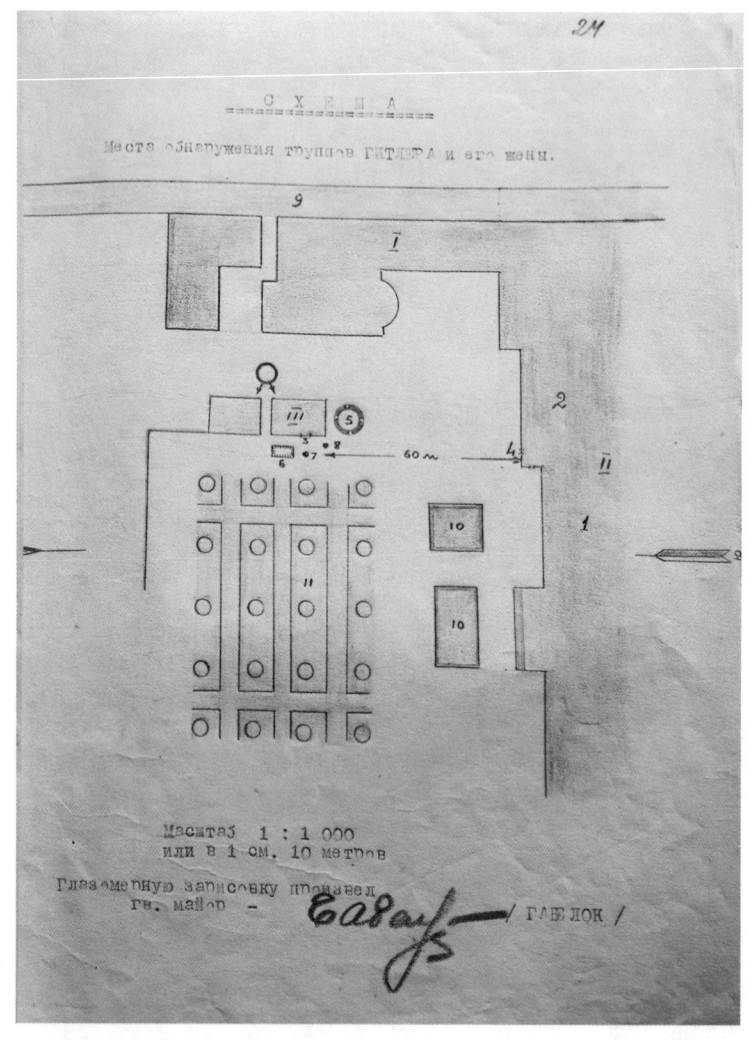

柏林元首地堡安全出口前，发现戈培尔夫妇和假定的希特勒与埃娃尸体的地图。地图由苏联调查员绘制于 1945 年 5 月 13 日。数字 6 表示发现一对男女烧焦尸体的地点。数字 7 是戈培尔夫妇尸体的焚化地点。数字 8 是假定的希特勒和其妻子的焚化地点。（藏于俄罗斯联邦安全局中央档案馆）

炮弹洞称之为"弹坑"。文件的签署人是警卫队司令加别洛克，签署日期是1945年5月13日。

这份地图和第一份文件之间发生了什么？为什么5月5日签署的那份文件没有标明发现的尸体是希特勒和埃娃，而他们的身份似乎却在5月13日得到了证实？两份报告之间仅仅时隔八天。拉娜努力地把上面的内容翻译给我听，而我大声地用法语提出我的质疑。俄罗斯人是怎么验证出这两具烧焦尸体的身份的？我转向身边的这些联邦安全局官员，和拉娜用最具外交礼仪的方式，试图了解更多的内容。作为开场白，我们首先对他们表示了感谢。多亏了他们，我们才能看到1945年5月5日以来苏联政府发现希特勒的证据。但是这些对我们的调查来说是不够的。办公室里的氛围变得越来越紧张。似乎他们并没有预料到这样的反应。"你站在哪一边？"年轻女士严厉地朝着拉娜脱口问道。"你是俄罗斯人还是美国人？"拉娜尽最大的可能保持着微笑。自从1997年获得美国居住绿卡，接着又获得美国护照之后，她已经习惯了这样的评价。祖国的叛徒。永远是这样！"你们觉得这些文件不够吗？"女官员说，"你们和其他的美国记者一样，根本不相信是我们最先发现了希特勒尸体。你们总是试图找独家新闻。"我们的交谈陷入了僵局。在我们身后有几个声音出现，声调不断地上升。一个秃头男人突然从椅子上站起身来，走出了房间。这是不是意味着一切已经结束？可是我们还有那么多文件没有查阅，那个神秘的盒子还在桌子上嘲弄地看着我们。我让拉娜试着和那位对我们意见颇深的女士套一下近乎，而我则转向了德米特里。我确定他会说英语或者法语。"我们有麻烦了吗？"他没有回答我，而是示意我耐心等一下。漫长的几分钟后，那个秃头男人回来了，递给我一个牛皮纸信封，说道："打开，打开！"我照着做了，而拉娜还在一旁越发激动地跟她的同胞解释。不对，应该是她的半个同胞。

这是一些身份照，更确切地说是人体测量照，像乌贼墨一样的黑白

苏联调查员给希特勒的假牙技师弗里茨·埃希特曼拍摄的人体测量照。
（藏于俄罗斯联邦安全局中央档案馆）

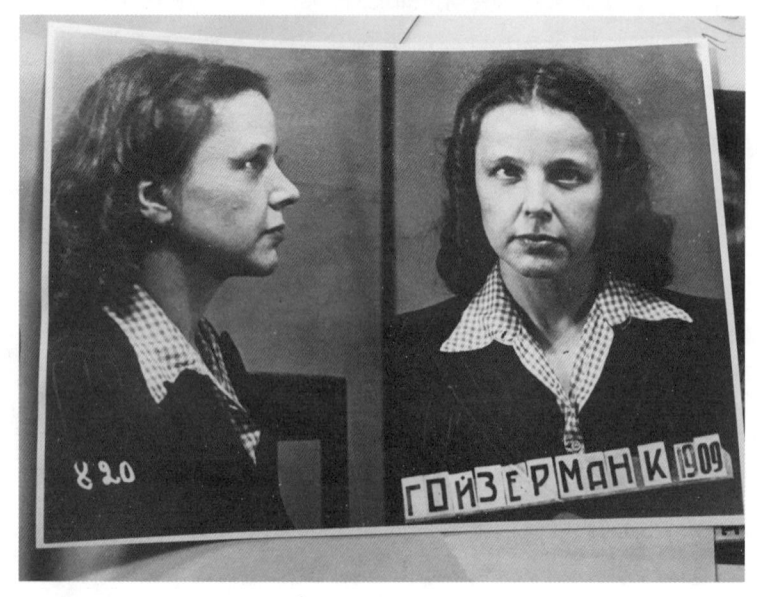

苏联调查员给希特勒的私人牙医助理克特·霍伊泽曼拍摄的人体测量照。
（藏于俄罗斯联邦安全局中央档案馆）

照。这两张是照片的扩印件。其中一张是比较年轻的男子，梳着油亮的背头。他的名字用大号的西里尔字母写在下方：F.埃希特曼，并配有一个日期：1913年。

另一张照片中女子也有着花一样的年纪，穿着一身格子布女式衬衣。她用俄文写出的名字翻译为 K.霍伊泽曼，旁边配有另一个日期：1909年。

事实上，他们分别是弗里茨·埃希特曼和克特·霍伊泽曼，两名对地堡前发现的尸体进行牙齿辨认的德国人。弗里茨·埃希特曼，曾作为假牙技师与希特勒的牙医雨果·布拉什克共事；而克特·霍伊泽曼正是布拉什克的助理。照片旁边配有两个人的简介。我们从中得知，在1951年，他们二人被苏联判处十年的义务劳动。其中一人的罪名是"曾任希特勒的假牙技师，并且属于他的贴身人员"，另一人的罪名是"曾服务于希特勒、希姆莱和其他法西斯重要头目"。然而，除此之外，没有任何与他们所做的尸检相关的结果报告，也没有牙齿的照片。把牛皮纸信封交给我的秃头男子注意到我表现出了巨大的失落，而非某种满足感。这真的是他们要给我们看的所有内容吗？留给我们的时间不多了。还剩不到半个小时。我的护照今晚到期，他们知道我预定了今天下午去巴黎的航班。在我们已经对得到一些具体信息和官方证据不抱什么希望的时候，我们严肃的"朋友"从裙子口袋里拿出了一副胶皮手套，很像外科手术医生戴的医用手套。沉默中，她终于把那个"鞋盒子"拿了过来，摆在桌子的正中央，打开之后又阖上了盖子。拉娜和我像被吸住了一样，立刻对盒子里面的内容产生了兴趣。我们刚刚意识到我们所面对的东西是什么，年轻女士便已经将它们归到原位。我听到自己喊了一声"停"。我不知道谁对我的勇气更为惊讶，是我自己还是她。出乎意料的是，她遵从了我的要求，又把盒子打开了。我想花时间充分观察和了解我们眼前的这些东西，就算是延误了航班也在所不惜。

趁他们不注意，我悄悄示意拉娜开始实施我们共同制定的策略。规则很简单：拉娜说话，不停地说话。她必须牢牢抓住受访者们的注意力，尽可能地给我留足时间观察和拍照。这很容易，因为拉娜在说话方面天赋异禀，可以连续不停地说好几个小时，所以我们的合作进行得异常顺利。很快，拉娜便不请自来地围着工作人员开始了自己滔滔不绝的独角戏。

盒子里面垫了许多层厚厚的白棉絮。棉絮上面，摆着三件物品，占满了整个空间。最大的一件是一根弯曲的金属杆，绑在一块小腿肚大小的皮子上。我立刻就想到了戈培尔戴的跛足矫正器。这是他的吗？整个物件外观焦黑，损毁严重，似乎之前经历过一场大火。

另一个金色的金属小物件也被大火损毁得十分严重。这是一个香烟盒。盒子的内部也同样布满了烧灼的痕迹，然而，我们可以清晰地辨认出一个刻出的签名。这个像两滴水一样的签名与希特勒的个人签名十分相似。我之前见过这种条纹，像是一道闪电，底部划过短短一笔，而这个大写的H又是如此的醒目。下方标着日期：1934年10月29日。这是不是元首送给玛格达·戈培尔的礼物？是不是人民内务委员部1945年5月27日报告中提到的那个"金色烟盒"？当时的报告指出："女性尸体身上有一只被火烧过的金色烟盒……"这两件事联系起来了。如果烟盒是真的，那么这个烟盒的签名日期就是1934年10月29日。而就在前不久，希特勒几乎聚德国所有的权力于一身。8月3日，元帅总统兴登堡去世后，他同时兼任了德国的总理和总统，从而成为了至高无上的德国元首。

重新回到莫斯科。我的目光始终聚焦在最后一件物品上，它勾起了我所有的好奇心。这是一个带着透明盖子的方形小盒子。在盒子的一面同时用俄语和法语写着："二十五支香烟，编号57，博斯坦约格洛公司"。很显然，这是一个雪茄烟盒子。我可以通过透明盖子观察到盒子

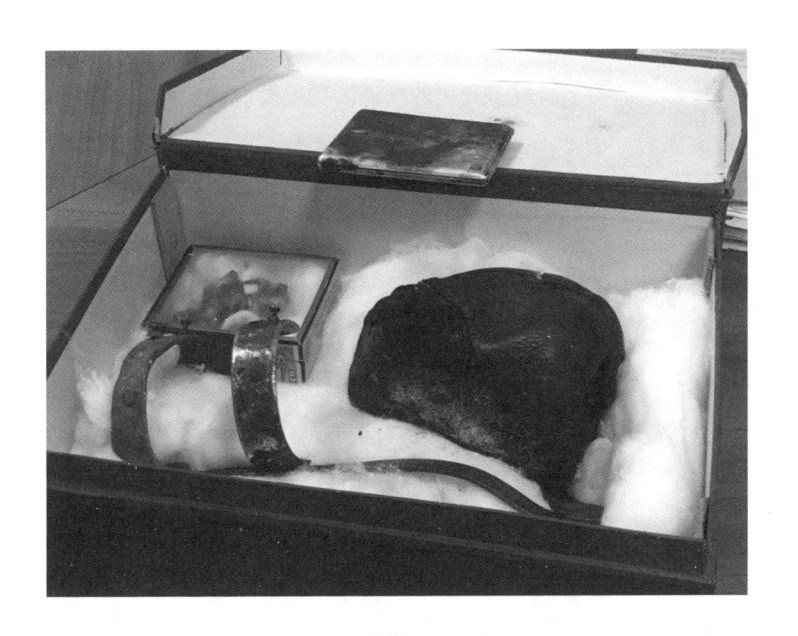

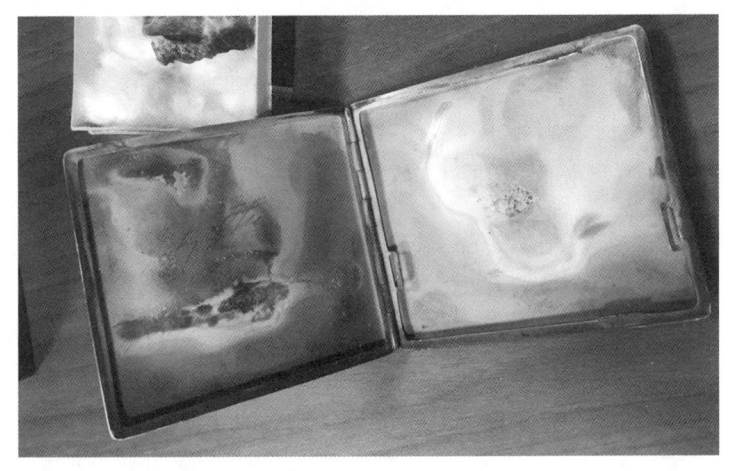

卢比扬卡大楼，莫斯科，2016年12月

据俄罗斯联邦安全局档案显示，盒子中存放着约瑟夫·戈培尔的假肢和希特勒送给玛格达·戈培尔的金色烟盒。我们还在一个小盒子里发现了假定的希特勒的牙齿。

的内部。里面一根烟都没有，但堆着一层棉絮，上面胡乱摆放着人类颌骨的残片。这是一个碎成了几块的颌骨。我还没说什么，联邦安全局的女官员就戴着手套小心翼翼地打开了盒子，一块一块地取出了四块颌骨。在我面前依次排列着二十四颗牙齿，紧紧地扣在烧得焦黑的骨组织上。这些牙齿大多是人造的，或者附着一些植入物和金色的齿桥。我无法辨别出有多少颗真牙，也许是三颗，也许是四颗。其他的牙齿要么是陶瓷的，要么是金属的。足以看出，这个人的牙齿状况糟透了。"这就是你们想找的证据。"双臂交叉，目光依然严厉，今天的这位展示者终于肯用英语跟我说话了。"这些是希特勒的牙齿吗？"我希望得到她的确认。与之前所有的肯定答复一样，她觉得这一次的"没错"也能让我满意。但是，我并不满意。不论如何，这些对我而言都是不够的。既然我们来到这里，我就想用我所有的时间从每一个角度来拍摄这些牙齿和颌骨残片。

在拉娜继续对剩下的官员进行语言轰炸时，我试着跟我的监督员进行沟通。我请她将这些残片一个一个地摆在我的镜头面前。正面、背面、前面、后面，我不想遗漏任何一个角度。尤其是这颗特别的齿桥，它通过一颗呈拱形的牙齿连接了下方的另外两颗牙齿。

我的拍照部分结束了。大家的精神终于可以放松了。我把德米特里和他的同事们从拉娜的言语风暴中解救出来，并向他们一一道谢。他们还是有所保留，至少是部分保留。因为我们始终没有看到希特勒和埃娃·布劳恩当时的尸体照片。"这个没有。"德米特里果断地回答。当然，我们根本不信。但是没关系，我们的调查已经有所进展。整个拼图已经渐渐地有了眉目。正是希特勒的私人假牙技师和他的牙医助理在1945年5月所做的鉴定说服了苏联人。因为他们确实亲手接触过纳粹独裁者的尸体。

"离开之前，请你们看一下这个……"德米特里递给我们一份没有见过的文件。他将文件翻到之前标记过的一页："这就是我们在官方证实后做的一份关于希特勒尸体的报告。"

我毫不犹豫地开始解密文件上的内容。从上至下分别是："绝密"、总标题、"文件"、日期、"1945年6月4日"，以及文末的签名和盖章。拉娜为我翻译了剩余的内容：

> 经后续调查，1945年5月5日，在距离发现戈培尔夫妇尸体地点几米之外的弹坑中发现的两具严重烧焦的尸体，确为：纳粹德国总理阿道夫·希特勒和他的妻子埃娃·布劳恩。这两具尸体目前已被运到位于柏林市布赫区的第三突击集团军"施密尔舒"反间谍部队。
>
> 所有被送到第三突击集团军"施密尔舒"部队的尸体都接受了法医鉴定并由他们生前认识的人进行身份辨认。
>
> 在完成法医鉴定和身份辨认程序后，所有这些尸体都被就近掩埋在柏林布赫区附近。
>
> 在"施密尔舒"反间谍部队再次安置的要求下，这些尸体又被重新挖出，并首先运送到菲诺市附近（柏林北部60公里，作者注），随后于1945年6月3日运至拉特诺市附近（柏林西部80公里，作者注），并最终入土下葬。
>
> 尸体用木棺葬于地下深1.7米处，安葬顺序如下：
>
> 从东至西：希特勒、埃娃·布劳恩、戈培尔、玛格达·戈培尔、克莱勃斯、戈培尔的孩子们。
>
> 在葬坑的西边还用篮子装着两条狗的尸体，一条属于希特勒，另一条属于埃娃·布劳恩。
>
> 尸体下葬的位置如下：德国，勃兰登堡州，拉特诺市郊以东方向的森林里，在从拉特诺市通往施特肖夫市的公路上，后方

/С востока на запад:/ ГИТЛЕР, БРАУН Эва, ГЕББЕЛЬС, Магда ГЕББЕЛЬС, КРЕЙС, дети ГЕББЕЛЬС.

В западной части ямы находится также корзина с двумя трупами собак, принадлежавших одна - лично ГИТЛЕРУ, другая - БРАУН Эве.

Местонахождение закопанных трупов: Германия, Бранденбургская провинция, район гор. Ратенов, лес восточнее гор. Ратенова: по шоссе с Ратенова на Штехов, недоходя дер. Ной Фридрихсдорф, что 325 метров от железнодорожного моста, по лесной просеке, от каменного столба с числом 111 - на северо-восток до каменного 4-х гранного столба с тем-же числом 111 - 635 метров. От этого столба в том-же направлении до следующего каменного 4-х гранного столба с тем же числом 111 - 55 метров. От этого 3-го столба строго на восток - 26 метров.

Закопанная яма с трупами сравнена с землей, на поверхности ямы высажены из мелких сосновых деревьев число - 111.

Карта со схемой прилагается. Акт составлен в 3-х экз.

ПРЕДСЕДАТЕЛЬ КОМИССИИ - полковник /Мирошниченко/

/Горбушин/
/Быстров/
/Горохов/
/Белобрагин/
/Вакалов/
Красноармеец /Хайретдинов/
Красноармеец /Теряев/

苏联反间谍部门出具的关于阿道夫·希特勒和其妻子埃娃·布劳恩于1945年6月4日在拉特诺附近森林下葬的秘密报告原件。

紧邻新弗里德里希村，距离铁路桥325米的森林入口处，从石杆111号向东北方向635米到界石111号。接着，沿这块界石的同一方向55米到下一块界石111号。最后，从第三块界石向东26米。

墓穴被填平至地面高度，表面按照数字111的形状播种了一些松树种子。

示意地图附在后面。

该文件共草拟三份。

文件后附了一份手绘的埋葬示意图，细致地用绿色和红色进行了标记划分，我同样有权对其进行拍摄。地图中详细地记录了纳粹领导人残骸的埋葬地点。选择拉特诺市并非苏联人的无意之举。这个小城在1945年时曾有一万多名居民，位于苏联红军控制区，可以方便快捷地通往柏林。

苏联反间谍部门于1945年6月4日绘制的地图原图，
显示了希特勒夫妇、戈培尔夫妇和克莱勃斯将军的埋葬地

但是，如果我们相信这份文件，1945年6月4日，希特勒的尸体被发现、确认并秘密埋葬于战败德国的苏联控制区，那么，为什么斯大林要向全世界宣告，并且第一时间告知他的英美盟军，希特勒一定还活着，而且已经逃走了！为什么他要这样说？

在回答这个问题之前，我们应该重新回顾柏林沦陷后的那段时光。这要从1945年5月2日开始讲起……

柏林，1945 年 5 月 2 日

第三帝国的首都刚刚被攻破。几小时前，8 点 30 分左右，柏林的德国军队指挥官赫尔穆特·魏德林将军已经向他的部队下达了停止战斗的命令。这是一个在希特勒自杀的消息放出来之后所做的决定。魏德林认为，元首的离去可以将他的士兵从战斗至死的誓言中解脱出来。"1945 年 4 月 30 日，元首自尽离世，抛弃了曾经对他效忠的人们。每一小时额外的战斗都会加剧柏林市民的苦难和我们的伤亡，"他在自己的公开声明中这样写道，"在与苏联军队高级指挥官达成一致之后，我命令你们立即停止战斗。"

对于盟军总参谋部而言，新一轮的赛跑又争分夺秒地开始了。谁会在第一时间得到希特勒的尸体呢？他真的死了吗？还是说，这只是纳粹分子的一个诡计？苏联人有地理上的优势。在 1945 年 7 月 17 日波茨坦会议召开之前，整座城市都处于他们的控制范围。之后，柏林将会被一分为四，每个盟国占据一部分：美国、英国、法国，当然，还有苏联。而元首地堡所在的总理府区域恰恰处于苏联人的控制范围。

在没有确切证据、只能凭空猜想的情况下，苏联、美国、英国以及稍显滞后的法国调查团队，几个月里全都马不停蹄地对事实展开质询、核实和确认。永远都是同一个问题：4 月 30 日在元首地堡到底发生了什么？所有曾经或远或近地见证过希特勒最后几个小时的纳粹分子都成为重要的消息来源。至少在苏联方面，抓捕到的囚犯都被立即秘密关押。苏联的秘密机构几乎是一贯地拒绝将他们所知道的信息与盟军分享。战争刚刚结束，怀疑，甚至是不信任，就已经占据了上风。

这一时期的苏联档案中有一张照片格外引人注目，再现了柏林沦陷后展开紧急调查的情形。斯大林希望成为唯一的胜利者，他一刻都不想与人分享自己胜利的喜悦，以及最后的战利品：纳粹元首的尸体。因此，苏联调查者面前有两个重要的任务：找到希特勒，并且要第一个找到。

莫斯科方面派出了红军秘密机构中的顶尖力量。这些特派员深知，他们可能会在这短短几天内赌上他们的职业生涯，甚至是生命。

第一步：找到目击证人。

1945年5月2日清晨，大部分驻扎柏林的德国军队都放弃了抵抗，新总理府地区陷入一片混乱。尽管满腔的愤怒和赴死的意愿要远胜过放下武器的决定，但是最后这批纳粹分子依旧全部上交了自己的霰弹和手榴弹。很快，地下掩护所便成为了苏联第三突击军团的侦察范围。他们在当中发现了很多反应迟钝的男男女女，整日的狂轰滥炸已经让他们几乎丧失了听力。他们伤痕累累，饥乏交加。有些人穿着普通人的衣服，有些人穿着德国军队的制服。现场一片混乱。可是如何在这样鱼龙混杂的情况下找出希特勒身边最后的那群人呢？苏联人拉起了隔离带。凡是没有被审问过的人都不能出去。但是，整个过程进行得很快，自杀式袭击的风险又时有发生。几个小时后，苏联人不得不面对现实：所有跟希特勒亲近的人都逃出去了。

除了自杀的戈培尔夫妇、克莱勃斯、布格多夫和施德勒之外，所有人都在前一夜离开了地堡。很难确定当时在希特勒的地堡内有过多少他的亲信。可能最多三十人，其中至少有四名女性、三名秘书和一名希特勒的私人厨师。大规模的逃离开始于前一夜11点左右。为了降低投降的风险，他们所有人被分成了十多个小组。每隔三十分钟，就有一组人从地铁的地下隧道逃出政府区。一到达地面，便冒着满城的炮火和街边的枪声，一批人向西，另一批人向南，大家各自散去。极少数情况外，他们得来不易的自由也享受不了太久。其中大部分人会落入苏联红军之手，其余人则被英国人或美国人逮捕。不过，他们会趁乱混入成百上千的德国囚犯当中，并试图伪装成普通的士兵。海因茨·林格，希特勒的侍从，曾与希特勒的私人司机埃里克·肯普卡结队同行。很快，两人在枪林弹雨中被迫分离。林格决定到有轨电车的隧道里避一避。在一条通往地面的过道中，他感觉自己听到了德国士兵的声音。"我听见外面在说'德国装甲车前进。同志们，跟上！'"林格回忆道，"我向外看了一眼，发现了一名德国士兵。他看到了我然后给了我一个信号。我费力地爬了出来，结果发现周围都是苏联的坦克。"[1] 原来，这名德国士兵是一个用来抓捕逃亡者的诱饵。林格赶忙扯掉了自己制服上的银鹰十字架武装党卫军标志和他的军衔。计谋得逞了，沉浸在战后喜悦中的苏联士兵甚至还给他递了一支烟。他真实的身份直到几天后才被揭穿，这还"多亏了"希特勒身边另一名高级亲信：他的私人飞行员汉斯·鲍尔。

相比之下，埃里克·肯普卡就要幸运得多。5月2日与林格分开后，他在逃跑过程中迅速将自己身上的武装党卫军制服换成了普通市民的衣服。几个小时后，被苏联红军抓住的他轻易地将自己伪装成了一个德国工人。离开柏林几周后，他到达了慕尼黑。最终，被占领德国这片区域的美国军队抓获。

鲍曼，希特勒的私人秘书，毫无疑问是他最信任的亲信，始终逃离在外，没有任何音信。流言顿时四起。有人断言，他跟希特勒一起逃跑了；也有人确信，他在逃亡的路上被杀掉了。最终，他的尸体于1972年12月在一次柏林道路翻修的过程中被人发现。1973年，通过牙齿鉴定，他的身份得到了证实。随后，1998年，人们又从他的遗骨中提取

---

[1] 海因茨·林格：《跟随希特勒直到尽头：阿道夫·希特勒侍从回忆录》，第210页。

出DNA，并与他的孩子们做了对比测试。结果判定，存在生物学亲缘关系。

1945年5月间，苏联从地堡中抓捕入狱的犯人比所有盟军抓的都多。但是，他们的调查并没有因此而变得更为顺利。内部争斗在苏联的各个军队和秘密机构中愈演愈烈。每一方人马都小心翼翼地看护着自己的战利品，丝毫不愿让其他人审问自己手下"珍贵的"犯人。希特勒之死首次调查的负责人是亚历山大·阿纳托莱维奇·瓦迪斯，白俄罗斯第一方面军"施密尔舒"部队的首长。白俄罗斯第一方面军由朱可夫元帅统领，是苏联进攻柏林的主要军事部队之一。"施密尔舒"创建于1943年，主要用来追捕苏联红军中的逃兵、叛徒和间谍。"施密尔舒"这个名字来源于两个俄语单词：*Smiert Chpionam*，我们可以将其译作"间谍死神"。很快，"施密尔舒"成为了直接听命于斯大林的苏联反间谍机构。瓦迪斯也就顺理成章地成为了斯大林手下的人。1945年5月，三十九岁的瓦迪斯便身披中将军衔。他于1930年加入苏联红军安全部门，1942年加入苏联反间谍部门，随后于次年进入"施密尔舒"。他是一名坚定的斯大林主义者，拥有极强的政治谋略，巧妙地躲过了苏德战争之前接二连三的军事肃清行动。斯大林曾说，他是自己在反间谍方面最得力的助手之一。于是，瓦迪斯理所当然地掌握了一切可以操纵的权力来帮助自己展开调查。在柏林，他不需要向任何人汇报工作。他只需要向斯大林和他最亲近的支持者直接负责，如苏联安全机构首脑拉夫连季·贝利亚。除此之外，没有人可以给他指派任务，即使是打败了希特勒的朱可夫元帅也不例外，他从来不清楚瓦迪斯的工作是什么。此外，5月2日下午，在地堡彻底被苏联红军攻占后，白俄罗斯第一方面军"施密尔舒"部队迅速抢占先机，驱逐了所有的苏联士兵，并禁止他们入内，甚至还包括将军。

1945年5月27日，瓦迪斯发出了这份莫斯科期待已久的消息。尽管手握重权，这名斯大林的"钦差大臣"也并没能够创造奇迹。由于时间有限，他没来得及审问希特勒生前的最后一批见证者。不过，这个王牌间谍最终呈交了假定的纳粹独裁者的尸检报告结果。

同时，他还仔细阐述了发现尸体时的具体情形：

> 5月5日，根据犯人——帝国总理府安全警卫署警察、党卫队上级小队长（军士，作者注）门格斯豪森的证词，我们在柏林市，帝国总理府区域，希特勒地堡安全出口前发现并挖出了一男一女两具烧焦的尸体。这两具尸体位于一个弹坑之中，表面被一层沙土掩盖。由于碳化严重，所以在没有额外信息的情况下无法确认其身份。

按照苏联秘密机构的惯例，呈交的报告必须非常谨慎地核对内容信息。但是，在这里，瓦迪斯说谎了。

叶连娜·里耶夫斯卡娅是当时在白俄罗斯第一方面军"施密尔舒"部队服役的翻译，叶夫·别济缅斯基也是一名翻译，但直接听命于白俄罗斯第一方面军。1945年5月2日，他们当时正在柏林。二人宣称，假定的希特勒尸体并不是在1945年5月5日被发现的，而是在前夜。并且，也并非根据党卫队上级小队长门格斯豪森的指引，而是一名叫楚拉科夫的苏联士兵在偶然间发现的。据里耶夫斯卡娅和别济缅斯基讲述，楚拉科夫当时同第三突击集团军中校克利缅科一起回去核查5月2日发现戈培尔夫妇尸体的地点。5月4日上午十一点，在一个弹坑旁，楚拉科夫向克利缅科中校大喊："中校同志，这里有一条人腿！"[1]于是，两人开始动手挖土，结果发现这里埋着的并非一具尸体，而是两具。克利缅

---

[1] 叶夫·别济缅斯基：《希特勒之死：不为人知的苏联档案》，纽约，哈考特·布雷斯出版公司，1969，第45页。

科根本想象不到这些可能会是希特勒夫妇的残骸。于是，他又让人把这两具尸体重新埋了起来。他之所以这么做是因为前一天夜里就已经有纳粹囚犯指认出另一具希特勒的尸体。下午十四点，克利缅科最终得到消息，被指认的那一具尸体并非希特勒。第二天，也就是5月5日，克利缅科命令他的手下再次把前一夜发现的两具尸体挖出来，并向上级做了汇报。

这一发现希特勒夫妇尸体的版本恰好与我们之前在俄罗斯联邦安全局中央档案馆所查阅的秘密文件相符。这份关于发现两具碳化尸体的文件由同一个楚拉科夫于1945年5月5日签署。然而，这份文件没有提到任何与克利缅科中校相关的内容。叶连娜·里耶夫斯卡娅本人也对这位军官的谨慎深感意外。对此，他仅是简单地回答道："我从未向任何人报告过关于这些尸体的内容。"[1]

当提到5月4日出土的这两具烧焦的尸体时，叶连娜·里耶夫斯卡娅肯定地说曾经见到过它们："这些被大火烧毁的人类残骸焦黑而恐怖，包裹着一些灰色的遮布，上面还沾着泥土。"[2]

瓦迪斯是否只被告知了这两具尸体被发现时的情景？但是，作为柏林反间谍组织当之无愧的首脑，他有义务知道一切。不过，就算他了解这一个故事版本，他最终将其隐藏的决定也可以理解。因为他不希望向克里姆林宫提及这次离奇的发现。于是，他冒着巨大的风险修改了事实真相。更何况，所有这一切都已经写入报告送到了莫斯科。此外，瓦迪斯忽略这一个细节还有一个原因，那就是苏联的政府机关一般都不会将信息互通有无，即使在秘密机构内部也不例外。

瓦迪斯其实还隐瞒了另一个事实：这两具尸体曾经在被莫斯科委任

---

[1] 叶连娜·里耶夫斯卡娅：《战时翻译的笔记》，巴黎，克里斯蒂安·布尔古瓦出版社，2011，第273页。

[2] 出处同上，第276页。

控制总理府区域的第五突击集团军中被盗。而盗窃它们的人正是他自己手下"施密尔舒"部队的成员。这些盗窃者本意是不想将这件如此珍贵的战利品留给第五突击集团军。5月5日到6日晚，这些被包裹好的尸体被悄悄地放到了弹药库。叶连娜·里耶夫斯卡娅也参与了这次盗窃。"这些尸体被从花园的栅栏上运出，装在了一辆货车的边缘上……"[1]这就是苏联军队内部荒诞纷争的一次完美例证。对于"施密尔舒"特遣队成员而言，如果这些尸体正是希特勒夫妇，那么在柏林，除了他们之外没有人应该知道。5月6日，这两个装着尸体的箱子被存入了柏林布赫区，"施密尔舒"的新总部。

关于这次"盗窃"，瓦迪斯在他的报告中只字未提。对于这些尸体存在的秘密，最好还是守口如瓶。

让我们一起来回顾一下报告中关于1945年5月13日对门格斯豪森审讯的部分：

> 门格斯豪森声称，他认出这两具男性和女性的尸体正是纳粹德国总理希特勒和他的妻子埃娃·布劳恩。他补充说，当时亲眼看到这两具尸体在4月30日的时候被焚烧：4月30日，早上10点，门格斯豪森正在帝国总理府进行安保执勤，巡逻的走廊经过帝国总理府的厨房和餐厅。同时，他还负责巡视希特勒地堡的花园，距离他所在的建筑80米。
>
> 巡逻期间，他遇到了希特勒的勤务兵鲍尔，他向门格斯豪森告知了希特勒夫妇自杀的消息。
>
> 与鲍尔分别后一小时，门格斯豪森在前往距离希特勒地堡80米远的平台处见到党卫队突击队大队长、希特勒私人助理京舍和希

---

[1] 出处同上，第277页。

特勒的侍从林格正准备从安全出口离开地堡，两人抬着希特勒的尸体，距离安全出口 1.5 米左右。接着，他们又返回，几分钟后，带着希特勒的妻子埃娃·布劳恩的尸体走了出来，将她放在希特勒的尸体旁边。紧挨着尸体的地方有两瓶汽油，京舍和林格将这些汽油浇在尸体上，然后将其点燃。

当两具尸体碳化后，有两个希特勒的贴身警卫（名字记不清了）从地堡中出来，走近这两具烧焦的尸体，将它们放在一个挖好的弹坑里，然后在表面盖上了一层土。

瓦迪斯将他所有的陈述全部树立在德国士兵哈里·门格斯豪森的单一证词之上。然而，这个证人所详细描述的场景发生在距离他 80 米的地方。这么远的距离足以让所有的认证变得模糊不定。毫无疑问，瓦迪斯在他报告的后面也确实意识到了这一问题：

在被问到如何辨认出这两具从地堡中取出的尸体正是希特勒和他的妻子布劳恩时，犯人门格斯豪森说道："我是从面部、身高和制服看出他是希特勒的。"

这名武装党卫军军士甚至还给出了衣服的细节：希特勒穿着一条黑色裤子和一件白色衬衣，系着一条领带，而布劳恩穿着一条黑色长裙。门格斯豪森进一步解释道："我见过这条裙子很多次。而且我认得出他的脸，椭圆形的，很瘦，鼻子又直又细，头发的颜色很浅。而布劳恩我也很熟悉，我可以确定从地堡中抬出来的就是她的尸体。"

当然，瓦迪斯并没有想用一名武装党卫军下级军官的单一证词来说服自己的上司。对此，他再清楚不过，但是，就像在一本侦探小说里一样，他加入了悬念。而他的王牌，也是他手中最后的证据是：

发现的尸体是希特勒夫妇得到了霍伊泽曼的证实，她是希特勒夫妇、戈培尔一家和其他纳粹领导人的牙医布拉什克的助理。

克特·霍伊泽曼是瓦迪斯的宝藏，也是他手中的关键证人。她正是联邦安全局给我们展示的档案和人体测量照片中的那名年轻女性。而全世界最受关注的男性尸体的鉴定重任就完全落在了这个三十多岁的医护助理的肩上。

这难道不是另一份站不住脚的证词吗？但是，瓦迪斯没有选择。他的部队找遍了整座柏林城都没有发现牙医布拉什克的踪影。据霍伊泽曼所述，他很可能逃到了贝希特斯加登，远离苏联控制区。事实确实如此，布拉什克后来被美国人抓获。没有了牙医，瓦迪斯只能紧紧抓住牙医助理。于是，他不得不尽全力发挥出克特·霍伊泽曼的鉴定作用：

> 在接受问询时，她指出自己曾多次在希特勒夫妇治疗牙齿时担任布拉什克医生的助理。此外，她还详细描述出了希特勒上下颌骨处的牙齿状况……

在确认这名年轻女性了解希特勒医疗档案的真实情况之后，瓦迪斯才将这些颌骨展示给她：

> 霍伊泽曼在认定这些齿桥和牙齿属于希特勒时声称："我根据以下特征证实面前的这些齿桥和牙齿属于希特勒：首先，将第四颗牙后面的金色齿桥锯开后，我在上颌骨看到一处明显的牙钻留下的痕迹。这个痕迹我很熟悉，因为在1944年秋天，我参与了布拉什克医生为希特勒拔掉第六颗牙的那场手术。其次，这上面的齿桥和

牙齿的特征跟我接受审讯时所做的证词完全相符。"

瓦迪斯的陈述到此为止。他还引用了另一名证人弗里茨·埃希特曼的证词，联邦安全局在我们到访时提到的另一名德国犯人。这名假牙技师也曾与希特勒的牙医一起工作过。瓦迪斯用他来证实埃娃·布劳恩的牙齿。

那剩余的尸体呢？它们在哪里？瓦迪斯在颌骨上大做文章，但是在尸检方面却神秘地一言带过：

> 在检查过希特勒和他的妻子布劳恩的尸体之后，法医鉴定认为大火对身体和头部造成的损毁过大，尚未发现严重的致命伤痕迹。在两人的口腔中，我们发现了带有氰化物的安瓿瓶碎片。经过实验室分析，这些安瓿瓶碎片与之前在戈培尔夫妇和其家人尸体中发现的一致。

仅此而已。然而，法医鉴定应该要远比报告结尾的这几行字丰富得多。

这次尸检的细节至今仍然保密。"加尔夫"局和联邦安全局中央档案馆都没能让我们看到完整的结论。

我们充其量只能在其他的秘密报告中拾取到一些零散的信息。此外，我们获知，当时做法医鉴定的团队由白俄罗斯第一方面军法医福斯特·奇卡拉夫斯基中校负责。我们还知道，当时的鉴定地点是在柏林东北部的布赫区，时间是1945年5月8日，德国签署投降协议的那一天。

关于尸检的结果，我们在一份日期为1946年1月19日的人民内务部报告中发现了一些线索。

推定为希特勒的尸体（1945年5月8日的证明）

在这具被大火严重损毁的尸体上，未发现明显的致命伤或疾病征象。

委员会从口腔中残余的玻璃安瓿瓶碎片、尸体散发出的明显的苦杏仁味道以及内脏尸检中发现的氰化物得出结论，死者的死因是氰化物中毒。

推定为埃娃·布劳恩的尸体（1945年5月8日的证明）

在严重碳化的尸体上，我们发现胸廓有碎裂痕迹并且存在血胸，肺和心包受损，还发现六片细小金属。

此外，我们在口腔中还发现了玻璃安瓿瓶碎片。

考虑到安瓿瓶的存在，尸检时尸体散发的苦杏仁味道以及尸体器官医学检测时发现的氰化物，委员会认定，尽管胸廓有严重伤痕，死者的直接死因仍是氰化物中毒。

同时，委员会还注意到，由于尸体被大火损毁严重，所以鉴定尸体的唯一依据很可能是对口腔中牙齿、牙套、牙冠和镶嵌假牙的分析。

为了得到更多的尸检细节，我们还需要从服务于苏联红军的俄德双语翻译叶夫·别济缅斯基入手。1968年，这个苏联人以记者的身份撰写了一本关于希特勒之死的书，轰动一时，并在西德出版。当时，欧洲深陷冷战阴影，苏联由列昂尼德·勃列日涅夫领导。因此可想而知，出版这样一本著作肯定是得到了苏联政府的许可并且符合他们的利益。这些细节的公布十分重要。也许，勃列日涅夫是把它称之为真相或是当作宣传？不管怎样，它细致入微地展现了苏联军队发现希特勒尸体时的情形和辨认过程。

书中甚至用大量的篇幅展现了一些从未刊登过的材料,比如苏联士兵在希特勒地堡前的照片。以及人们如何"挖出希特勒和埃娃·布劳恩尸体"的传奇故事。我们甚至还看到了两张尸检委员会成员整齐地站在克莱勃斯将军和约瑟夫·戈培尔尸体前的照片。然而,没有一张希特勒或是埃娃·布劳恩的尸检照片,尸检负责人福斯特·奇卡拉夫斯基声称收到命令,禁止给他们拍摄照片。[1] 但是别济缅斯基还是公布了两张画质不佳的照片,我们可以从上面辨认出两个木箱,里面装着满满一堆不成形的深色物体。如果我们相信那些传说,这些照片应该就是希特勒夫妇的尸体残骸。

除了这些历史图片之外,别济缅斯基还声称得到了元首地堡中发现的尸体的全部尸检报告。

其中包括戈培尔一家、克莱勃斯将军、两名德国牧师,当然,还有希特勒和埃娃·布劳恩。

书中所用语气极具政治色彩。比如,别济缅斯基写道:"顺便提一下,医学证明驳斥了西方世界历史研究中经常发表的声明,即汉斯·克莱勃斯将军,德国陆军最后一任参谋长,像一名士兵一样用自己的武器结束了生命。……医学结论认为:'死因是氰化物中毒。'"[2]

一切都在这段文字中体现得淋漓尽致:从意识形态上与西方世界对立。在这里,苏联的真相建立在科学事实之上,彻底终结了西方的操纵。接着,还有对纳粹敌人的贬低。在苏联人眼中,克莱勃斯用毒药自杀是一种懦弱的表现。对于莫斯科而言,一名真正的军人只能死于子弹。

---

[1] 叶连娜·里耶夫斯卡娅:《战时翻译的笔记》,第339页。
[2] 叶夫·别济缅斯基:《阿道夫·希特勒之死:不为人知的苏联档案》,第57页。

这是对于一名战场首领而言更真实的义务。

因此，我们并不讶异会从别济缅斯基的书中看到关于希特勒的尸检结果：

男性，身高165厘米（根据他的私人医生莫雷尔的声明，希特勒身高176厘米，体重70公斤，作者注），年龄介于五十和六十岁之间（估测依据是总体生长情况、器官大小、下门牙和右前白齿状况）。口腔中发现医用安瓿瓶的玻璃碎片。法医坚持认为"尸体散发的苦杏仁气味和内部器官的检查共同证明了氰化物的存在……"。

委员会最终认定"死亡是由氰化物中毒造成的"。[1]

苏联的法医团队还发现少了一块头骨。这块缺少的左后方头骨和如今"加尔夫"局收藏的那块正好完美契合。

据别济缅斯基所言，这些法医声称从这两具出土的烧焦尸体上闻到了一股强烈的苦杏仁味儿。假设他们就是五天前下葬的希特勒夫妇，那么氰化物是否可以持久地散发出这种味道？为什么别济缅斯基没有随后附上这两具尸体的器官毒理分析结果？他只是简单地写道："内部器官的化学检测证实存在氰化物。"

这些对于这个苏联红军的前任翻译而言并不重要。他的目的在于明确展现这具男性尸体的死因：中毒。没有任何迹象表明子弹冲击的存在。如果这具尸体确实是希特勒，那么这个独裁者就是吞食氰化物安瓿自杀身亡。

于是，证据成立：希特勒是与他的参谋长克莱勃斯将军、戈培尔一样的懦夫。

克里姆林宫这种将纳粹头目展现为"下等人"的心思从斯大林宣布希特勒死讯时便存在了。绝不能将敌人刻画成一个英雄。所以，这个德

---

[1] 叶夫·别济缅斯基：《阿道夫·希特勒之死：不为人知的苏联档案》，第67页。

国独裁者之所以一直待在柏林的炮火声中，不是由于他的魄力，而是因为他过于愚蠢。

"施密尔舒"的中将，亚历山大·瓦迪斯，没有在他1945年5月27日的报告中再提其他事宜，便发给了斯大林的左膀右臂贝利亚。

贝利亚马上将其备案，随后直接转发给斯大林。

那些希特勒身上的物证，也就是希特勒的牙齿，则被秘密送到了克里姆林宫。

希特勒的档案就此被再度封锁。斯大林可以向全世界宣布，希特勒被找到了，他死了，在自己的老鼠洞里像一个懦夫一样死了。

只有一个人向人民内务委员部的秘密机构揭露瓦迪斯和"施密尔舒"错了。这个人不是别人，正是奥托·京舍，希特勒的贴身警卫。他也在试图从地堡逃走时被苏联人抓住，并很快证实了身份。他的首次审问便将所有这一切都推翻了。他毫不犹豫地说道，元首是开枪自杀的！

莫斯科，2017 年 3 月

  一般来说，只有家人才有权查阅这份档案。弗拉基米尔·伊万诺维奇·科罗塔夫又重申了一遍。尽管现在已被解禁，脱去了"国防机密"的外衣，但是这份"奥托·京舍"军事档案依然处于保密状态。"除非他的一名家庭成员提出正式申请。"说话间，他突然阖上了棕色的纸袋，上面标着几个字母缩写 MVD SSSR（内务部，苏联）。封面之上，一行印刷大字映入眼帘："个人档案：京舍，奥托·赫尔曼"。这正是那个在阿道夫·希特勒身边尽忠一生的私人副官奥托·京舍。他是为数不多见证过元首地堡最后悲剧的人。弗拉基米尔·科罗塔夫是俄罗斯国家军事档案馆的副馆长。这是一个收藏了近七百三十万份档案的国家机构，内容涉及苏联军队、俄罗斯军队以及各个军事情报机构。在这里，我们还能查到所有二战后苏联军队从纳粹德国获取的官方文件，其中就包括纳粹领导人的个人档案、戈培尔的私人日记以及希姆莱的工作行程。从我们第一次见面起，弗拉米基尔表现出的态度就高于一般的礼节，甚至可以说是友好。这个五十多岁的男人头发花白，胡子很短，说话的声音很低，话很少。但是，他非常善于倾听。当我走向他时，一双浅蓝色的眼睛就没有一刻从我身上移开。他的脸上看不出任何的表情，也没有任何的反应，像是戴了一副蜡制面具。

  拉娜曾在几周前，我们拜访过联邦安全局总部后，与他联系过。在离开卢比扬卡大楼前，我们向在俄罗斯秘密机构的"主治官员"德米特里咨询过意见。如何能够获得军事档案？有没有一个人名可以推荐给我们？或者一个电话号码也行？"你们自己解决。"他所能给我们的建议只有这一句,"我们和军队方面没有任何关系,这里是俄罗斯联邦安全局。你们搞错地方了。"谁之前说俄罗斯人不敏感的?"你们为什么要浪费时间在军事档案上?"记者的直觉告诫我不要透露自己所有的信息。尤其是在俄罗斯联邦安全局的精英面前。他会不会出手阻拦我们获取军事档案?当时还是在俄罗斯国家联邦档案局,也就是"加尔夫"局,找寻俄罗斯军队档案时,负责希特勒头骨的档案保管员金娜·尼古拉耶芙娜建议我们:"如果你们想要更多与京舍有关的信息,就去那里。""我们想去查阅1945年被苏联红军俘虏的法国人的档案。"即兴真是一门微妙的艺术。德米特里并没有立刻回答我。他跟我们告别之后将我们送出大楼,一直走到外面的人行道。

军事档案。"军事"二字让我和拉娜又平添了一份焦虑。是否也存在一个跟俄罗斯联邦安全局一样不愿与外籍记者交流的机构?答案是肯定的,军队。我们怎么去?我们就这样带着拉娜的俄罗斯-美国双重国籍和我的法国国籍去查询这些档案?出人意料的是,一切并没有我们想的那么复杂。拉娜一个朋友的妈妈曾经在俄罗斯国家军事档案馆进行历史研究。尽管如今已经退休,她仍然和现任领导保持着良好的关系。正是她,悄悄地将弗拉基米尔·科罗塔夫的名字给了拉娜。从第一次通话开始,弗拉基米尔就已经被我们说服。没有任何条件,也不需要任何官方机构的特批。他既不需要向克里姆林宫,也不需要向他的上级汇报我们的调查。"告诉我,你们到底想寻找关于纳粹德国的什么资料?"他简单的回答道。"希特勒?又是希特勒?"副馆长的语调立刻变了。拉娜坚持地说道。她马上把自己的声音变得婉转而诚恳。"一两天吧。给我时间找一下。"他干巴巴地结束了这段对话。整整四十八个小时之后,弗拉基米尔回复了拉娜,他找到了——所有资料。看来,这次见面可以确定下来了。第二周。一天快要结束的时候,傍晚5点。在莫斯科,所有的公共机构都很早关门。此时大部分俄罗斯的官员都早已下班。这么晚见面绝非偶然。弗拉基米尔要确保除了他之外没有人知道我们在档案馆的总部。

已是5点15分,我们的出租车还在市中心的帕特里亚尔希桥上挪动,令人绝望。司机已经放弃了前进的想法,打开了点烟器上方的DVD光驱。满脸愁云密布的他给我们放了一首当地的流行歌曲,视频里有许多身穿短裤的妙龄少女快乐地扭动着躯体。莫斯科已经挤得快让人活不下去了,拉娜自言自语道。自从俄罗斯向自由主义的警笛低头之后,莫斯科大街空旷的时代便一去不复返了。苏联的老拉达和伏尔加已经退居二线,现在街上多的是廉价的亚洲车,以及风头正盛的高档四门轿车和大型的欧洲四驱车。

还有多久可以到弗拉基米尔的办公室?"一个小时……"司机说着轻轻敲了一下自己的GPS。"可能会久一点,也可能会早一点……"一片俄罗斯冬末常见的融雪无精打采地覆在车窗上,进一步烘托出我们境况的消沉。突然,拉娜下了车,大喊着让我等她一下。在这种交通状态下,应该不是什么难事。我们的车费力地爬行了五十多米的距离,不到十分钟,她回来了,头发上挂满了白色的雪絮,手里拿着一个塑料袋子。"我们可以用这个赔罪。"她得意地向我晃了一下手中的美国白兰地。"在俄罗斯,所有人都喜欢这个。"她向我保证道。

抱歉,抱歉,我们非常抱歉。我反复用拉娜试着教我的俄语重复着这几个词。等一下见到弗拉基米尔的时候,我希望能用最正确的方式把它说出来。已经过了6点。俄罗斯国家军事档案馆的大楼全部用混凝土筑造而成,建在一处阴暗的近郊,隐晦的窗户看不见一丝内容。楼里没有人。也或者是看上去空荡荡的。从外面看,十多层的建筑散不出一线光亮。只有底层的灯还在孤独地亮着。

一声恐怖的回响,前厅坚实的大门在我们身后又重重地关上。鼠灰色的大理石板从进门的地面一直延伸到墙壁,让人感觉像是被废弃的教堂中殿。也许，这种构造有利于热量循环。我们喧扰的造访终于得到了一点回应，楼梯过道前庄严的木制柜台旁，穿着制服的女士抬起了头来。这位女军人缓缓地站了起来，这样一个简单的动作似乎让她痛苦万分。她的沉默寡言让我们的内心感到十分温暖。她告诉我们，这座建筑在苏联解体之后一直都没有被废弃。然而，如此"复古"的陈设装饰轻而易举地推翻了她的说辞。比如这个橘褐色的胶木电话机，或者那座有机玻璃的时钟里利剑状的指针。苏联时代的老物件没有随着时间流逝而消失，而是布满整座办公楼。时钟还在走，电话也依然能用。她在我们面前演示了起来。"两位。是的，他们有两个人。副馆长先生。不，我不能让他们上去。您必须来接他们。是的，是的，他们在这里等您。"对话很简短。说完，女军人轻轻地将老电话机听筒放回原位，示意我们稍等片刻。

"抱歉，弗拉基米尔先生，非常抱歉。我们感到很惭愧。"不知道他有没有听懂我咕咕哝哝说的这几句假装是俄语的话？俄罗斯国家军事档案馆的副馆长让我们等了十多分钟之后，面带不悦地走了过来。对于我们所有的歉意，他只是沉着脸回了半个微笑，随后便转身走上了来时的楼梯。拉娜从背后推了我一把，让我跟上他。"没事的，"她悄悄跟我说道，"他没有穿外套。这说明他不会马上走。"

京舍的档案不行！戈培尔的私人日记倒是可以，但是京舍，绝对不行。弗拉基米尔坚持说道，绝对不可能允许我们查阅武装党卫军成员奥托·京舍的个人档案。

然而，它就在那里，摆在我们面前。弗拉基米尔从书架上把它拿了下来，似乎是专门为这次见面而准备的。他把它打开，给我们展示了几张当时的证件照片，然后就没有了。或者，几乎是没有了。像是一个意外的巧合，一份天降的礼物，副馆长突然起身，抱歉地告诉我们要离开一下。"我去另一个储藏室拿一些材料。可能要离开十来分钟。麻烦你们在这里等我……"我们惊讶地目送着他离去，不知道该说什么。很快，拉娜向我投来了一个狡黠的笑容，玩味地对我说："请吧！"

我呼吸局促，双手笨拙地翻开了案卷。奥托·京舍就在我们的眼前。他的武装党卫军身份、他的希特勒个人警卫员经历以及他的苏联囚徒生涯。数不清的从未面世的历史资料。我们的调查出现了一个新的转机。京舍是唯一一个从未写过自传的希特勒的最后亲信。他是一个不善言谈的人，也不愿意接受任何采访。除了回答过美国记者詹姆斯·奥唐奈的几个问题之外，一直到2003年离世，八十六岁的京舍都在躲避着媒体。他将自己唯一的一份声明交给了苏联的秘密机构。但与其说是交给，不如说是被迫上交。

他的个人档案的第一页正是苏联内务部给他建立的身份档案卡，时间为1950年6月4日。正是他在柏林被捕后的第五年。所有内容使用的都是苏联犯人的统一格式。唯独不同的是，有一处红色手写加粗的字体："严管级"。编号4146的奥托·京舍并不是一名普通的犯人。除了基本个人信息，如生年（1917年）、出生地（耶拿，德国）、身高（193厘米）、监禁地（第476号战犯营）之外，还手写标明了这名犯人需要加强监管级别。同时，还特别指出，京舍的健康状况良好，狱中"没有传染性疾病"。其他的纸页大小不同，或多或少都有折损，有几张几乎比记事本的纸页还大。大部分的内容都是直接手写，看起来当时似乎情况紧急。每一份文件中，签字人都要写明他的级别和职务。我们在其中看到了一整个复杂的官级体制，有"作战部副主任""舱室主任""特别部门主任"……附注内容一般都是举报犯人京舍对苏联的战争行为。而这些报告的内容都仅有几行，皆是请求给出合适的处罚。在每一份报告上，都手写着一个巨大的"同意"，倾斜地补充在文末。

举报京舍最多的往往是那些跟他共同生活的德国囚犯，曾经的纳粹分子。苏联的监狱制度支持和奖励了那些告密者的热情，比如有一个叫诺克里的人。他给自己所在的第476号战犯营、第十四大队监狱的"主管先生"写过一封信。第476号特别战犯营位于乌拉尔联邦管区下的斯维尔德洛夫斯克州，以管理严格而著称，是苏联最大的战犯营之一。

举报信的内容，就像所有告密者的文风一样，缺乏实据。诺克里是德国人，因此俄语写得很糟糕。"我今天收到营地哨所的命令，要求在生活区的院子里堆放木材。……奥托·京舍在十四大队74名犯人的房间里夸夸其词。他说：'我不会走的。苏联人很清楚我是拒绝的。'他说这些话的时候就好像自己是我们中的英雄，一个凌驾于苏联政权之上的英雄。……主管先生，我请求您狠狠地惩罚这个人。"

经过调查，判决很快就在几周之后下来了。从我们手中的这份档案，可以看到：

> 犯人京舍，曾是希特勒的私人副官，在囚犯中公开发表自己的反苏联报复主义观点，颂扬过去的希特勒政权。同时，他没有专心完成组织分配的生产工作。
>
> 现决定将京舍以特别危险分子的身份关入单人牢房，为期"六"个月。
>
> 签字：第五处首席调查员
> 奥列诺夫长官

这类文件在京舍的档案中有很多份，其中有一份引起了拉娜的注意。文件的右上角用机器整齐地打着"机密"二字。印有苏联徽章的靛蓝色图章让这份文件更显正式，甚至庄重。"这是他的诉讼判决。"拉娜向我解释道。它来自莫斯科东北部300公里处的伊万诺沃区军事法院。日期是1950年5月15日。

司法调查和案件材料确定了以下事实：

被告京舍，纳粹分子和希特勒政策的积极拥护者，曾在前德国军队服役期间积极支持和参与了希特勒对苏联战争准备过程中犯罪项目的实施。

1931年，京舍在希特勒上台前加入了法西斯青年组织"希特勒青年团"（Hitler-Jugend），随后于1934年自愿加入武装党卫军第一师"阿道夫·希特勒警卫旗队"，参与德国法西斯政权的巩固建设，时年十七岁。

1936年，由于表现突出，京舍被调至希特勒贴身警卫队工作。

德国对苏联战争期间，京舍在武装党卫军第一师"阿道夫·希特勒警卫旗队"中先后担任装甲师排长和连长。

在师团临时驻扎苏联沦陷区时，他对苏联市民和俘虏犯下种种暴行。武装党卫军装甲师曾有一句口号："我们需要没有俄罗斯人的俄罗斯土地"，呼吁摧毁整个俄罗斯民族。

执行这一罪恶指令期间，师团在日托米尔地区共枪决285名市民，绞死8人，折磨拷打致死73人，使25196名苏联战俘饥饿而死。

从1943年1月到1945年4月30日，作为一名坚定的法西斯分子，京舍担任希特勒的私人副官，随后，于1945年3月和4月兼任帝国总理府总指挥。

担任希特勒私人副官期间，京舍参与了希特勒召开的所有关于对苏联的作战会议。

担任希特勒私人副官期间，京舍还执行了他的各类罪恶命令和指示。

……

基于以上事实，并依据刑事诉讼法第三百一十九条和第三百二十条规定，军事法院认定，京舍违法了第 19/IV-1943 号法令第一条规定。

犯人：

京舍·奥托·赫尔曼，依据苏联最高苏维埃主席团第 19/IV-1943 号法令第一条和关于"废除死刑"的第 26/V-1947 号法令，被判处为期二十五年的劳动改造监禁。

犯人京舍的监禁期从 1950 年 4 月 6 日开始。

当时，奥托·京舍已经三十二岁，被苏联关押了近五年。从判决书附带的证件照片来看，这个憔悴而消瘦的男人目光依然坚毅，甚至凶狠，似乎在藐视苏联的政权。这名武装党卫军军官的神情是否在暗示他没有上当？他的判决是否只是一场骗人的把戏？他的定罪是否存有疑问？

判处二十五年的劳改营监禁，难道不是比处决更糟糕吗？犯人如何能在古拉格（劳动营管理总局）的刑罚中存活下来？又会以怎样的身体和精神状态从里面走出来？当京舍服刑结束时，他已经五十七岁了。对于这样一个以苦役犯身份服刑的承诺，这个希特勒的前亲信并没有甘心屈从。他被以书面形式告知，"该判决可以向莫斯科地区内务部部队军事法庭的上诉法院提出上诉"。他有七十二小时的上诉期限。几页之后，我们看到了他的上诉结果。1950 年 10 月 21 日，判决下达五个月之后，京舍再次被法庭传唤。

报告内容如下：

在被告的上诉申请中，京舍声称自己没有犯罪，请求撤销原判。

Рассекречено

СПРАВКА

На жителя села Церпеншлейзе, района Вернау - ВЕЛЕР Густава

ВЕЛЕР Густав, 1886 г.рождения, уроженец с.Доротентоль, крайс Греннальде /Померания/, немец, член СА, женат, происходит из крестьян, проживает с.Церпеншлейзе, района Вернау, работает кровельщиком.

ВЕЛЕР Густав, имеющий сходство с Гитлером, проживал до 1944 г. в г.Берлин по улице Ционскирхштрассе, 28, а с 1944 г. по настоящее время проживает в с.Церпеншлейзе.

ВЕЛЕР Густав в 1924 г. был осужден на 3 года тюремного заключения, за подделку денежных знаков, которое он отбыл. В январе месяце 1932 года ВЕЛЕР вступил в члены СА, откуда через 2 месяца был исключен потому, что он не выполнил приказания подстричь волосы. ВЕЛЕР Густав, с приходом Гитлера к власти, в 1933-1934 г.г. неоднократно вызывался органами гестапо, где ему предлагали в связи с тем, что он похож на Гитлера, подстричь волосы и сбрить усы, но он этого не делал. В 1934 г. ВЕЛЕР был вызван вызван лично Гимлером, который также предлагал ему снять волосы и сбрить усы, за что обещал ему 1000 марок. При этом Гимлер, по словам ВЕЛЕР, угрожая ему, заявил:

"Если Вы еще будете носить волосы так, как наш фюрер, то Вы исчезнете навсегда."

В результате частых вызовов в гестапо ВЕЛЕР Густав пытался отравиться светильным газом.

ВЕЛЕР в национал-социалистической партии не состоял и компрометирующих материалов на него не добыто.

НАЧАЛЬНИК ОПЕРСЕКТОРА ПРОВИНЦИИ
БРАНДЕНБУРГ - ГЕНЕРАЛ-ЛЕЙТЕНАНТ
/П.ФОКИН/

"22" января 1946 г.

由于在案件事实中没有找到撤销原判或修改判决的理由，

法院决定：

维持对犯人奥托·赫尔曼·京舍的判决，驳回撤销原判的上诉申请。

死亡、流放、恶劣的监狱环境，所有的武装党卫队突击队大队长在决定离开希特勒地堡的时候都已经想到了这些。但是，他们绝对想不到等待他们的刑罚有多么严酷。

1945年5月1日，在元首地堡。克莱勃斯将军失败了。与苏联总参谋长的和解谈判并没有成功。停战的希望破灭了。苏联人希望的是德国无条件的投降。对于所有住在帝国地堡中的人而言，末日将近并且不可避免。一天的时间里，每个人都在匆忙准备着一次几乎不可能的行动：逃跑。接近夜里10点，第一队人马开始了绝望的逃离。京舍也在其中。希特勒的两个秘书、营养师以及鲍曼的秘书与他同行。他们的身边有百余名士兵护送。整夜，他们都在试图逼退苏联军队的阵线，但是并没能成功。5月2日清晨，他们躲进了市中心美丽堡大街上的一家啤酒厂。没有人知道，柏林德军指挥官魏德林将军已经下了投降命令。下午，苏联士兵包围了啤酒厂。"战争结束了。你们的指挥官已经签了停战协议。"他们大喊道。京舍和其他的德国军官在犹豫。但是，他们必须面对现实：战事确实结束了，他们没有别的选择。缴械投降之前，他们帮助希特勒的两个秘书格尔达·克里斯蒂安与特劳德尔·容格、厨师康斯坦策·曼齐亚利和鲍曼的秘书埃尔泽·克鲁格从掩藏地秘密逃走。对于这些年轻女子而言，再多的尝试都比落入苏联人之手要好。希特勒曾经提醒过她们，被强奸是不可避免的事情。格尔达·克里斯蒂安逃到了巴伐利亚州，于1946年5月在当地被美国军队逮捕。特劳德尔·容格在经历了国内漫长的逃亡之后最终回到了柏林，于1945年6月初被苏联红军抓获。康斯坦策·曼齐亚利一直没有被人发现。格尔达·克里斯蒂安声称看到她在1945年5月2日被苏联士兵带走了。但是，苏联当日的档案中没有任何关于此人的信息。而埃尔泽·克鲁格最终落入了英国人之手。

1945年5月2日晚10时，京舍缴械投降。

审问轮番进行。很快，希特勒贴身警卫、党卫队突击队大队长身份让他得到了特殊对待。就这样，京舍落到了人民内务委员部的手上。这个国家机构集中了全国的警察力量，负责管理所有的古拉格和秘密机构。他所有的证词都直接向战犯拘禁管理总局的副主任科布洛夫将军和作战部主任帕尔帕罗夫中校报告。在1945年5月18日和19日的审问中，他向他们供认，希特勒是开枪自杀。这个消息让秘密机构头疼不已，因为它直接推翻了希特勒中毒身亡的假设。这可是"施密尔舒"中将亚历山大·瓦迪斯一直保留和支持的官方假设。

"党卫队突击队大队长林格当时正位于希特勒办公室附近的地堡入口前。1945年4月30日，接近下午4点，他听到了一声枪响。"京舍的供词被如实记录，没有任何的修饰，也没有任何的说明。科布洛夫和帕尔帕罗夫认真记录着每一份声明。当他们听到这个信息时，既激动又讶异。因为，他们终于得到了一份足以扳倒他们的同事兼对手"施密尔舒"的证据。科布洛夫和帕尔帕罗夫很讨厌这个自以为是的反间谍机构。他们两个都是人民内务委员部大总管拉夫连季·贝利亚的人。贝利亚对"施密尔舒"和它的领导阿巴库莫夫将军可谓恨之入骨。人民内务委员部的长官对这个脱离控制的秘密机构并不信任。因为，事实上"施密尔舒"隶属于人民内务委员部，但是阿巴库莫夫常常跳过贝利亚直接向斯大林汇报。一般来说，苏联秘密机构之间的竞争不会持续太久。因为，斯大林政权最终只会留下其中最优秀的机构。而贝利亚已经决定好要成为那个最优秀的。

1945年5月，拉夫连季·巴甫洛维奇·贝利亚四十六岁。这个和斯大林一样来自格鲁吉亚的苏联革命之子正处于他职业生涯的巅峰。小官僚主义的虚伪做派和挂在鼻梁上的眼镜让他看上去其貌不扬。但是，他确是斯大林在政府中的得力助手，国防委员会成员，秘密警察以及外部信息的管理者。憎恨、蔑视，特别是恐惧，这是人们对贝利亚的感受。暴力、无情、残虐、狠毒、精神变态、酗酒成性，这些词并不足以概括斯大林政权下的这个"警察之王"的黑色传奇，其中差别还需细细体会。毫无疑问，严刑拷打是他与生俱来的某种天赋，特别是亲自拷问那些最难对付的囚犯。1941年至1944年间签署的流放"人民敌人"的命令，戕害了近一百万来自少数族群的苏联市民，没有让他心里产生一丝波澜。但即使贝利亚被人们看作一个怪物，我们仍然不能否定他是一个拥有非凡生存本能的政客。他很快便发现，与斯大林同为格鲁吉亚人并对斯大林投以病态的忠诚不会让他变得刀枪不入。他随时都有可能会被这个制度所消灭。斯大林不喜欢重复这一点，即在秘密机构中只存在两种选择："晋升或行刑"。当看到他曾经的下属阿巴库莫夫将军上位之后，这句话在他的脑海中反反复复地萦绕着。

维克多·谢苗诺维奇·阿巴库莫夫似乎就是为了激怒贝利亚而生。首先，他更年轻，整整比贝利亚小九岁；其次，他出生在莫斯科，而贝利亚只是一个乡下人，一个贫苦的格鲁吉亚农民的儿子。目光正直而深邃，外表强势而傲慢，油亮的黑发，宽厚的双肩，身着制服的他就像苏联宣传海报上的英雄。而贝利亚则完全相反，身材矮小（阿巴库莫夫比他高出一头），秃顶、近视、大腹便便，被斯大林称作自己的"希姆莱"（海因里希·希姆莱，执行希特勒低级指令的党卫军刽子手），从外在来看根本无法与他的死对头相竞争。十三岁加入苏联红军特别部队之后，阿巴库莫夫一步步走完了所有的军级并进入情报机构，成为了一名监视内部敌人的专家。搭线窃听技术对于他而言没有任何的障碍。很快，贝利亚便注意到这位天才。1938年，他加速了阿巴库莫夫在人民内务委员部的晋升之路，将其任命为自己的副手之一，希望可以将他纳为自己的人马。然而，万万没有想到的是，1943年，斯大林拔除了贝利亚所有的爪牙，唯独将他提拔为"施密尔舒"的统领者。从此以后，阿巴库莫夫成为人民内务委员部掌舵人最危险的竞争者和一生的死敌。

掌管数万耳目的贝利亚可以说在全国无所不知。很快，颠覆了占据大部分欧洲的德国纳粹势力之后，即使身处两千多公里之外的莫斯科，柏林的任何风吹草动也都逃不脱他的眼睛。希特勒假定尸体的发现，他便几乎是第一时间获知。但是，发现的功劳很快就落到了"施密尔舒"的头上。对于贝利亚而言，阿巴库莫夫的威胁进一步扩大。他的地位受到了挑战。但所幸，这次逮捕到京舍为他赢得了一张好牌。有了这个颌骨方正、残杀了众多犹太人和共产党人的武装党卫军头目，贝利亚又可以向斯大林证明自己不可或缺的重要性。

"希特勒是怎么自杀的？"科布洛夫和帕尔帕罗夫问京舍。
"林格说，希特勒是太阳穴中弹身亡。"

参与审问的翻译被命令用最精准的词语以最贴近原意的方式转述犯人的供词。如若出现差错，他将面临着发配到西伯利亚特殊囚犯营的危险。

京舍面无表情地讲述着发生在4月30日下午4点前的德国元首自杀。

问：你是什么时候第一次进入自杀的房间的？你看见了什么？

答：我在4点45分的时候进入房间。我看到地毯被轻微移动过并且有一处血迹。桌子上有好几个装着毒药安瓿瓶的小盒子。门口靠墙的长沙发上有一双鞋。长沙发旁的地上有两把手枪，一把口径是七点六五毫米，另一把六点三五毫米。这两把枪是一个叫阿克斯曼的男人交给希特勒的，我不认识这个人。希特勒的尸体躺在前厅，我们可以闻到一股很浓的杏仁味。

谁说的是真的？京舍和中弹自杀的说法？还是"施密尔舒"坚持的氰化物中毒身亡？或者两者皆有？或者，这只是一个骗局，而希特勒正好好地活着呢？

贝利亚也不知道。阿巴库莫夫，"施密尔舒"的当家人，将自己所做的希特勒中毒身亡的报告转交与他。对，就是交给他，贝利亚，而不是交给斯大林。阿巴库莫夫头一次按照等级程序办事。但这难道不是一种政治手段吗？这样一来，就可以将贝利亚与这次调查绑定并与他共同面对可能来自"人民的父亲"的责罚，或是对秘密机构的一次新的清洗。

斯大林不是一个会轻易信任别人的人。他也不是一个会轻易原谅别人的人。对抗纳粹德国的胜利巩固了他在苏联的权力和声誉。在国际舞台上，他成为了构建世界新秩序的强者之一。即使对于很多人来说，他所带来的并不是仰慕，而是恐惧。但是他不在乎。恐惧，是他最擅长使用的武器。他在战争期间证明了没有人能违逆他最严厉的决定。即使是他自己的家人。1941年，他的长子雅科夫在已经三十四岁的时候加入抗击纳粹的苏联红军。1941年6月16日，他被俘虏。他的妹妹斯维特拉娜在多年之后讲述了这出悲剧。"我的哥哥并不是一个英勇的战士。他太过善良。他去参军全是迫于父亲的意愿。当他被德军俘虏后，受尽了纳粹的羞辱。他们带着他在德国游街示众，活像一只集市上的动物。你们想想，这可是斯大林的儿子啊！这是纳粹的一次绝佳宣传。1943年1月末，德国陆军元帅保卢斯被我们的军队在斯大林格勒抓获。德国人以为我父亲会用他来换回雅科夫。结果事实恰恰相反。"最终，1943年4月14日，斯大林的长子死在德国的一处战俘营。

克里姆林宫领导人释放的信息十分明确：没有人能得到额外照顾。此外，他还明确表示，就算雅科夫活下来，或者逃了出来，他也会被送到西伯利亚的特殊营去。"他们就是这么对待从德国战俘营回来的苏联士兵的。"斯维特拉娜·斯大林证实道，"他们不信任这些人。"

阿巴库莫夫和贝利亚两个人对雅科夫的命运记忆犹新。他们对斯大林的顽固再了解不过了，特别是他那种病态的偏执。哪怕一丁点错误都有可能让他们万劫不复。但显然，关于希特勒之死的这份报告里包含错误，或者至少有着很大的遗漏。1945年5月底，贝利亚得到了确切的消息。他重新阅读了这份由手下在1945年5月18日和19日所做的关于京舍的十三页审讯笔录。应该提醒斯大林吗？然后在他的心中埋下不信任的种子？没有比这更危险的事情了。贝利亚选择了谨慎。最极端的谨慎。他保留了手下人所做的这些工作，不加一丝评论地将文件转交给了斯大林。既不肯定，也不否定。

1945年5月27日，斯大林拿到了"施密尔舒"的报告。对于克里姆林宫而言，希特勒的死已成为官方消息。

京舍终于意识到自己并不会很快从秘密机构的牢房里走出去。他被从柏林转移到了莫斯科，人民内务委员部控制下的卢比扬卡特殊监狱。

这正是我们获准观察假定希特勒牙齿的那座卢比扬卡大楼。我们当时在三楼。而这些党卫军战犯的审讯则是在一楼或二楼。我们忍不住想，他们的嘶喊是否会一直传到我们所在的那个房间。随着我们的调查不断深入，这种唤醒亡魂的冷冰冰的感觉就一直萦绕不去。满身的血泪，充斥的暴行，泯灭的人性，像一团厚重的光晕让我们的追寻之路陷入无尽的阴郁。如今，希特勒档案的真相仍继续被隐藏在一片令人作呕的迷雾之中，这片迷雾被称作国家机密，也被称作地缘政治的抗衡。六十年过去，问题依然敏感得不可触碰。是否会有一天，希特勒的幽灵不再继续纠缠着整个西方？

当我在俄罗斯国家军事档案馆副馆长的办公室浏览京舍的档案时，这些想法一直在我脑海中不断盘旋。拉娜半开着门，快速观察着走廊上的动态。没有一点声响。整座大楼像是进入了深度睡眠。看来，我们可以继续查阅这些机密文件。我又打开了另一份档案。这也是一名德国军官。我吃力地破译着他的名字：约翰内斯·拉滕胡贝尔。

不对，不是约翰内斯，是约翰。我看到了一个成熟男子的照片，头发几乎花白，穿着一身德国的军装。照片应该是在1945年5月初被捕后的几个小时拍的。头部笔直，眼神坚定而冷酷，这是一名看上去习惯了发布和听从命令的军人。几页之后，我找到了一些其他的照片。这真的是同一个人吗？从这张拍摄于1950年的照片来看，这就是一个沧桑的老人，憔悴地模仿着当年骄傲的德国军官的模样。消瘦的脸庞，长期暴露在寒冷中褶皱的皮肤，苍白的双颊上蓬乱的胡须，还有被砍刀削下的头发。这是谁？我把拉娜从她的观察哨上喊下来，帮我翻译这些文件。他的档案整整罗列了好几页纸。

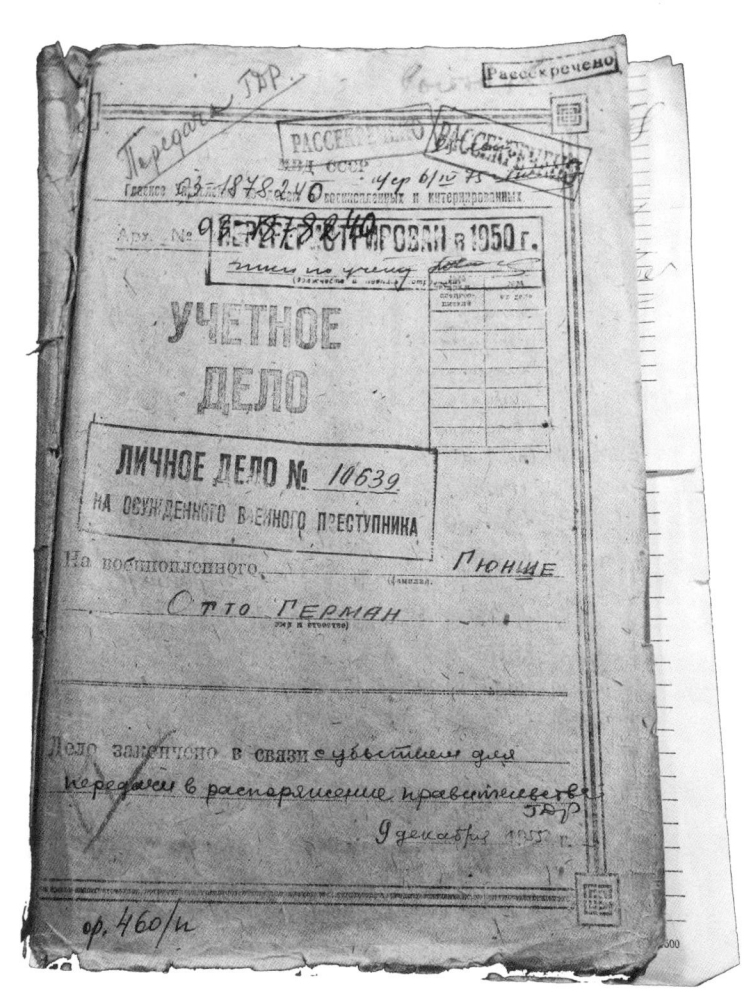

苏联军事法庭关于党卫军将军约翰·拉滕胡贝尔的卷宗。(俄罗斯国家军事档案馆)

希特勒的安全负责人约翰·拉滕胡贝尔的军事档案。(俄罗斯国家军事档案馆)

约翰·拉滕胡贝尔,出生于1897年,籍贯所在地:德国巴伐利亚州奥贝拉欣格镇……

……希特勒在德国当权之后,拉滕胡贝尔于1933年被任命为盖世太保(秘密国家警察)总指挥,也是法西斯分子希姆莱的副官。同年被任命为希特勒私人警卫总负责人,元首警卫司令部后来改组为帝国保安处……

……1941至1943年,纳粹德国对苏联发动罪恶战争期间,当希特勒与将军部队制定征服和消灭苏联的计划时,拉滕胡贝尔和他的属下承担希特勒在前往苏德前线火车的安保工作。

接受审讯时,被告人拉滕胡贝尔对控诉的主要部分供认不讳,但声称自己只是按照上级的指令行事。

这种"我只是服从命令"的论据也被其他纳粹分子用在他们的诉讼过程中。特别是阿道夫·艾希曼，参与了"最终解决方案"、大肆屠杀犹太人的党卫军高官。但是这次，他的借口却被苏联法官无情地驳回：

> 被告人使用依令行事的论据辩护属于滥用，因为拉滕胡贝尔在德国法西斯政府中的"帝国保安处"和党卫军这一罪恶组织里身居高位。而他的犯罪活动只是为了向法西斯领导人展现功绩从而获得奖励。

最终，拉滕胡贝尔获刑。但判了多少年呢？

拉娜用手指着文件查找着最终的判决。二十五年！和京舍一样。在"劳动改造营"。后面还补充道，没收拉滕胡贝尔被捕时所带的全部物品。

我转向拉娜。她突然停下了翻译。眼睛睁得很大。是什么让她如此吃惊？她大声地读着之前跳过的一段：

> ……除了被告人的供述之外，他的罪行还在以下证人开庭期间得到证实：埃科尔德、蒙克、门格斯豪森……

门格斯豪森，党卫军成员，就是那个据"施密尔舒"称发现了希特勒尸体的人。

"啊，拉滕胡贝尔！这是希特勒档案里一份重要的线索。"弗拉基米尔吓了我们一跳。一点儿动静都没有，他就回到了房间。他看着拉娜和我，对自己制造的这个效果感到颇为骄傲。我们看上去就像两个被当场

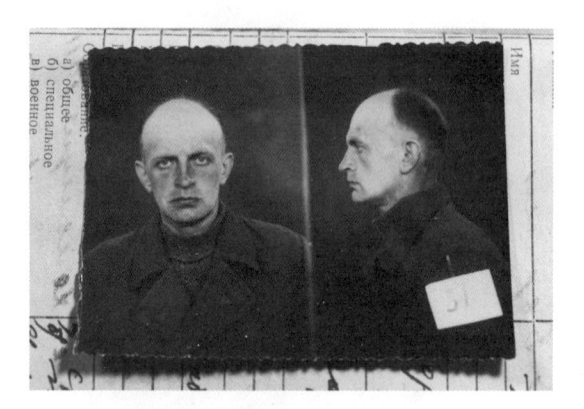

林格，侍从（俄罗斯国家军事档案馆）

鲍尔，飞行员（俄罗斯国家军事档案馆）

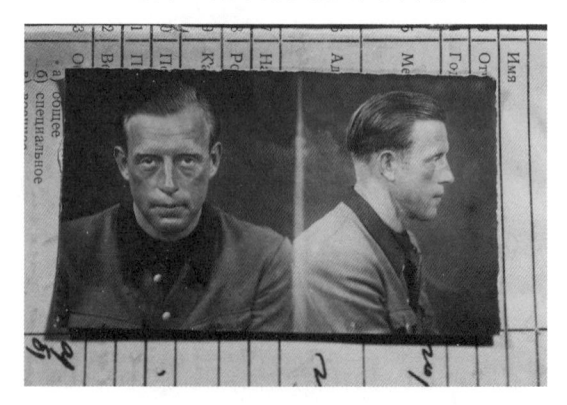

京舍，副官（俄罗斯国家军事档案馆）

抓住手指还沾满果酱的孩子。他似乎一点儿都不吃惊，甚至觉得我们的窘迫很是好笑。"拉滕胡贝尔曾是将军，跟希特勒非常亲近，负责他的安全。这些文件，你们不能拍照。看看还是可以的，但仅限于此。"他小声嘟囔地斥责着我们。拉娜抛出她最甜美的眼神，说了几句我听不懂的话。从弗拉基米尔脸上的微笑来看，她的目的应该是达到了。副馆长将他拿来的文件扔在了桌子上。

还有一些比拉滕胡贝尔更重要的人。三个关键人物，弗拉基米尔十分确定。"林格，他的仆人……"他将一份精装的档案纸袋递给我们。说着，他又打开了另一份档案，戴上了他的老花眼镜，"这个，是鲍尔，他的私人飞行员。拿着……"所有这些军事法庭的文件现在都堆在了我们面前，"再加上京舍，希特勒的副官，好了，你们什么都有了！"

是这些人，或是这些人的证词让斯大林产生疑虑了吗？是他们让希特勒的谜团持续了这么多年吗？

所有这些人都是希特勒当年的亲信，都曾见证了元首地堡的沦陷。并且他们最终都落入了苏联人之手。

他们的审讯和在特别营中的监禁都被记录在案。在"加尔夫"局、俄罗斯联邦安全局和如今的军事档案馆中发现的所有文件让我们逐渐能够重现当年的谜团。如今，有一件事情我们是确定的：斯大林被告知了所有关于德国元首生前最后时刻的细节。但是，在面对盟军时，他一直声称自己的军队没有发现希特勒。

莫斯科，1945 年 5 月

希特勒没有死！

1945 年 5 月 26 日，斯大林在莫斯科接见了美国总统哈里·杜鲁门的代表。他们前来商谈 7 月即将在柏林西南部三十多公里外的波茨坦举行的同盟国会议。杜鲁门接任了罗斯福的位子，1945 年 4 月 12 日，年仅六十三岁的罗斯福因脑溢血长辞于世。尽管一上台就赶上了好时候，连德国投降的 5 月 8 日都恰好与他的生日是同一天，哈里·杜鲁门还是要向他的盟友们证明自己，特别是他们中最强大、最不可预测的那一位，约瑟夫·斯大林。派哈里·霍普金斯前往莫斯科绝非无意之举，他是罗斯福的外交顾问和最了解苏联政权的人。斯大林很了解他，也很清楚在这段最黑暗的战争时期不得不与他打交道。美国驻苏联大使威廉·埃夫里尔·哈里曼与他同行。5 月 26 日，斯大林还没有收到"施密尔舒"关于地堡前发现的尸体的鉴定报告。这份报告直到第二天才被送达他的办公室。然而，他很清楚鉴定的过程，并且知道这很可能就是希特勒。他要给他们讲一个故事，一个会严重影响两大势力关系的故事。当哈里·霍普金斯告诉他很希望能够找到希特勒的尸体时，斯大林回答道："我认为，希特勒没有死，而是躲起来了。苏联医生虽然鉴定出了戈培尔一家和希特勒司机（埃里克·肯普卡，作者注）的尸体，但我对此深表怀疑。……我觉得，鲍曼、戈培尔、希特勒，估计还有克莱勃斯，都已经逃走，藏了起来。"[1] 斯大林勾画出一组纳粹领导人出逃的剧情。很

---

[1] 《美国的外交关系：外交文件、柏林会议（波茨坦会议）》，第 1 卷，第 24 号，国务卿助理备忘录（波伦），第 29 至 30 页。

多国家都可以接待或是帮助他们,他推断道。就像日本和瑞士。啊,瑞士,瑞士国家银行可是堆满了纳粹的黄金。我们难道想象不到这些银行家能干出什么吗?至于日本,那里成千上万的岛屿难道不正是提供给他们的绝佳避难所吗?美国的外交官震惊了。希特勒如何到达日本群岛?这一点,斯大林也想到了。潜水艇!哈里·霍普金斯产生了疑虑。他向他的东道主指出,虽然他曾经听说有一个很大的德国潜艇计划,但是据他所知并没有发现任何踪迹。但这无关现实,而是可能,是很有可能。斯大林确信,这些对杜鲁门的密使而言足够了。这正是他们急着要做的事情。既然德国独裁者肯定还活着,他们便坚持希望能够将他找到。斯大林向他们承诺道:"我已经命令我的秘密机构寻找这些潜水艇。到目前为止,还没有任何结果,我认为希特勒和他的同伙很可能已经坐着其中一艘潜艇逃到日本去了。"

6月6日,一次新的会议在霍普金斯、哈里曼和斯大林之间召开。后者向他们宣布自己没有找到希特勒并且坚信他已经逃走。希特勒一定还活着,他补充道。然而,在那时,"施密尔舒"的报告已经在至少一周以前交到了他的手上。这份报告根据尸检结果得出了希特勒中毒身亡的结论。这些证据已经被斯大林宣布生效,因为他没有要求做复核鉴定。他还被告知手下的人已经于1945年6月3日将希特勒、埃娃·布劳恩、戈培尔一家和克莱勃斯将军葬在拉特诺附近。

但对于克里姆林宫而言不幸的是,关于希特勒档案秘密的第一个缺口即将出现。

6月6日同一天,却是在柏林,一次新闻发布会临时在苏联军政总部召开。美国、英国和法国的新闻记者悉数参加。他们来听苏联元帅朱可夫的一名军官向他们宣布希特勒被找到了,并且几乎可以百分之百确定他的身份。同一天,《纽约时报》的标题是:《据苏联人称,希特勒尸体的身份几乎得到确定》。

斯大林迅速做出回应，试图重新掌控局面。他派出自己的亲信安德烈·维辛斯基，会同朱可夫重新召开了一次新闻发布会。这次官方的新闻发布会召开于三天后，即6月9日。朱可夫用他浑厚的男中音在会上发言："我们没有找到任何可能是希特勒的尸体。"记者席中嘘声一片。非苏联籍的记者都在等待翻译来准确地告诉自己这位柏林战役的胜利者到底说了些什么。朱可夫调整了一下呼吸，继续在斯大林特使的注视下发言："希特勒和布劳恩很有可能已经逃走。他们绝对能够在最后关头飞走，因为他们当时还拥有一条起飞跑道。"台下又是一阵低语。几只手举了起来，希望能够提问。"目前，所有这些都处于保密状态，"朱可夫承认道，"我能说的只是，我们到现在还没有确认希特勒的尸体，而且我也不知道他的身上发生了什么……现在，该你们英国人和美国人来找他了。"斯大林顾问的这一句话抛出去，盟国们坐不住了。希特勒逃跑了，该你们来抓住他或者告诉我们他是否还活着。既然当时没有找到尸体，那希特勒就还没死。朱可夫离开了大厅。另一名苏联军官代替他继续主持会议。他接二连三地丢出了很多假设、解释、告知或者更准确地说，是误导。希特勒的死是谣传？大家开始浮想联翩。他会藏在哪里？没准会藏在西班牙，正好那里还有另一个法西斯头子，佛朗哥。

在这场巨大的骗局当中，功勋卓越的朱可夫元帅充当了一个有用的废物。显然他也不知道"施密尔舒"的报告内容。即使是他自己，也要跟这个二战尾声最大的秘密保持距离。

国际媒体相继报道了这一新版的新闻。"朱可夫宣布希特勒可能身处欧洲，并与他的情人刚刚成婚。他们已经乘坐飞机逃离了德国首都……"

被这次声明席卷的西班牙深感不安，觉得必须站出来澄清自己与德国独裁者的逃跑没有任何关系。6月10日，西班牙外交部部长作了官方声明，表示不论希特勒是否结婚，也不论是否还活着，他都不在西班牙的土地上，也不会被允许来到这里。如果他逃到西班牙，他也不会得到任何避难。

然而疑虑却没有就此消除。盟军的秘密机构希望苏联能够开放元首地堡并且分享信息。

盟军在欧最高指挥官、美国将军艾森豪威尔以个人名义向朱可夫询问希特勒是否还活着。1945年6月18日，他在弗吉尼亚州阿灵顿县的五角大楼召开了一次新闻发布会，一名记者向他提了一个非常尖锐的问题：

您觉得希特勒死了吗？您相信希特勒死了吗？

嗯，说实话，我不这么认为。一开始我是相信的。我觉得所有的证据都很清晰。但是当我和我的苏联朋友谈起这个问题时，我发现他们都不相信，于是我开始意识到柏林的消息可能错了。我不知道。我唯一能确定的是我在巴黎新闻发布会上所说的："如果他没死，他会过上对于奴役过两亿五千万人的傲慢独裁者而言难以忍受的可怕生活。整天提心吊胆、担心被捕的逃犯生活。如果他活着，这次就该轮到他来承受这种地狱般的痛苦了。"[1]

怀疑的种子已经被深深地种下，斯大林在1945年7月17日和8月2日的波茨坦会议上继续坚称希特勒还活着并且已经逃走。他相继骗过了每一位西方盟友。这次，他又声称，如果独裁者不在西班牙，就一定藏在阿根廷。能够确定的是，他补充道，他不在苏联控制的德国区域。这些言论最终成功震动了英美国家的秘密机构，迫使他们加快自己的调查。可以说，如果斯大林想要用这些徒劳的调查耗尽盟军的气血，那他

---

[1] 美国堪萨斯州阿比林，艾森豪威尔总统图书馆暨博物馆、故居。[德怀特·艾森豪威尔的前总统文件，主要文档，156箱，新闻稿和公开声明1944-46（1），NAID，#12007716]，第4页。

恐怕不能做得更好了。

阿根廷、日本、西班牙甚至智利，苏联人勾勒了一个又一个虚假的线索，让英美情报机构忙得晕头转向。波茨坦会议在希特勒的谜团中结束。斯大林是最大的赢家。三位攻打、战胜德国的巨头，如今只有他一人在位。罗斯福去世，丘吉尔竞选失败后在7月26日的会场上辞去了首相的职务。至于德国独裁者，斯大林坚信自己的手下已经找到并且确认了他的身份，甚至还知道秘密机构把他埋在了哪里。离南美洲和日本很远。具体一点，在一个叫拉特诺的小城，距离波茨坦只有一个小时的车程。墓地的所有痕迹都被巧妙地抹去，而它的位置成为一个只有极少数人知道的国家机密。为了能够记起墓地在哪里，苏联官员绘制了一幅地图，其中的标识堪比史蒂文森笔下的海盗记号。这些机密文件我们已经在俄罗斯联邦安全局看过了。"尸体的墓穴被填平，表面按照数字111的形状播种了一些松树种子。尸体用木棺葬于地下1.7米的深度，安葬顺序从东至西：希特勒、埃娃·布劳恩、戈培尔、玛格达·戈培尔、克莱勃斯、戈培尔的孩子们。"

这份国家机密，斯大林从未对外公布。

克里姆林宫领导人的操纵使得盟军一刻不停地在各自控制下的德国区域开展搜寻。

三个月。英国人只用了三个月的时间。1945年11月1日，他们对希特勒的调查正式结束。这份工作委派给了三十一岁的英国历史学者休·特雷弗-罗珀。这位毕业于牛津大学的杰出的历史学教授在英国对纳粹德国开战时弃笔从戎。加入了"英国秘密情报局"，英国对外的情报机构。然而，他觉得自己在军队的时间会与战争同时结束，于是他在1945年夏申请起草一份关于德国元首失踪的报告。这是一项十分庞杂的任务，但特雷弗-罗珀的调查得到了伦敦各方的积极支持。他既可以审讯英国控制区关押的纳粹战犯,也可以审讯美国和法国控制区的战犯。而苏联控制区,还是算了吧。他最多有权参观始终被苏联人控制的元首地堡。1945年10月底,特雷弗-罗珀完成报告《希特勒和埃娃·布劳恩的最后时光》,并在11月1日召开的一次大型新闻发布会上公开他的工作成果。

他得出结论,希特勒是中弹身亡而非中毒。一份更为详尽的资料发给了出席柏林的另外三巨头的秘密机构:美国、苏联和法国:

柏林 1945年11月1日

布里格迪尔·E.J.富德(寄)

美国准将B.康拉德
苏联总参谋长西德涅夫
法国上校皮埃尔(收)

附件内容与希特勒和埃娃·布劳恩之死有关。我们可以在情报机构委员会下次会议上进行讨论。

鉴于英国近来对希特勒热议不断,因此我觉得很有必要向媒体公布一个简短的版本。时间定于今天下午5点。

附件版本与发给媒体的不同,因为它包含更多的细节。

英国人通过扬言将希特勒自杀真相公之于众来向苏联人施加压力,目的在于让莫斯科停止用虚假消息混淆视听。然而,英国情报机构从一开始就意识到手中可用的证人数量十分有限。

最重要的证人是希特勒临死前身边最后的亲信，这些人曾与他一同在地堡中生活并参与执行了他的决策，其中就包括销毁他的尸体。他们分别是：戈培尔博士、马丁·鲍曼和路德维希·斯坦普菲格（希特勒的外科医生和他的团队）。

所有这些人应该不是死了就是失踪了。也有一些重要的纳粹分子活了下来。其中有几个在西方国家手里，并且接受了审问。他们中有一些早早逃离了地堡，比如阿尔贝特·施佩尔，希特勒最喜欢的建筑师，也是他的军备部长，以及里特尔·冯·格莱姆，纳粹德国最后一名空军司令。他们也同样见证了假定的希特勒的死亡。1945年夏，这些人是英美国家关押的仅有的几名纳粹战犯，特别是鲍曼的秘书埃尔泽·克鲁格，和希特勒的私人司机埃里克·肯普卡。

正是最后一个人让他们获知了纳粹独裁者的死亡。

英国人并没有隐藏他们在信息源上的相对匮乏。相反，他们巧妙地在文件中指出他们知道大多数幸存的证人被关押在苏联：

> 更多的细节应该掌握在4月30日身处地堡中的人手里，其中就包括党卫队地区总队长、希特勒的私人飞行员汉斯·鲍尔，他如今被关押在一家医院里。

希特勒的侍从也是如此：

> 他们中最关键的就是希特勒的副官、党卫队突击队大队长京舍，和贴身侍从、党卫队突击队大队长林格……他们都参与了希特勒和埃娃·布劳恩的尸体焚化。京舍失踪了，但林格现在可能被关押在苏联的战犯营里（一个证人声称5月2日在柏林穆勒大街的一

行犯人队伍里见到了他）。

当时，京舍其实已经被莫斯科秘密拘禁，像林格一样被定期提审：

> 帝国保安队负责人约翰·汉斯·拉滕胡贝尔当时正处于地堡之中，如果他还活着，将是最重要的证人之一。正是他下令将这些尸体残骸埋葬（从5月7日苏联战争公报中得知，拉滕胡贝尔已经被抓获）。

拉滕胡贝尔的确还活着，而且是和京舍、林格同被关押在莫斯科的卢比扬卡监狱里。

尽管缺少足够的证词，英国的秘密机构仍然得出了希特勒自杀的结论：

> 4月30日下午2点30分，希特勒和埃娃·布劳恩最后一次出现在大家面前。他们在地堡中相依散步并向周围所有亲近的人，如秘书、助理，挥手致意。随后，他们回到房间，双双自尽。希特勒将一颗子弹射进了嘴里，埃娃·布劳恩（尽管有人给了她一把手枪）吞下了一只有毒的安瓿瓶，地堡中的每一个人都有一只这样的安瓿瓶。

英国人的成果将柏林的苏联高层置于一个十分窘迫的地位。克里姆林宫公开确认的服毒自杀理论很快便被攻破。6月初，英国的报告又增加了人民内务委员部所做的京舍和拉滕胡贝尔的证词，几周之后又加入了林格的证词。希特勒饮弹自尽的说法越来越频繁地出现在审讯笔录当中。所以，"施密尔舒"的人是不是在1945年所做的调查中弄错了希特勒的死因，实际上希特勒是对着自己的太阳穴或嘴里开了一枪？这或许意味着之前找到的那具尸体并非真身！

伊万·谢罗夫将军是人民内务委员部的代表，也是德国控制区苏联军事管理局副总司令。简单来说，谢罗夫就是苏联驻德国的最高指挥官之一。贝利亚之所以选择他，完全是看中了他超凡的工作能力和永不背叛的忠诚。11月中旬，贝利亚收到了谢罗夫发来的一份紧急电报。这份电报将瓦迪斯和"施密尔舒"面临的棘手境况告知与他。

绝密

电报

柏林（寄）

莫斯科，苏联人民内务委员部，拉夫连季·巴普罗维奇·贝利亚同志（收）

英国情报机构总负责人富德准将和美国情报部主任康拉德准将发给了柏林执行部总指挥官、总参谋长西德涅夫同志有关希特勒和埃娃·布劳恩的死亡文件。

同时，富德准将和康拉德准将向西德涅夫将军要求共享苏联情报部门关于希特勒的死亡材料。

他们还指出，希望在西德涅夫将军出席的情报部门高层会议上讨论关于希特勒的死亡问题。

因此，我恳请您对西德涅夫将军在下次情报部门高层会议上对这一问题的态度作出指示。

伊万·谢罗夫
1945年11月20日

贝利亚很纠结。从内心来讲，他并不愿意将这些"加密"文件与外国人分享，哪怕是战时的盟军也不行。但是，这又确实是一个扳倒竞争对手——"施密尔舒"的领导人阿巴库莫夫的好机会。他深知，如果把希特勒的档案交给英国人和美国人，"施密尔舒"的错误就再也藏不住了。

还是犹豫不定。贝利亚向时任部长会议第一副主席和外交部长的莫洛托夫征求意见。

人民内务委员部　　　　　　　　　　　　　　　绝密
　　　　　　　　　　　　　　　　　　　　　第一份文件

1945 年 11 月 20 日
编号 1298/b
莫斯科

致 V.M. 莫洛托夫同志
我将谢罗夫同志关于英美国家请求查阅关于希特勒死亡信息的电报发送您。
恳请您就该问题作出指示。

最后一句话被铅笔圈起并且画了线。
随后落款是贝利亚用红色钢笔签的名。

莫洛托夫对盟军的要求没有丝毫反对。他肯定的答复给贝利亚提供了一个完美的托辞。这样，人民内务委员部的首脑就不会被斯大林指责将自己的对手置于不义之地。想到这里，他迅速通知他在柏林的代表谢罗夫将军。

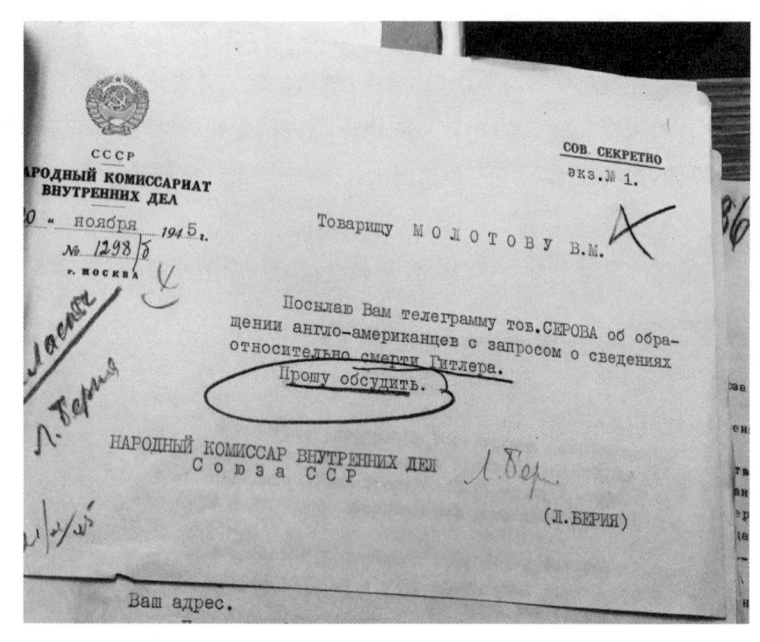

贝利亚发给莫洛托夫关于盟军请求查阅关于希特勒档案的密信，
1945年11月20日。("加尔夫"局档案)

致谢罗夫同志

我们对将你们掌握的关于希特勒死亡情况的调查结果交给英国人和美国人没有异议。

此外，盟军可能还会要求审问一些关押在我们部门的犯人：京舍、拉滕胡贝尔、鲍尔或其他人。

请仔细思考之后再决定我们将以何种形式把这些信息交给盟军。

签名：拉夫连季·贝利亚

最终，谢罗夫没有将任何信息交出，因为"施密尔舒"拒绝协助。

两个秘密机构之间的冲突爆发了。贝利亚认为这太过分了。他想对希特勒死前的最后几个小时展开新的调查，这次调查要完全由他自己的人直接负责。不过，在这之前，难道不应该向斯大林报告一下吗？阿巴库莫夫是克里姆林宫长最看重的人之一，直接攻击并不是一个好主意。写一封信把情况解释清楚应该也可以，贝利亚自语道。于是，他叫来了自己的助手梅尔库洛夫帮着为这封最高级别的信函找到最合适的措辞。

事实上，助手要起草的并非一封信，而是两封。确切来说，是同一封信的两个不同版本。其中一封，贝利亚建议交给盟军一份"施密尔舒"秘密报告的翻译，而在另一封中，他仅会让西方调查者查看地堡花园，即尸体焚烧的地方。

1945年12月19日，梅尔库洛夫将这两个版本的信函都交给了贝利亚。

绝密

致拉夫连季·巴普罗维奇·贝利亚同志

按照您的指示，我草拟了两份致斯大林同志和莫洛托夫同志的关于英国人和美国人请求交换希特勒和戈培尔调查材料的信函并附在文后。

请您查阅：

英国人提交的材料和俄文翻译件由谢罗夫同志寄发；

希特勒、戈培尔及他们妻子假定尸体的证明文件和法医鉴定书，以及希特勒和戈培尔亲信的审讯笔录。

（V. 梅尔库洛夫）

1945 年 12 月 19 日

贝利亚手上现在有所有的牌。该选哪一个版本的信？又该寄给谁呢？斯大林还是外交部部长莫洛托夫？

他思索了整整几个小时。检查，删改，批注，一遍又一遍。面对斯大林，任何错误都不被允许，每一个细节都至关重要，并且会影响每一个人的前途，甚至贝利亚自己的。尽管这并不关乎他的生命。于是，希特勒和埃娃·布劳恩的尸体变成了"假定的尸体"。

以下是最终的版本。

绝密

致 I.V. 斯大林同志

1945 年 6 月 16 日，苏联人民内务委员部第 702/b 号文件向您呈交了谢罗夫同志从柏林发来的希特勒和戈培尔亲信的审问笔录复件，内容涉及希特勒和戈培尔在柏林最后的日子，以及希特勒夫妇和戈培尔夫妇假定尸体的医学鉴定和说明书复件。

同年 11 月，英美驻柏林情报机构的代表先后向柏林人民内务委员部执行部主任西德涅夫总参谋长发送了他们就该问题所展开的调查报告（英美机构材料的俄文翻译复本详见附件）。

鉴于希特勒身边最后的亲信中部分人员关押在苏联，而这些人可以补充或确认英国人所掌握的材料。因此，英国人希望我们能够将手中的材料与他们分享。

美国情报机构驻柏林代表也希望能够同我方人员一并查看纳粹总理府附近地点，据美方消息，希特勒夫妇的尸体被掩埋于此（当时，希特勒夫妇的假定尸体在法医鉴定之后被转移并埋在离总理府不远的地方）。

请您指示。

拉夫连季·贝利亚

最后一刻，贝利亚改变了心意。

他决定只将信函发送给莫洛托夫。斯大林同志始终没有收到这封密信。

至于盟军，他们也一直没能获得"施密尔舒"的报告。

他们能做的只是参观元首地堡的花园。

但是关键并不在此。现在，莫洛托夫已经获悉，盟军对苏联没有找到希特勒尸体的说法和他的死因存有疑虑，贝利亚为他开展复核调查创造了绝佳的条件。这次的调查理由充分，秘密谨慎，并会彻底揭开希特勒的死亡之谜。

行动代号为："神话"。

俄罗斯国家军事档案馆，莫斯科，2017年3月

警报没有响起。所以，房间内的空气还可以呼吸。弗拉基米尔·科罗塔夫核实了一下，通风装置依然运行良好，可以保证氧气的流通。这些档案储藏室的保护系统虽然看起来老旧，但事实证明，它们的功能好得惊人。为了避免发生火灾，每天晚上办公室关门的时候氧气都会从所有房间中排放出去。

还有三十分钟，这个安全预警程序就会启动。那时，警报会响起，而我们仅有几秒钟的时间逃出房间。弗拉基米尔在电梯和迷宫一样的走廊里反复地告诉我们这一点。警报声一响起，我们就马上离开，否则就太晚了，所有的门都会自动关闭，氧气会被抽空，大家都会没命的！难道就没有方法来阻止这个紧急警报程序吗？我们一边跟在弗拉基米尔后面小跑一边问道。"没有！"他的语气看起来不想再接受任何提问。不过，质疑档案馆的安保措施并非我们的本意。我们也不想给弗拉基米尔一个合适的理由结束我们的探寻之旅。

事实上，我们无权来到俄罗斯国家军事档案馆的这部分区域。但就在几分钟之前，拉娜成功地说服这位副馆长让我们参观这处圣地中的圣地：苏联红军创立以来的所有档案和纳粹战利品的储藏室。拉娜是怎么做到的？这当然要归功于她惯常的伎俩，概括来说就是一个词："心理战"。当然，这也少不了她迷人的微笑和对俄罗斯人的充分了解。那这次，她会用什么手段呢？"这就是您所有的东西了吗？我有点儿失望……"自尊心。拉娜将所有的筹码都放在了这根所有男人都敏感的神经之上。弗拉基米尔完全没有料到。我们还在他的办公室看

着刚刚拿来的林格、京舍和他们党羽的战犯档案。他一定花了很多的时间在那些堆满灰尘的架子上找到这些文件。对于一个习惯发号施令多于执行的高层领导来说,这种努力有些不同寻常。用最亲切的方式,缓慢、精准而不乏激烈,拉娜继续深入她的攻势,直到触碰到那根神经,力度适中地轻轻撩拨。"真的没有其他重量级的材料能够帮助我们调查吗?"她一再坚持,力度一点点地加大。弗拉基米尔摘下眼镜,抬手揉了揉眼睛,想让自己放松下来。然而,他似乎并不愿意再回到档案储藏室把我们和文件单独留在这里。感觉他有些犹豫,拉娜迅速抓住时机说道:"如果您愿意的话,我们可以跟您一起去档案室……"面对这个唐突的提议,他并没有立刻回答。随后,出乎我们所有人的意料,在看了一眼手表之后,他简单地说道:"走吧。我们现在还有一点儿时间。"

  一扇绿色的装甲门上挂着两块红色的小电子板。第一块亮着灯,上面写着:"自动关闭。"另一块,没有亮灯,写着:"气体。禁止入内。"门的后面是俄罗斯国家军事档案馆的储藏室,这样的房间还有九个,每层一个。房间里面,空气是干燥的,低于办公室的温度永远不会超过十八或十九摄氏度,庄严的顶灯散发着医院里一样的微白色的光。两盏灯里只有一盏还能亮,将整个房间映衬出一番黄昏的景象。我们现在位于整个俄罗斯国家军事档案馆的中心。两百多平方米的空间立满了两米高的金属架子。每一个架子上都堆满了硕大的长方形纸盒。走进深处,架子上变成了纸质档案,大部分上面都盖着"机密"的印章。这个房间里的五十多个架子上至少放着五千个盒子。对于历史学家而言,这绝对是一个无法抗拒的诱惑。我们眼前的这些盒子里到底藏了哪些秘密?斯大林和蒋介石签订的协定、古巴导弹危机、党卫军部队关押的法国人……这么多秘密文件都被小心翼翼地摆放在我们手边。我随意打开一个盒子,里面有几张用机器打印的纸页,还有几张复印纸,上面画着晦涩繁杂的图表。大概需要好几个月才能将它们全部分析、破解、验证出来。"这里的文件都没有编号,"弗拉基米尔小声地说道,"你们现在知道为什么找文件这么难了吧。"军事档案馆的分类体系还是沿用过去的方式:几张小卡片综合了盒子内文件的主题、年代以及出现频率,除此之外再无其他细节。当遇到外文档案时,寻找的难度可见一斑,就像这些纳粹档案。"我们什么都看不懂,"面对我们吃惊的表情,弗拉基米尔用一种不快的语气近乎克制地说道,"我们的历史宝藏现在已经没什么可探究的了。所有的内容不是被解密就是几乎被撤销了密级。"啊,"几乎"二字经常出现在我们的调查当中。想看1945年5月8日希特勒和埃娃·布劳恩假定尸体的鉴定照片?不可能。官方来说,它们根本就不存在。斯大林下令掩藏交给盟军的真相?同理。尸体的医学鉴定分析结果?……这个名单可以无穷止地列下去。弗拉基米尔听到这里叹息了一声。我们没有继续说下去。该离开这里了。半个小时过去了。气体,氧气,通风扇,他再一次细数着这些安全指令。就是现在,快走。

随着一声清脆的巨响,门上的五个垂直加固的锁闩齐刷刷地扣了起来。弗拉基米尔用力地转动门把手,确定储藏室真的关紧了。随后,他又把钥匙放回口袋里,把我们引到电梯的方向。参观结束了。没有任何的惊喜。他将与"神话"行动相关的档案放在了储藏室的最里面,远离了我们的视线。林格、京舍、鲍尔和拉滕胡贝尔至今还是个迷。所幸的是,我们已经在办公室看过了他们的档案。虽然简略,但是足以还原当年故事的主线,也就是在监狱、劳改和刑讯的那几年时光。从几个默默无闻的党卫军成员变为了纳粹德国战胜者苦苦追寻的重要战犯。

暴力真的让他们屈服招供了吗?他们会吐露实情、相互抱怨和精神崩溃吗?没有人能在布提尔卡里坚持很久。布提尔卡是一座监狱,莫斯科最著名的监狱。它位于市中心的外围,今天仍然被作为临时拘留中心使用。1945年，与布提尔卡相比，卢比扬卡大楼里的监禁房根本就是休闲娱乐之地。如果说这些牢房在冬夜里寒冷刺骨，那酷暑席卷莫斯科的日子则更加难熬。然而，布提尔卡并非彻底与舒适无缘，但它的标准要追溯到更久远一些。准确来说，是18世纪。创建之初，它还是一座军事堡垒。叶卡捷琳娜大帝希望能在她的宝座附近受到忠实的哥萨克人的保护。不过，众所周知，哥萨克是非常支持去舒适化的。更何况他们没有被关在几平方米的小房间里，特别是没有经历过彻夜的酷刑虐待。而元首地堡的幸存者们经历过。

为了提高效率，所有与希特勒之死或多或少有关联的囚犯都在1946年初的时候被集中到了布提尔卡。为了展开调查，人民内务委员部的官员们花费了数周的时间在苏联控制下的纳粹战犯营进行地毯式搜索，当然，拒绝合作的"施密尔舒"管控下的战犯营除外。他们寻找着希特勒生命最后时光的目击者。慢慢地，一份包含了三十多个纳粹分子的名单逐渐浮现并确认。

接着，他们依据重要程度将这些战犯分级：

第一级：曾因工作关系与希特勒有过直接接触的人；

第二级：私人警卫或安保人员；

第三级：帝国总理府的服务人员。

第一级中的战犯集中了苏联情报机构全部的注意。因而，他们也受到非同一般的特殊对待，其中主要包括：

海因茨·林格，希特勒的侍从，三十二岁，党卫队突击队大队长（司令级别）

汉斯·鲍尔，希特勒的飞行员，四十七岁，党卫队地区总队长（中将级别）

奥托·京舍，希特勒的副官，二十八岁，党卫队突击队大队长（司

令级别）

1945年5月初被逮捕之后，有些人曾经试图掩盖自己的真实身份。比如林格。1945年5月2日被捕后，他成功地混入普通的纳粹战犯队伍。"我被捕了，但是也仅此而已。……没有人注意到我。"林格在他的回忆录里写道。他和数千名德国士兵一起被送到了柏林东边波兹南城附近的一处营地。审讯中，他告诉苏联人，自己只是一名普通的行政官员。他的计谋完美地躲过了苏联人的视线，直到另一名希特勒的亲信、飞行员汉斯·鲍尔的出现。他想要提醒大家自己曾经在将军位子上的峥嵘岁月，并希望以此得到应有的尊重。"我不仅是一名将军，还是希特勒的私人飞行员。"他整日地重复道。面对苏联人的质疑，他灵机一动。他发现林格也在这处德国战犯营里。诚实的林格应该可以帮我作证，他心里想着。于是，他告诉自己的看守，林格可以证明他是希特勒的飞行员，他是希特勒的侍从，他一定知道的。"我的面具就这么被摘了下来。"林格气恼地讲道，"我不得不推翻之前供述的所有证词，而且这一次必须要说真话。"[1]但至少鲍尔觉得满意了。别人不再对他怀疑，并把他作为一级战犯进行对待。紧接着，他离开了波兹南的艰苦营地，被押送去莫斯科的卢比扬卡监狱。还有林格一起。从这里，他们便开始了与其级别相称的酷刑审讯。

所有第一级别的犯人都被单独隔离。然而，他们在牢房中并非孑然一身。每次，他们都会同另一名不认识的德国犯人关在一起。很快，这些难友就会成为他们最信任的人，成为唯一能够支持他们，倾听他们的抱怨、泪水和愤怒的朋友。倾听，是的，他们会耐心地倾听。但同时，

---

[1] 海因茨·林格：《跟随希特勒直到尽头：阿道夫·希特勒侍从回忆录》，出处同前，第211页。

他们也是间谍，是人民内务委员部安插在他们身边的眼线。他们的任务就是尽可能多地获取信息并且监视这些"牢友"的身心健康状况。为了不引起疑心，他们会利用每天党卫军战犯的审讯时间将信息报告给上级：

> 与林格同拘一室、代号为"布雷门"的双面间谍明确称，林格处于一种极度的抑郁状态。他曾说："了结了我吧，请开枪打死我！我在卢比扬卡就已经接受了酷刑审讯，这里还是一样……"

安插的间谍非常擅长监察他们负责的党卫军战犯，其身心抵抗力都逃不过间谍的眼睛：

> 间谍"布雷门"证实，林格处于抑郁状态。……但是间谍采取的措施会对林格施加一种积极影响并会促使他接受合作。他确信林格保守着一些重要的秘密情报。而他收到的指令便是监视林格并确保他不会自杀。

为了在审讯时得到全面配合，任何一个弱点都会被严格利用：

> 犯人林格担心自己在德国的家人会被苏联人从美国控制区转移到苏联控制区的监狱。

海因茨·林格一直都是第一级战犯中最重要的证人。同时，他也是心理最脆弱的人之一。林格并不是天生的战士，远远不是。他在党卫军身着完美的深色军装，军装从未沾过一滴血或是战场上的一块泥。最多在宾客尽欢的军官鸡尾酒会上弄上了一些法国香槟或匈牙利托卡伊。但是，很快，这件漂亮的制服就被狱房看守粗暴地扒了下来。人民内务委

员部的间谍们是这样报告的:

> 在被仔细搜身并强制将军装换成了犯人们穿过的脏衣服之后,林格一脸失落地走进了审讯室。

林格之前从来没有遭受过暴力。在战争期间,他只经历过政权高层的谩骂和希特勒的无名火。在他主人的命令下,整个欧洲镇日发生的暴行对他而言都只是停留在脑海中的想象。集中营和战场上的臭味,那种混合了内脏、排泄物和血的死亡的味道并不存在于铺着毛毡的德国权力机关的公寓之中。怎么想象?怎么在我们一生从未面对过的情况下想象这种不可思议的人性泯灭?林格不知道。他也不想知道。

侍从的身份,他一当就是十年。现在,纳粹政府倒台,他就要付出相应的代价。代价很高昂,非常高昂。他的复杂和与元首的亲密关系让苏联人对他"格外关照"。1946年初,人们确信他就是破解整个谜团的钥匙。林格具有极其重要的意义。但这是他之前从未预料到的。

1932年9月,海因茨·林格加入纳粹党的时候,还只是一个十九岁的泥瓦匠。九个月之后,他加入了武装党卫军。1935年1月起,他和另外两名士兵被选中承担"元首的私人服务"。此后,他就再也没有离开过希特勒。旅行外出时,他会帮助整理他的衣橱和个人物品,确保所有的用人可以照看好他的房间。1939年9月,攻打波兰期间,他不仅没有被派到前线,反而成了希特勒唯一的大总管。另外两个人因为不合适而被送回到他们原来的部队。作为奖赏,他获得了党卫队高级突击队中队长的军衔(相当于上尉,作者注)和"元首个人服务主管"的称号。战争末期,他一直躲在元首地堡当中,从未经历过战斗,并由他的主人直接任命为党卫队突击队大队长。

狱房间谍"8"报告称鲍尔非常害怕身体上的折磨。

鲍尔，同样也与政权宣传中拥有钢铁般意志的纳粹战士形象不符。与林格相同，这个邮差的儿子在纳粹总理府的客厅里赢得了自己的将军头衔。当然，他其实很早就已经经历过战火的洗礼。1915年，年仅十八岁的他参加了第一次世界大战，先后担任空军机械师助理和飞行员。鉴于空战中的英勇表现，他被授予了空军"As"称号（只有获得五次以上的胜利，才可以获得一个"As"称号，作者注）。1918年德国战败之后，鲍尔继续在军队待了几年。1922年，他以中尉的身份退伍复员，并继续在民用领域担任飞行员。1926年，他加入了全新的国家航空公司，汉莎航空，并担任机长。出色的驾驶天赋和对纳粹运动的积极支持（1926年加入纳粹党）为他铺就了锦绣的前程。在驾驶柏林—慕尼黑航线时，他遇到了几个穿深色制服的乘客。其中，就有一个叫希姆莱的人，党卫军的首领。正是他在1932年向希特勒举荐了他。当时的德国还是一个民主国家，正值总统大选和立法选举的全国竞选活动，对纳粹党而言是一个非常关键的时期。胜利在望，大权在即。希特勒希望寻找一名得力的飞行员，能够载着他往返于各个会场，帮助他赢得选举。鲍尔接受了这份工作。希特勒的想法在当时显得非常先进。利用空路出行，一天内可以在几个不同的城市举行会议。没有任何对手可以赶在他的前面。于是，汉斯·鲍尔成为"机长兼元首的首席飞行员"，并主要在两段时间辅助他的工作。第一段是从4月3日至4月24日，随后是从6月15日至6月30日。成功如期而至。纳粹党成为德国第一大政治党并拥有最多的议会席位。在经历了11月的新一轮立法选举和数月的磋商交易后，希特勒于1933年1月30日被正式任命为德国总理。很快，他便将鲍尔正式任命为自己的私人飞行员，并且拒绝搭乘其他飞行员驾驶的飞机。接着，他又授予了他党卫军上校军衔。1944年，年仅四十七岁的鲍尔成为党卫队地区总队长和警察将军。尽管身兼两个军衔,但是他从未指挥过任何军队或警察部队。

1946年,这个客厅里的"双料将军"、希特勒的身边亲信,在苏联监狱里过得凄惨不已。1945年5月1日至2日夜里,他试图从元首地堡逃走,结果却不尽如人意。由于身负重伤,不得不在监狱中截掉了右腿。负责照看他的德国医生也是囚犯。手术的环境非常不理想。"当时并没有合适的手术刀,"鲍尔在他的回忆录中写道,"于是,德国外科医生就用了一把小刀来给我截肢。"[1]事实上,当时用的是一把锯子。

由于心理上的极度脆弱和对酷刑折磨的恐惧,为了活命,鲍尔毫不犹豫地揭发了他以前在党卫军的同僚。

到达莫斯科之后他首先被安置在了卢比扬卡。在揭发林格后,他又揭发了元首地堡的电话员,即党卫队上级小队长罗胡斯·米施。六十年后,这个电话员在他的自传里写道:

> 他们把我们转移到了卢比扬卡,苏联国家安全委员会的总部(事实上,这是人民内务委员部的总部,苏联国家安全委员会创立于1954年,作者注),秘密警察局。我们正是在那里的一楼或二楼的一个房间接受审讯。他们从鲍尔开始。警察在牢房中殴打了他。一段时间之后,鲍尔向他的看守说:"好吧,你们可以去问一下跟我一起来的那个人,他知道的应该比我多!"[2]

这个提议对士官米施产生了直接的影响。他立刻成了关键人证。但是早在几周之前向鲍尔提供帮助时,他的命运就已经注定要经历波澜。

---

[1] 汉斯·鲍尔:《我是希特勒的飞行员》,第205页。
[2] 罗胡斯·米施:《我是希特勒的警卫员(1940—1945)》,第221页。

由于飞行员在波兹南的营地刚刚做完了截肢手术，所以，曾在元首地堡与他多次谋面的米施主动提出来照顾他的生活。他每天为他更换纱布并照顾他的饮食。作为回报，这个士官希望能够享受战犯营专门为将军提供的最好的待遇。这个理由在西方国家的控制区也许行得通，但是苏联人却不吃这一套。很快，苏联人通知鲍尔将被转移到莫斯科的一处疗养院，并向他保证可以在那里得到与他的将军级别相匹配的治疗。德国人同意了，唯一的条件就是让他的助理米施陪着他一起去。对于这一幕，鲍尔记忆犹新："我有权配备一名副官，他是纳粹总理府之前的电话员，叫米施的下士（他是军士，作者注）。由于行动不便，我被获许带着他一同前往莫斯科。事实上，我并不清楚这对他而言是不是一件好事。"[1]

然而，疗养院其实是一个甜蜜的谎言。鲍尔被送到了布提尔卡监狱。米施也是。他们与先到一步的林格、京舍和拉滕胡贝尔关在了一起。莫斯科冬天刺骨的寒冷、遍地爬行的跳蚤和蟑螂、难以下咽的饭菜，监狱的条件让骄傲的鲍尔将军和他忠诚的助手米施惊呆了。很快，轮番的羞辱和戏弄接踵而至。先是用一块简单的手帕擦洗被尿液和粪便弄脏的地面。然后，又是在漫长的审讯过程中遭受一顿顿突如其来的毒打。鲍尔不明白他到底来这里做什么。这绝对是一个彻头彻尾的错误。尽管他是将军，但是他从未指挥过军队，也没有下令屠杀。至于希特勒，他对他的了解也仅此而已。为了表现出真诚和配合的意愿，他果断地将京舍供了出来。他知道全部真相。

间谍记录下了鲍尔的重要证词："我不知道为什么苏联人确信我知道元首的所有事情。他们应该对他的副官更感兴趣，他可是每

1　汉斯·鲍尔：《我是希特勒的飞行员》，第 205 页。

天跟他共处一室。"

苏联人迫不及待地找来了京舍。但是,这名党卫军高官给人民内务委员部的调查员们出了一个难题。与林格和鲍尔不同,他完全就是一块硬石头。即使是"齐格弗里德",他狱房中的间谍,也没能获取他的信任。谨言又多疑的京舍没有透露任何有用的信息。

> 据我们的消息称,京舍不愿聊起任何与希特勒之死有关的内容……

秘密机构进行了多方努力。他们不停地更换狱中的眼线,并试图以不同的身份来赢得他的信任。但依然没有任何效果。京舍完全不为所动,坚持自己所有的证言。

尽管京舍只有二十八岁,但是他已经在黑色的骷髅制服下工作了十余年。击溃犯人心理防线的这些伎俩对他而言就是家常便饭。

奥托·京舍是一名警官的儿子。十四岁的时候加入希特勒青年团,1934年,年仅十七岁的他被选入了党卫军第一师阿道夫·希特勒警卫旗队。这支党卫军突击部队聚集了纳粹政权所有的作战精英。它的招募有着严格的身体要求:首先,身高必须在一米八零以上(然而,纳粹高层中没有一个人满足这个条件,希特勒一米七六,希姆莱一米七四,而戈培尔只有一米六五);其次,家族需要有绝对的"种族纯洁性",几代之内没有犹太血统;最后,要誓死效忠纳粹主义。第二年,十八岁的京舍加入了纳粹党。这个一米九三的小伙子,一头金发,双肩宽阔,体格健壮,很快便得到了上级的关注。于是,他理所应当地被选入了希特勒的私人安保党卫队。那是1936年,京舍十九岁。1943年5月1日,他成为希特勒的副官。这个职位让他与元首形影不离。他参与了希特勒所有的军事和外交会议，并记录下他所说的所有内容，确保他的命令得到完整的执行。于是，同林格一样，奥托·京舍也成为希特勒的影子，是他权力末期最后几个月的重要见证者。

面对审问的苏联人，他声称知道希特勒是怎么自杀的。和林格一样，和鲍尔也一样。

1945年4月30日，希特勒和他的妻子埃娃·布劳恩一起出现在元首地堡的前厅。两人双双自杀。随后，两具尸体被抬到总理府的花园焚烧并就地掩埋。

然而，在一些细节上，三个证人的陈述并不一致。林格听到了一声枪响。京舍没有。鲍尔声称在晚上6到7点的时候曾与元首告别，而另外两人却认为他在下午4点左右自杀。到底谁说的是真话？谁又在说谎？

贝利亚没有权利犯错。斯大林刚刚收回了人民内务委员部的特权。1945年12月29日，苏联第一间谍被他的助手谢尔盖·克鲁格洛夫取而代之。这是否意味着对拉夫连季·贝利亚的疏远和他沾满鲜血的职业生涯的终结？他是否还掌控着苏联的秘密机构？诚然，斯大林表面上想要削弱他的"希姆莱"对国家安全这个高度敏感部门的影响力。但刚刚获得苏联元帅殊荣的贝利亚仍然是莫斯科权力制衡中不可或缺的一环，是国家镇压和监视机制中的一张王牌。凭借政治局委员和部长会议副主席的身份，他仍然把持着苏联所有的秘密机构。没有什么能逃过他的眼睛。尤其是"神话"档案。

1946年2月中旬，审讯开始了。策略相较于"施密尔舒"1945年5月和6月的审讯有所不同。更为粗暴，甚至可以说是极其粗暴。

然而，这种暴力在人民内务委员部调查员的报告中并没有任何体现，或者说几乎没有。但是，通过对报告内容的揣测和审讯选择的时间足以猜得一二。午夜11点到凌晨5点是最常见的审讯时间。有些审讯不超过两个小时，但是有些审讯会连续进行六个小时，甚至更久。

击溃身体和精神，让对手极度虚弱，从而一举摧毁他最后的防线，这些方法都是苏联秘密机构的官员从纳粹那里学来的。多年以来，在拷问"反革命"和其他"人民敌人"的过程中，他们深谙如何在审讯这门微妙的艺术中自我完善。连日连夜地重复同一个问题足以让犯人陷入崩溃的边缘。

希特勒的前侍从很快便发现了这件事。

调查员施魏策尔。犯人林格的审讯。1946年2月19日，凌晨3点30分至5点30分。

调查员表明他之前的证词已经过核实并被认定为是不正确的，林格声称之前在调查中说过三次并且写入证言的内容全部属实。没有添加，也没有修改。

这是他关于希特勒之死的描述：

1945年4月30日，希特勒在接近下午3点45分的时候回到前厅。他与埃娃·布劳恩会合。林格一直待在门后。几分钟之后，他听到一声巨响。他立刻跑去通知元首的秘书鲍曼。他们一起打开房门，发现了希特勒夫妇的尸体。希特勒开枪自杀，埃娃中毒身亡。随后，他们把尸体抬到了花园，并将他们焚烧。

犯人林格想从苏联人手中轻易脱身的希望很快就破灭了。调查才刚刚开始。与施魏策尔的首次见面只持续了两个小时，仅仅是之后数个不眠之夜的一个热身。不管希特勒的这名大管家乐不乐意，关于独裁者最后几天的问题反复不停地向他涌来。

1946年2月19日夜里11点至1946年2月20日凌晨5点，犯人林格在布提尔卡监狱接受审讯。

林格再次为1945年4月30日希特勒在帝国总理府地堡的最后一天作证。

六小时的漫长审讯，面对的依旧是同样的问题。林格立场坚定，提供的版本跟去年夏天入狱的前几天一模一样。审讯全程使用德语，并配备官方翻译。问题还是那些问题。这一次，他被问到戈培尔最后是否成功说服希特勒逃走。林格听后肯定道，有这个可能。但是还需要一辆坦克来冲破地堡外苏联士兵的重围，前总管解释道。

1946年2月20日夜里11点30分至21日凌晨4点45分，调查员施魏策尔对林格进行审讯。

犯人林格被问到1945年4月29日至30日晚帝国总理府都有哪些人在场。

他再次声称当时有五十八个人。对此，他非常确定，掷地有声。

一回到牢房，林格便跟他的狱友炫耀他在审讯时撒的谎。间谍"布雷门"将他的话一句不落地报告给了上级："林格在证词中没有说实话，因为他深知苏联政府没有办法拆穿他的谎言。原因很简单，当场见证希特勒'死亡'的人只有两个：他和鲍曼。而鲍曼如今并不在苏联人的手里。"当时，马丁·鲍曼仍下落不明。没有人知道他是死是活。事实上，他并没有从1945年5月2日的地堡逃生中存活下来。

连着三个不眠之夜。林格在牢房几乎没有一刻能够合眼，筋疲力竭的他还不得不面对一个个周而复始的问题。哪怕是白天，看守也不让他睡觉。紧张的节奏整日没有停歇的迹象：

1946年2月21日夜里11点30分至22日凌晨4点20分，调查员施魏策尔对犯人林格进行审讯。

审讯期间，林格在回答地堡在场人数时，更改了1946年2月20日的证词。

这个仆人的证词首次出现了偏差。雨点般的暴打和震穿耳膜的威胁让他第一次推翻了自己的证词，而这份证词正是在前夜所做。

从地堡中有五十八人在场，改为了他在1945年4月29日至30日晚上只见到了十二人。

审问还在继续。

2月23日，12点30分至下午4点。

2月24日，他获准稍作休息。

2月25日，夜间审讯再度袭来。从11点30分一直到凌晨4点。

2月26日，林格崩溃了。一周的非人折磨足以让他发生转变。当看守在夜里11点进到牢房找他时，他已经彻头彻尾地变成了疯子，大声地咆哮。人民内务委员部的间谍在他的报告中记下了这一幕：

林格喊道："我求你们杀了我吧，只要别再继续折磨我。如果你们还不停止，我就杀了我自己。"他劝诫林格，如果他最终决定说真话，那么一切都会好的。可是林格听完却像发狂了一样吼道："我每次审讯时说的都是真话！我又不能给你们编一个出来！"说着他就开始流泪。当他平静下来之后，调查员便开始了新一轮的审问……

苏联的报告从来都对调查员使用的手段只字不提。如果想了解更多的细节，可能就需要从犯人入手。林格就披露了在苏联牢房中的一些让他深受创伤的细节：

> 由于我没有说出审讯者想听到的内容，所以被逼脱光衣服俯身趴在一个拷问架上。审讯者告诉我，如果我不完全招供就会被痛打一顿。忍受着赤裸和羞辱，我坚持之前的证词："阿道夫·希特勒是1945年4月30日自杀的！我烧了他的尸体！"审讯者转向一个气宇不凡的中尉，交给他一根鞭子并命令道："给他点颜色瞧瞧！"我像一头待宰的猪一样大声地尖叫。接着，他冷笑着对我说道："你应该比我们更熟悉这些手段，我们可都是跟党卫军和盖世太保学来的。"[1]

汉斯·鲍尔，已经被截肢手术带去了大半条命，也遭遇了同样的对待。

夜间审讯循环进行，反复问着同一个问题：希特勒死了吗？

起初，这名德国飞行员还试图保持自己的尊严。他甚至抱怨新的监狱不够舒适，要求回到卢比扬卡。

很显然，这个要求被拒绝了。取而代之的是，狱警们向他咆哮道："你撒谎！你撒谎！你撒谎！……"虚弱、恐惧的鲍尔承认了自己确实没说真话。尽管他不知道自己哪里说错了，但他还是承认了一切。他只有一个愿望：赶紧让这一切停下来：

> 负责我的调查员总是在我身边绕来绕去，休息的时候，他吞下了几片乱七八糟的药丸，显然这些是用来提神的。……一天夜里，

---

[1] 海因茨·林格：《跟随希特勒直到尽头》，第212页。

我受到了当头一棒。像往常一样，我被带去审讯室，我的调查员得意地朝我大喊："鲍尔，你现在必须要告诉我们你知道的所有事。再过一两天，你的妻子就会被带到这里。如果你还不说，我们就当着你的面扒下她的底裤。如果不行，我们就狠狠地打她。如果这些还不够的话，我们就会让她尝尝做妓女的味道。"[1]

威胁是有效的。飞行员很快便摘下了面具。
希特勒的自杀？他当时不在场。
在地堡前厅中发现希特勒和埃娃·布劳恩的尸体？他当时不在场。
在花园中焚烧这两具尸体？他不在场。
为什么在忠心侍奉的这个人最紧要的关头他一直缺席？

我当时一直忙着准备逃跑的东西。此外，光天化日之下站在帝国总理府的花园里看这两具焚烧的尸体太过危险。整个区域都在炮火的包围下。

此时的鲍尔已经不再试图注意自己的一言一行。该怎么样，就怎么样，毫无掩饰。

至于希特勒死亡的细节，他也是过了很久之后才知道。"那是1945年10月22日或23日，波兹南战犯营。"两个希特勒的私人警卫员告诉了他这个秘密。

鲍尔急忙将这两个士兵的名字供了出来："他们是贝格米勒和霍夫贝克。"

苏联人还在怀疑鲍尔证词的真实性。他们知道，希特勒曾秘密托付

---

[1] 汉斯·鲍尔：《我是希特勒的飞行员》，第211页。

他在自己自杀后将尸体烧毁并确保没有人能够找到。然而,他却什么都没做。

他可信吗?

> 你什么时候最后一次见到希特勒的?
> 1945年4月30日接近6点或7点。他告诉我他自杀的想法。然后,我便离开他的房间去收拾东西准备逃跑。
> 你什么时候又回到了希特勒的地堡?
> 两个小时后。……我问在那里的人:"已经结束了吗?"他们告诉我他用一把八毫米口径的军用手枪自杀了。

鲍尔的证词与林格和京舍的完全对不上。

京舍每次都在审讯中重复说着同样的信息。希特勒在1945年4月30日接近下午4点的时候自杀。是林格发现的他。但是,当时就站在前厅几米之外的京舍却没有听到一声枪响。在那一瞬间,地堡中没有一点动静,只有通风系统的嗡鸣声。这名年轻的党卫军战士怎么会没有听到那声巨响呢?

所有的审问结果都被仔细地剖解、分析和对比。

两处最大的出入跃入他们的眼帘——
自杀的时间:
林格和京舍称,在下午3点至4点之间;
鲍尔称,在晚上7点至9点之间。
死因:
林格和鲍尔称,开枪自杀;
京舍称,不确定。

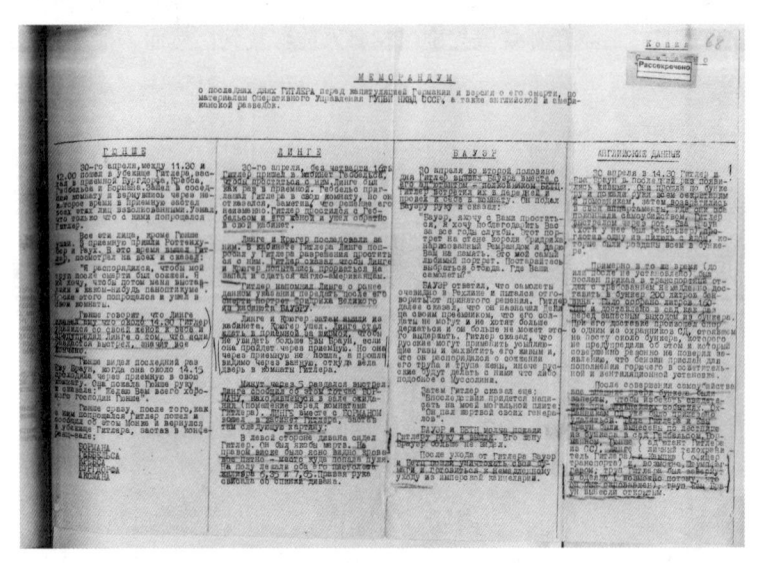

苏联调查员对希特勒之死的不同说法所做的总结。从左至右分别是：京舍、林格、鲍尔和英美调查结果。苏联人将最重要的段落全部标注了出来。("加尔夫"局档案）

一个月的审讯接近了尾声，"神话"档案却没有任何的进展。疑虑依然存在，甚至变得更多了。

这时，对于苏联秘密机构而言，希特勒的死还是蒙着一层厚厚的迷云。

那找到的尸体是他的吗？如果是，为什么法医没有发现他头上的弹孔？除非林格和鲍尔在撒谎？

第四部分
结论?

莫斯科，2017年3月

我们仅有两天时间。这是俄罗斯政府答应给我们的最长期限。用两天的时间完成一项科学的鉴定实验。这份特许，是我们用无数的努力和斗争换来的。"你们从来没有想过对希特勒的遗骸，好吧，对那些假定的希特勒遗骸，进行科学鉴定吗？"亚历山大·奥尔洛夫，我们在外交部的联系人，似乎并没有料到我们问这样的问题。去年12月，他再次联系我们，想了解我们在俄罗斯联邦安全局档案调查的进展。他希望我们的俄罗斯之旅能够就此告一段落。牙齿、头骨，还有机密文件，这些难道还不够吗？"我们想把这些问题彻底搞清楚，不希望再留存任何疑点……"这些理由，他已经听过了无数遍，记者、历史学家甚至科学家，每个人都跟他这么说。用一种新的技术做一些测试，不会对头骨或牙齿造成任何损伤。亚历山大法语说得很好。但每当处于压力下时，他更愿意用他的母语俄语来回答问题。拉娜重新拾起对话。亚历山大坚持着，声称他对此一无所知。

我们只有一个目的，亲爱的亚历山大，就是给这些关于希特勒可能逃走的传说和谣言画上一个句号。俄罗斯难道不想知道它所拥有的这些残骸是否真的属于希特勒吗？除非你们怕自己一直以来都生活在一场骗局当中？！只有一个方法可以让这一切彻底结束：请法医菲利普·沙利耶来鉴定一下这些头骨和牙齿。

沉默。

他的声音一下子变得阴沉起来：

我明白了。我会很快给你们一个答复……

我们在5月初等来了他的答复："两天！一天一个档案馆。这个月月底过来。"

太巧了。我们刚刚也得到了军事档案馆的许可。看来这次，我们可以一石二鸟了。

菲利普·沙利耶医生会在这两天与我们会合。选择这位法国法医科学家和考古人类学家进行鉴定再自然不过。仅仅几年间，这位法医就积攒下了一份良好的声誉，成为破解历史谜团的专家。在他灵巧的双手之下，所有历史上最著名的"被杀者"都吐露出了真相。毒药、冷兵器、手枪，没有什么能够能逃过他的双眼。他的"客户名单"不仅让业内同僚震惊，更是让全世界的公众瞠目结舌。从他手里经过的，不仅有众多的君主帝王，如亨利四世、圣路易、狮心王理查，还有无数传说中的人物，如圣女贞德或法国大革命时期的著名政治家罗伯斯庇尔……菲利普·沙利耶致力于将自己对这些"患者"的研究发表在世界级的科学期刊。四十多岁正值壮年的他热情四射，酷爱冒险（他喜欢到世界上最偏僻的地区去践行他的技艺），擅于在恪守经典科学原理的基础上进行宣传普及。怪不得媒体都把他看作是"墓地里的印第安纳·琼斯"，并且争相报道他每一次新的历史解剖的全部细节。所以，这次的希特勒档案他也同样不愿错过。

我们一共有两天时间。一天去档案馆看头骨，另一天在俄罗斯联邦安全局敏感多疑的官员陪同下查看牙齿。"加尔夫"局和俄罗斯联邦安全局中央档案馆又是一贯地拖拖拉拉，商讨着检查的方法。起初，所有人都是同样的反应："我们国家有出色的法医专家。不需要一个外国人。"他们说得没错。我们并不怀疑俄罗斯专家的严谨性和专业性。但是，他们缺乏中立性，至少在我们眼里，一名外国科学家的意见更值得参考。然而，出乎我们意料的是，我们的要求竟然很快被接受了。为了避免一切来自俄罗斯政府方面的干预或压力，我们同意只邀请一位法国医生参与此次鉴定。接下来，就是寻找一个让所有人满意的时间。最终，我们定在了5月29日和30日。

5月28日，莫斯科。我还有二十四个小时的时间来确保在沙利耶医生来之前一切都可以准备就绪。今天的俄罗斯首都比往常更为平静。克里姆林宫的围墙旁没有了游客队伍的吵闹声。列宁的墓地也没有了充满敬意的朝拜者。取而代之的，是几十名佩警棍、灰色皮帽上别着治安徽章的俄罗斯警察。他们一个个带着上级的严格指令，面色紧张，一丝不苟。就在两天前，市中心发生了一场游行，一万多名群众聚集起来抗议当权政府。这是一次对普京的公开侮辱。政府二话没说便逮捕了七百余名抗议者。游行的画面在全世界的新闻频道上不停地播放。俄罗斯陷入了一场十年来前所未有的政治经济危机之中。整个国家像是一只蜷缩的刺猬，生硬、冷漠，让人不敢靠近。调查希特勒档案的条件变得越发艰巨。最好的情况是政府根本没有时间也没有精力来履行我们的请求；而最差的情况则是他们认为这会给自己带来新的麻烦。所以，当我在经常碰面的咖啡馆见到拉娜时，一点都不感到惊奇，她眉头紧锁，眼中充满了失望。她还没有张嘴，我便已经获悉了一切。他们刚刚取消了行程！但不是所有人，只是俄罗斯联邦安全局中央档案馆。没有理由，也没有解释。所幸，我们还有俄罗斯联邦国家档案馆和他们的头骨碎片。他们还没有改变主意，起码到目前为止还没有。

"加尔夫"局的领导也没有消息了！我们在楼下的接待大厅耐心地等待了一个小时。今天是5月29日，下午3点，菲利普·沙利耶的飞机刚刚在谢列梅捷沃国际机场降落，到莫斯科市中心只有一个小时的车程。昨天，亚历山大亲自向拉娜做了承诺。联邦安全局取消了行程，"做了调整"，但"加尔夫"局没有。"快去吧，他们在那里等你们。"他真的这么说？我再一次问了拉娜这个问题。她叹息道："他确实是这么说的。"所以说，国家档案馆的领导是知道我们在这里，而且也知道有一名法国专家专程从巴黎赶来鉴定他们保存的头盖骨吗！那为什么没有人回复我们？甚至连我们的通行证都没有准备。我们已经跟沙利耶医生确认过了关于鉴定头盖骨的行程。而牙齿，可能会晚一些，也许是下一次。"什么时候？"他迫切地问道。很快。我们借用了俄罗斯政府惯用的伎俩：含糊但不失希望。菲利普·沙利耶立刻向我们保证道："没问题，我会再安排一个时间过来的，你们不要担心。我对这个项目非常感兴趣，你们可以完全信任我。所以，头骨是没有问题的吧？"理论上，应该是这样的。然而，我们却还在空无一人的等待大厅气冲冲地来回踱步。他们真的知道我们要来吗？还是说，他们是在捉弄我们？这时，一位六十多岁的女士在大厅唯一的窗口后坐了下来。她负责来分发通行证。这可是一个非常重要的职位，坐在这个位子上的人可以享受一夫当关、万夫莫开的乐趣，什么礼节都可以置之不理。总之，这位女士可以表现得要多恶劣有多恶劣。而对此，所有来"加尔夫"局的人都不敢提出抗议。现在，她正一边读着《人物》杂志一边吃着土耳其烤肉饼，丝毫没有往我们这边看。"会有人打电话让她给我们准备材料的。"拉娜猜想着，尽力保持着积极的心态。"这只是几分钟的问题而已。"

尼古拉，面色蜡黄的档案保管员，终于决定出来迎接我们。他带来了我们的安全通行证。前台的那位女士早已吃完了自己手上的食物，埋头开始阅读另一本杂志。直到我们离开，她自始至终都没有抬过一次头。冷静，要保持礼貌，所有这些一定都只是一场测试而已。反正其他的都不重要，因为头骨正在里面等着我们，而我们马上就要对它进行鉴定了。菲利普·沙利耶还有半个多小时就会跟我们会合。我们有足够的时间确定所有的环节是否都已安排妥当。

"什么，头骨还没准备好？！"我简直无法相信尼古拉刚刚跟我们说的话。然而，他带着一贯的慵懒态度，漫不经心地确认了我的疑问。什么都没有准备。他的眼睛从来没有像现在这样充满生气。"我们等沙利耶医生过来再安排。"他边说边带着我们穿过"加尔夫"局的院子走向办公楼。"一切都要在他到来之后才能开始。另外要提醒你们的是，5点30分，办公室关门前必须结束。"

我们又来到了去年参观头骨的那间屋子。只有墙上的装饰发生了变化。1917年的革命海报被换成了末代沙皇尼古拉二世的一组皇室黑白照。这是否体现了俄罗斯政府想要复辟帝国时期的愿望？我不敢把这个过于意识形态的想法与尼古拉交流，更不敢和刚刚与我们会合的金娜说。这位秘密藏品部主任显然并不想再次见到我们。像往常一样，她的心情全部都写在了脸上。今天傍晚，她看起来十分不快，甚至没有理会我们的问候。我认出了装希特勒头骨的那个大鞋盒，放在尼古拉形影不离的手推车里看起来略显拥挤。推车被轻轻地摆在了桌子边上。依然还是那个木制的大桌子。"可以打开这个盒子吗？"拉娜把我的请求翻译了出来。没有一个档案员回答我们的问题。就好像他们没听到我们说话或是听不懂俄语一样。终于，尼古拉作出了回应。没有说一句话，他在他的小手推车前找位子坐了下来，双手交叉在胸前，蔑视地打量着我们。我们的会面突然变得有些尴尬。房间里的空气安静得可怕。拉娜打破了沉默。"你们的馆长拉丽莎，她不来加入我们吗？"焦虑中，我们甚至希望看到她的出现。很显然，金娜和尼古拉对我们的鉴定计划并不赞同。我们想知道这只是两个犟脾气的职员对于外国人摆弄他们的"宝贝"而表现出的本能的排斥和愤怒，还是馆长在用她自己的方式来向我们表示抗议。

我们刚刚得知，菲利普·沙利耶已经站在接待大厅看报纸的那位女士面前了。很显然，她并不想让他进去。尼古拉同意再下去一次，接他上来。完全没有一丝着急的样子,他慢吞吞地整理了一下自己的帽子,帽子下面只有几根稀疏的草黄色头发,披上大衣,跟着我出了门。到了楼下,他面无表情地跟法国专家打了个招呼。我悄悄地告诉了沙利耶医生情况的复杂性。之所以不敢声张,是因为很多俄罗斯人曾经在学校学习过法语。苏联时期,法语一度取代英语成为必修外语。而尼古拉的年纪,一看就是在镰刀和锤子的时代上的小学。"理解,我可以接受,"医生小声说道,"我习惯了。"终于听到了一些积极的声音。菲利普·沙利耶对此并不在意。他在走进拉娜和金娜等待的房间时继续说道:"我可以接触到希特勒的头骨,这已经非常不容易了。"

不过,他们这种冷漠的态度也不全是因为我们,我想我知道谁应该为此负责。这全是托了美国康涅狄格州立大学尼古拉斯(尼克)·贝兰托尼的福。这名美国的考古学教授曾在2009年的时候检查过这块头骨并宣称它属于一位年轻的女性!因此,我们去年第一次见到"加尔夫"局的工作人员时就已经明白,这个美国人的俄罗斯之旅给金娜和尼古拉留下了很大的创伤。那次丑闻之后,没有一名科学家能够有机会证明头骨碎块的真实性。菲利普·沙利耶是第一位。然而,他全程都被密切监视着。尼古拉就站在他身边,随时准备打断他的动作。第一步:观察。法国专家拿起装着头骨碎块的盒子,从每一个角度仔细地审视。尼古拉张大了嘴,本能地把手伸到了他的面前。他被激怒了。一般来说,只有他才有资格操弄这个小盒子。一旁的金娜也显出了一副很不高兴的样子。菲利普·沙利耶完全没有注意到这些。他的注意力全部放在了头骨上面。他自信的态度丝毫不给两名档案员反驳的机会。"第一个重要信息,仅凭肉眼观察是不可能判断出这块头骨的性别的。"法医坚定地说,"它属于一位男性还是一位女性?这一点,没有人能够确定。至少在我看来,对头骨碎块做出判断是有风险的。目前,我们只有一块左后方的头骨。这一块对于判断性别没有任何意义。我非常确定。"仅仅几分钟，菲利普·沙利耶就推翻了他的美国同行所做的一部分定论。后者认为，这块头骨的结构太细密、太脆弱，所以不应该属于一名成年男子。"错！"法国人毫不犹豫地指出，"骨骼上的性别判断只能取决于骨盆。而凭头骨、下颚或股骨来判断都是难以想象的。况且，至少也要有整块头骨。这与我们当前的情况不符。"那年龄呢？贝兰托尼得出结论称，头骨主人的年龄介于二十到四十岁之间。美国人是怎么得出这个结论的呢？"他一定是依据头骨上颅缝闭合的角度。"沙利耶猜测道。确实如此。在众多采访中，贝兰托尼都丝毫没有掩饰自己的判断根据。尼克·贝兰托尼在一段公开采访视频中谈道："正常来说，头骨上的颅缝会随着年龄的增长而逐渐闭合，而这块头骨上的缝隙是开着的。因此，此人的年龄应该介于二十到四十岁之间。"[1] 菲利普·沙利耶在仔细端详了颅缝之后说道："我无法依据这一点来推断人的年龄。每个人的情况都各有不同。比如，我的颅缝会和一位上了年纪的人一样完全紧闭，而我祖母可能在去世时颅缝还是张开的。我确信，我们不能根据头骨上的颅缝来推断年龄。尤其是在我们只有一块头骨的三分之一时。这根本站不住脚。"

"不行！"金娜不满地说道。"不行！"尼古拉也附和道。拉娜争辩道："可是我们获得许可了。""那也不行！"沙利耶戴上了他的无菌手套。他本想让人把盒子打开取出头骨。拉娜兴奋地翻译出他的请求。然而，两名档案员的回答让我们的心直接坠到了谷底，冰冷得像是西伯利亚的冬天。我们不能打开，尤其不能给一位外国科学家或者记者打开。金娜生硬甚至无礼地重复道。协商也没有任何希望。房间里的音调开始一点点地升高。这时，菲利普·沙利耶冷静打断了对

---

[1] http://www.youtube.com/watch?v=ZqrrjzfnsVY.

话:"没关系。我们可以不用打开盒子。但是我能这样继续观察头骨吗?"尼古拉完全没有料到会有如此平静的回应。法医转向他。他比他整整高出了一头。"只是看,我不会碰它。""可以。"金娜最终还是松口了。

"那我就继续我的观察。我会把所有的时间用在这上面,但恐怕今天晚上他们不能很早结束了。"拉娜趁机逃到走廊上,打电话向亚历山大求助。拨打了十次之后,电话终于接通了。现状、拒绝、档案员的阻挠,拉娜把肚子里的苦水一股脑地全倒了出来。亚历山大听得很不耐烦,回复说他也无能为力了。"你们自己解决!"很快就6点了。尼古拉看了一眼手表,不耐烦地跺了跺脚。法国专家感受到了周围紧张气氛在加剧。不为所动的他镇定地敲击着笔记本电脑,把所有收集到的信息输入进去。这些都将被他用来撰写自己的报告。头骨的超高清照片和桌子上摆放的所有物品也都会写入报告,并帮助他完成这次鉴定。"血管孔(右侧顶叶孔),左顶叶星状物损失……"在他的报告中,死者的鉴定问题与周围一切无关,与这些心思缜密的俄罗斯档案员也无关。"拿着,你们可以看看这个,非常有意思……"他指着头骨顶部的一处清晰可见的开口说道,"很明显,这是一处弹痕。子弹穿过了头部,从顶叶部分冲了出去。我们现在看到的是一处出孔,而非入孔。它的形状非常有特点,开口是朝外扩大的。长度大约六毫米。但这并不意味着子弹的口径就是六毫米。我无法仅凭一个出孔便推断出子弹的口径。子弹很有可能在整个过程中破碎或变形。"但是,他可以非常确定地推断出子弹射入的时间。"子弹射入时的骨骼新鲜而湿润。"他肯定道。如果这真的是希特勒的头骨,那子弹射入的时间要么是在生前,要么是死后不久。

调查迅速有了巨大的进展。现在,法国法医专家的关注点集中在头骨上的黑色痕迹。"你们看，这些正是掩埋环境的残留物，一定是土渍。我们还可以清楚地将其与碳化的痕迹区分开来。这些痕迹足以证明它当时经受了长时间的热暴露。这个人曾被以极高的温度灼烧。"据地堡幸存者所述，当时使用了将近两百升汽油。"这就说得通了。"沙利耶分析道，"焚烧一具尸体非常困难。如果想让一具人类的尸体彻底消失，至少需要一百公斤的木材或者几百升的汽油。因为尸体中充满了水分，湿度很高。通常来说这就是碳化的异质性。"

尼古拉仔细地听着，就好像每一个法语词他都能听得懂似的。他整个人几乎放松了下来，眼中浮现出一丝钦佩。在他身后，所有关于希特勒的档案都静静地躺在手推车里。我不禁再次翻开这些落满灰尘的陈年文件。我可以轻易读解这些当年苏联领导人的签名。长时间的研究让我对这些名字已经分外熟悉："苏联头号警察"贝利亚、外交官莫洛托夫、"间谍之王"阿巴库莫夫……我专门找出了一段文字，是希特勒的侍从海因茨·林格的审讯笔录。日期是1946年2月27日。内容是用机器打的，每一页下面都有这个纳粹犯人的手写签名。我把它拿给菲利普·沙利耶看。

问：请讲一下1945年4月30日晚帝国总理府里发生了什么。
答：接近4点的时候，我正在希特勒前厅的房间里，我听到了一声枪响，然后闻到一股火药的味道。我赶紧叫来了隔壁房间的鲍曼，我们一起推门进了希特勒的房间，看到了下面的场景：在我们面前，希特勒向左侧着躺在长沙发上，一只手垂了下来，右边的太阳穴上有一处手枪射击造成的严重伤口。……在地上，长沙发的旁边，我们看到了两支属于希特勒的手枪：一只口径七点六五的瓦尔特手枪，另一只手枪的口径是六点三五。右边，长沙发上，埃娃·布劳恩双腿弯曲地坐着。她的脸部或身上都没有发现任何子弹造成的伤痕。希特勒和他的妻子，两个人都死了。

问：你确定记得希特勒右边太阳穴的位置有一处弹痕吗？

答：是，我记得很清楚。右边太阳穴的位置有一处弹痕。

问：太阳穴上的这道伤口有多大？

答：伤口的入口和三马克的硬币差不多大（三马克的硬币并不存在，林格在其他的报告中称：伤口像一芬尼的硬币那么大。作者注）。

问：伤口的出口有多大？

答：我没有看到出口。但是我记得希特勒的头骨没有变形，是完整的。

林格对伤口的描述与沙利耶的目视检查相符。尽管目前无法判断头骨的身份，但是起码特征是一致的。而且可喜的是，侍从的证词给法医带来了新的灵感。特别是射击之后头骨保持完整的事实。"如果他真的射在了右边的太阳穴上，那出现在左顶叶处的子弹出口似乎是合理的。不过，我们有办法判断林格说的是真的还是假的。我们只需要证实一下从口腔内射入的假设是否正确。"怎么证实？"利用牙齿！如果我们在牙齿或牙床上检测出火药的痕迹，那么这将是一个极佳的论据，可以证明口腔内的射击。"而这些著名的牙齿如今正放在俄罗斯联邦安全局的中央档案馆中，而与它们的会面已经暂时被推迟了。

金娜受够了，她想离开。6点30分，我们已经整整超过"加尔夫"局闭馆时间六十分钟了！"我们明天可以再来吗？然后继续分析头骨和长沙发的残片？"拉娜不应该这么说的。她的问题激怒了老档案员。"不行！你们没有明天的权限。今天结束。我再给你们留几分钟。"菲利普·沙利耶完全不懂俄语，对于两位女士之间的争吵也无可奈何。档案员粗鲁的语调让他意识到情况变得越来越糟了。然而，他继续保持着冷静，转向了面前的其他拼图散片。除了头骨之外，他还可以观察长沙发的木制结构，比如扶手。以及1946年4、5月间关于希特勒自杀的复查照片报告。这一组我们去年看过的黑白照片展现了当时自杀的地点，以及长沙发和墙上的血迹。"我们不能说这些是血迹。"沙利耶谨慎地说，"目前，我们只能说这是黑色的流溅痕迹。"半个多世纪过去了，希特勒长沙发的浅色松木上的这些痕迹依然清晰可见。自然老化和恶劣的保存环境并没有让它们消失。如果这些是真正的物件而非苏联秘密机构人为伪造的。在这次调查过程中一切皆有可能，包括最糟的情况。"我觉得很难制造出这样一件赝品，"菲利普·沙利耶分析道，"所有这些痕迹，我们都可以在1946年的照片中找到对应的位置。如果它是赝品，那绝对是一件仿造界的旷世之作。"拉娜提醒沙利耶说："如果您想，您可以摸一下，您也可以把它们拿起来看，您看这里，这些痕迹是……"医生看到女记者把手靠近时大喊了一声："不！不要碰它！这件物品会被你的DNA污染的。"拉娜赶忙道歉，尴尬地笑了。"千万不要这么做，"法国专家略感歉意地解释道，"但这样的行为一定已经出现过许多次了。这就是为什么我对这些长沙发的残件没有任何的期待。它们并没有被存放在无菌环境里。这块木头显然已经被无数双手直接触摸过，连隔离手套都没戴。况且，这还没算众多参观者喷溅在上面的唾液。我们唯一能在这里找到的DNA仅仅是几分钟之前留下的。而希特勒的一定在很早以前就已经消失不见了。"思忖了一会儿之后，他又接着说道："这边已经没有什么值得期待的了。除非……"

然后，他屈下身最大限度地靠近（也就是说不会让他的DNA通过微小的汗液或唾液留在上面）长沙发的一块残件，这位法医有了一个新的主意。他重新翻看苏联调查中的照片资料。接着，又回头仔细观察这些残片。来来去去好几个回合之后，他抓起桌子旁的一把椅子，开始了一段非同寻常的展示。"有趣。这真是太有趣了。你们看……"他的热情甚至感染了冷漠的档案员。他们就像两块磁铁一样被紧紧地吸了过来。"想象一下受害者当时就坐在这把椅子上。他刚刚朝自己的头部开了一枪。接着,他的头倒在了沙发扶手上,血顺着扶手慢慢流到地上,弹起来,溅起一些血花。"他说得很快,一边还配合着夸张的手势。一般来说,头部的伤口出血量极大。血一定会大量流出,甚至可能就在短短几分钟内,介于开枪与鲍曼和林格来到前厅之前。浓稠、厚重、深暗,血会流得到处都是。要么直接流到地上,比如这边的混凝土地面,要么流到地毯上。"地毯也好,混凝土也罢,这都不重要。但是这么多的血一定会聚成一摊血洼,而血滴会继续落下,然后溅到沙发上,但溅的位置并不是随便哪里:而是在长沙发的下面。你们看,这就是那些溅出的血迹!"在其中一块沙发残片上,一些深色的小斑点与木头的自然纹理混杂在一起。光照之下,它们几乎模糊到难以辨别。自杀现场的画面开始一点点地被勾勒出来。沙利耶的假设与证人的笔录是否一致?侍从林格和私人副官京舍,两人都进入过这个房间。他们将自己所看见的全都如实地告诉了关押他们的苏联调查员。

1946年2月26日至27日,对前武装党卫军战犯林格的审讯。

林格:"地毯上和沙发旁的墙上有很多的血。"

1945年5月18日至19日,对前武装党卫军战犯、希特勒的副官奥托·京舍的审讯。

问:你什么时候第一次进入希特勒自杀的这个房间?你看到了什么?

答:我在4点45分进入房间。我看到地上的地毯有轻微移动的痕迹，上面有一摊血迹。

1955年，从苏联战犯营释放出来之后，林格又被关押进了监狱，继续接受无休止的审讯："地毯上有多少血？希特勒的脚距离血洼有多少距离？手枪的具体位置在哪里？他用的是什么手枪？他坐在哪里？具体是怎么坐的？这就是我必须反复回答的几个经典问题。"[1]

这些答案，菲利普·沙利耶也能给出。或者说至少给出其中几个。他把这些对于DNA检测毫无用途的木头放到一旁，又重新观察起那块头骨。他拿起了盒子。利用光线仔细地观察上面的暗色痕迹。"这跟我想的一样。"他低声说道，就好像在自言自语，"这不是人体自身器官的残余。不是皮肤也不是肌肉。一切都被烧掉了。我觉得这些应该是碳化的痕迹。它们足以证明尸体曾经遭受了长时间的灼烧。"同时，法国专家还有别的有趣发现，"我觉得我们看到的这些是土渍。也可能是腐蚀或生锈的痕迹。我们知道这块头骨是在哪里被发现的吗？"

档案馆提供的资料清楚地告诉了我们这一信息。回到七十年前。1946年5月30日。希特勒自杀后的第十三个月，一次新的调查在柏林总理府区域展开。由贝利亚在人民内务部的继任者克鲁格洛夫牵头，在1946年1月12日发起的"神话"档案秘密行动框架下进行。调查队伍专程从莫斯科赶来，在元首官邸如火如荼地开展工作。上级指派给他们的任务非常明确：

绝密

"同意"

内务部副部长

---

[1] 海因茨·林格：《跟随希特勒直到尽头：阿道夫·希特勒侍从回忆录》，第213页。

苏维埃社会主义共和国联盟
上将：伊万·谢罗夫（发）

1946 年 5 月 16 日
希特勒死亡情况调查活动计划
为明确希特勒的死亡情况，需要落实以下几项措施：

I

1. 制作新旧帝国总理府以及希特勒元首地堡的定位地图；并对这些地点进行拍摄。
2. 对希特勒避难所展开内部侦查，具体安排如下：
    a）制作地堡中所有房间的位置图。
    b）拍摄希特勒和埃娃·布劳恩使用的物品。
    c）对这些房间中保存的所有家具进行侦查，包括房间内的墙壁、地面和天花板，不能放过所有可能会遗漏的痕迹，为明确希特勒死亡情况提供充分证据。
    d）调查从地堡中取出的家具如今在何处并对其进行检测。
    e）为确认希特勒和埃娃·布劳恩所在房间陈设的家具和其摆放位置，需要将希特勒的侍从林格带到现场，并就相关问题对其进行提前审问。
    f）对帝国总理府花园避难所出口处一男一女两具尸体的发现地进行研究，以便检测出可能会对调查有重要意义的物品。
3. 调查希特勒和埃娃·布劳恩曾经使用过但被带离地堡的私人物品，并对它们进行检测。

II

1. 对 1945 年 5 月初于帝国总理府花园发现的一男一女两具尸

体重新进行医学检验，确定死者的年龄以及死亡的征象和原因。
2. 基于此，需将尸体全部挖出并运送至布赫医院的特殊区域。

在上述任务结果和从前收集材料的基础之上，有必要依据新的计划展开调查。

内务部调查团队的主要任务是寻找1945年5月发现的尸体的丢失部分。在他们1945年5月8日的尸检报告上，法医标注出了头颅左后方的丢失。很快，1946年5月，花园里挖出两块头骨，就在距离元首地堡入口三米远的地方。正是1945年5月4日希特勒和埃娃·布劳恩假定尸体的发现地。其中一块被子弹打穿了一个洞。这难道不就是缺失的那一块头骨吗？在这种情况下，中毒自杀的假说便很难站得住脚了。那么，希特勒真的是开枪自杀而非氰化物中毒吗？这两块头骨碎片的发现也许可以给这个问题画上一个圆满的句号。为此，我们只需要确定这些头骨是否属于希特勒即可。而这再简单不过了，因为内务部部长在这一问题上给予了全力的支持。除非国防部并不甘愿将涉事尸体拱手相让。

数月以来，苏联反间谍机构首脑维克多·阿巴库莫夫在苏联的指挥系统中一直手握免死金牌。斯大林把他当作自己的新晋亲信。有了这份珍贵的信任，阿巴库莫夫恃宠而骄，自行其是。1946年2月21日，在他的授意下，驻军德国的"施密尔舒"部队运走了希特勒夫妇的尸体、戈培尔一家（父母和孩子）和克莱勃斯将军的尸体。这些尸体当时曾被埋葬在拉特诺小城附近的一处小树林中。对此，苏联政府并没有得到任何的解释。

绝密

证明文件

1946年2月21日　　　苏联军队驻德国占领区第三突击部队委员会（"施密尔舒"，作者注）证明，今日，在苏联军队驻德国占领区"施密尔舒"反间谍机构负责人中将泽列宁的指示下，我们在拉特诺城郊的一个土坑里挖出以下几具尸体：

——纳粹德国总理阿道夫·希特勒，

——他的妻子埃娃·布劳恩，

——纳粹德国宣传部部长约瑟夫·戈培尔博士，

——他的妻子玛格达·戈培尔及其子女，儿子赫尔穆和女儿希尔德加德、海德龙、霍尔德琳和黑德维希（六名子女中仅有五个被挖出，未发现其长女海尔加，作者注）

——德军总参谋长，克莱勃斯将军。

腐烂的尸体被装入木箱运至"施密尔舒"反间谍部队所在地马德堡市，并就地再次掩埋。它们被埋在西端大街第36号房附近2米深处，院子南边石墙旁，距离东边车库墙25米。

墓坑被土填平，与地面相齐，外观和周围地势环境无二。

为什么要搬运这些如此重要的尸体？阿巴库莫夫这么做显然是为了保留对其"战利品"的控制权。位于距柏林西南部150公里的马德堡的"施密尔舒"总部对内务部这些"爱管闲事的人"时刻保持着谨慎的提防。因此，将这些尸体搬运就是再自然不过的事了。它们绝对不能在布赫医院接受新的法医鉴定。

克里姆林宫支持阿巴库莫夫的行动，因为就在几周之后，他被任命为国家安全部部长，将军级别。随后，又成为苏联共产党政治局常委，负责司法事务。年仅三十八岁，这个男人便成为了不可触碰且令人畏惧的危险人物，没有人敢挑战他的权威。

当接到"神话"档案调查组希望再次鉴定运至马德堡的尸体的请求时，反间谍机构毫不犹豫地拒绝了。然而，内务部的指令非常清晰。负责柏林调查的克劳森中校随身带来一份自认为足够有力的命令。

1946年5月
绝密

致苏联内务部战犯拘禁管理总局作战部副主任，克劳森中校

请优先接受这些命令。你必须在谢罗夫中将的指挥下前往柏林城执行苏维埃社会主义共和国联盟内务部的特别任务。

我们要求所有内务部下属的军事机构和占领区的苏联行政部门在其到达和离开莫斯科期间全力配合克劳森中校的工作。

苏维埃社会主义共和国联盟内务部副部长
切尔尼绍夫中将

然而，这封任务函并不足以震动"施密尔舒"的官员们。他们依靠于国防部，与其他部门并无瓜葛。由于他们的拒绝，没有人能将两块头骨碎片与男性尸体残骸进行比对。1946年没有，此后也没有。从来没有。1970年春，所有埋在马德堡市被反间谍机构控制的尸体被全部销毁。这个决定是由安德罗波夫——未来的苏联领导人（1982年至1984年）所作。1970年，安德罗波夫已经在国家秘密情报部门身居要职。他是至高无上的"苏联国家安全委员会主席"。简而言之，他管理着所有的苏联间谍机构。没有任何"特殊"行动能够不经他的批准而执行。比如这次

代号为"档案"的行动。

行动目的：取出并销毁1946年2月21日埋于马德堡市西端大街军事区第36号战犯房附近（如今的克劳泽纳大街）的尸骸。

为什么在纳粹德国倒台二十五年之后决定销毁这些尸骸？难道是克里姆林宫害怕这个国家机密有一天会被泄露？还是害怕希特勒的尸体（如果这真的是他的尸体）会落入西方世界之手？还是说，苏联政权想要将这一页翻过去，然后彻底摆脱曾经被自己击败过的敌人？莫斯科方面没有对行动给出任何解释，因为它处于完全保密状态。

这次高度敏感而机密的行动由一名克格勃特殊部门上校全权负责。1970年初的欧洲处于巨大的地缘政治危机中心。1949年后，苏联控制下的德国地区宣布脱离德国其他地区而独立，称为德意志民主共和国，简称"民主德国"，直接听命于莫斯科。这是一个两极分化的时代（一方是美国主导的资本主义阵营，另一方是苏联主导的共产主义阵营），处处透露着对第三次世界大战的恐惧。官方上，莫斯科从未承认拥有过希特勒的尸体。"档案"行动正是在这样复杂的局势之下应运而生。整个行动都是秘密进行。克里姆林宫一贯地除了自己人之外不相信任何人。下面的一些具体指令可以明显地表现出这点。

为实施这一行动，必须严格执行以下步骤：
1. 在到达埋葬地点的两至三天前，克格勃特殊部门保护小组的成员需先行搭好帐篷，帐篷的高度应足以覆盖行动计划中预先安排的任务。
2. 搭建完毕后，负责"档案"行动的特殊工作人员执行任务时，帐篷周边的保卫工作由士兵负责。

3. 设置一个隐秘的哨岗监视行动地点附近的房屋，由当地居民居住并随时对现场情况进行观察。当发现特殊情况时，及时采取措施对其进行处理。
4. 挖掘工作在夜间进行，将发现的残骸装入准备好的箱子中，由苏联驻德国军队布雷兵和装甲兵团的车队负责运送至"腐烂湖"（东德马德堡地区），焚烧后将灰烬撒入湖中。
5. 记录任务的执行情况，并提供以下证明文件：
   a) 埋葬挖掘的证明文件（在文件中指出箱体及其内盛物情况，并阐明将后者放入备好的箱子的过程）；
   b) 焚化埋葬物的证明文件。

以上文件需得到所有上述任务经手人的签字。

6. 取出尸体残骸后，应将墓地恢复原样。所有任务结束后，应在两至三天内拆除帐篷。
7. "故事"：鉴于行动执行于军事区，当地民众无法进入，因此，只有驻扎在军事区域内的军队总参谋部的军官及家属和文职官员可以解释任务施工的原因和性质。

"故事"的官方版本：施工（搭建帐篷和挖掘土地）的目的是为了证实苏联关押的一名囚犯的证词，该犯人声称此处可能藏有珍贵的档案文件。……

能够查阅到这样的苏联秘密机构文件实属罕见。即便是存放了六十年之久，它依然处于绝密状态。因此，将其保存在俄罗斯联邦安全局的档案馆内并非偶然之举。这份文件向我们展示了特殊机构内部的运作情况以及"故事"的选用，这些故事情节得以向敌方间谍提供一个可信的版本。然而，令人感到意外的是，这一"故事"版本同时还用于蒙骗苏联自己的士兵。

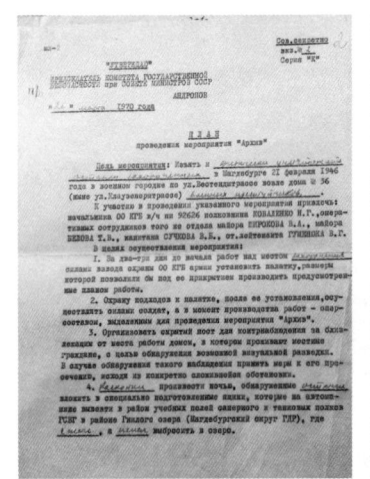

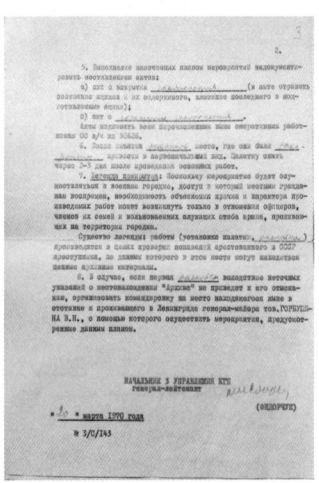

1970年3月26日，关于彻底销毁希特勒和埃娃·布劳恩尸体的克格勃"档案"秘密行动指令。这份文件如今被保存在俄罗斯联邦安全局的档案馆。

"档案"行动被正式执行完成。希特勒和妻子埃娃·布劳恩、戈培尔一家和克莱勃斯将军的假定尸体都被销毁。至少从苏联秘密机构发布的版本中可以得知，如今，这也得到了俄罗斯政府的证实。以下为报告的完整复本：

绝密

单一复本

"K"系列

马德堡市（民主德国）

第九二六二六军队

1970年4月5日

证明文件

（关于销毁战犯尸体残骸）

根据"档案"行动计划，由苏联人民委员会第九二六二六军队下属的克格勃特别部队总指挥科瓦连科上校、同一部队的军官基罗科夫和高级中尉古默努克共同组成特别小组，于1970年4月将埋藏于西端大街（如今的克劳泽纳大街）军事区第36号房屋附近的战犯尸体残骸全部销毁。

尸体残骸通过焚烧的方式被销毁，焚烧地点在距离马德堡市11公里的舍纳贝克市附近一处空地的柴堆之上。

尸体残骸被用煤炭烧成灰烬，收集并撒入河中，特此证明。

第九二六二六军队克格勃特殊部队总指挥

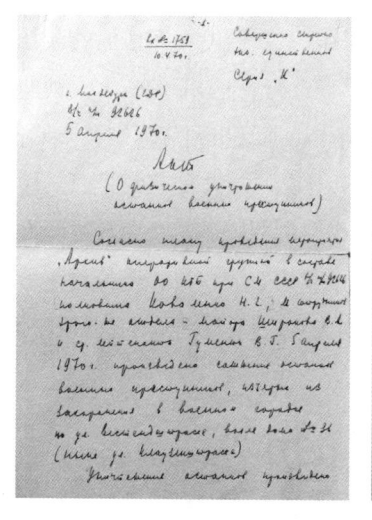

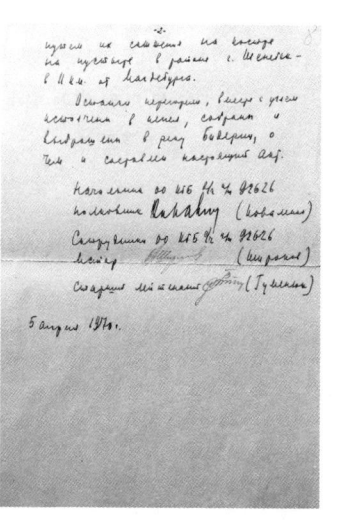

克格勃"档案"任务成功报告单一复本，日期1970年4月5日，存于俄罗斯联邦安全局的档案馆。

同"施密尔舒"和人民内务委员部时代一样，俄罗斯政府内部的斗争如今仍在继续。面对我们鉴定头骨的许可，"加尔夫"局的两名档案员的态度就是最好的证据。菲利普·沙利耶仔细查看了1946年5月头骨碎片被发现时在总理府花园拍摄的照片。柏林战役里被炮火洗礼过的土地上凌乱地覆盖着一堆金属碎片。在照片中用铅笔画出了一个小小的十字标记，示意两块头骨碎片被发现时的准确地点。位置就在地堡入口处的对面。很快，俄罗斯的科学家便将这两块碎片组合在一起，希望可以拼出一块完整的头骨。如今，它们正存放于"加尔夫"局的总部。

"所以，这些骨片都被掩埋在金属堆中间的灰渣之下……这是一个重要信息。你们可以告诉我它们在土下埋了多长时间吗？"每处信息都有它的关键所在。"什么？它们在这片金属泥沼中埋了一年多？！信息对上了。不管怎么说，这段剧情并不冲突。"法国科学家思考道。"很明显，我们眼前的这些头骨碎片明显地呈现出长期埋藏在腐蚀泥土中的痕迹。"

这些是好消息。而现在坏消息来了。"我们能否在你们的监督下把这块头骨拿起来看看？这也让我们不虚此行啊！"菲利普·沙利耶试着亲自来说服两位档案管理员。金娜不想迅速给出回应。她转向尼古拉。后者拿起装着头骨的盒子。"下次。"他说，并没有看着我们。什么时候？明天？很快？金娜捡起对话："我们也不知道是否会有时间再见你们。你们需要申请一份新的批准。"但我们有啊！拉娜坚持道。尼古拉已经推着他的手推车走了。他几乎消失在走廊之中。现在是晚上8点。我们已经耗尽了他们的耐心。

柏林，1946 年 5 月 30 日

"神话"任务受到了威胁。铺天盖地的希特勒之死核查行动遭遇到了巨大的阻碍：维克多·阿巴库莫夫领导的苏联国家安全部。阿巴库莫夫在德国的全权代表泽列宁中将下达了命令，要求所有下属全力反对人民内务委员部派去柏林的调查人员。这些调查员完全没有预料到这份冰冷的闭门羹。他们不得不接受现实：他们的部长谢尔盖·克鲁格洛夫，在斯大林的心腹手下——危险的阿巴库莫夫面前显得并没有那么重要。将近五个月的调查和铁腕审讯成效平平。于是，希特勒地堡前发现的这两块头骨碎片便成为了他们最后的希望。

曾经见证过地堡最后时刻的纳粹因犯们也感觉到了一丝不同。他们一行七人从莫斯科的牢房被转押到了柏林。在他们当中，有三名希特勒的亲信：侍从海因茨·林格、飞行员汉斯·鲍尔以及副官奥托·京舍。唯独没有传召党卫军将军拉滕胡贝尔。原因很简单，他在苏联国家安全部手里。由于担心遭到国安部同事们的拒绝，内务部的人员甚至没有向他们提出请求将其押至柏林。于是，在没有拉滕胡贝尔的情况下，希特勒死亡的最后证人被全部押送到了德国的首都，柏林。时间是 1946 年 4 月 26 日。人们将他们从布提尔卡监狱中提出来，扔到了一趟特别专列之上。方向布列斯特，曾经的布列斯特-立陶夫斯克，波兰边境附近，苏联最西端的一座城市。在那里，他们与另一队列车会合，共同被秘密押送到柏林。押送过程持续了一周多的时间。为了避免他们之间互相接触，每个囚犯都被单独关押在一节车厢当中，无法见到其他人。1955 年，林格在从苏联战犯营中释放之后，向世人描述了这次艰苦的行

程："战后一年左右，我被粗暴地扔到了一节没有窗户的车厢里，像一只动物一样被运送到柏林。"[1]汉斯·鲍尔本人对于食物的质量十分执着："我们一路行驶了九天，这期间，我们每日的配量只有一点机车里的咸水、半条干鲱鱼和一磅面包。到达柏林的时候，我们几乎都是半空着肚子。"[2]

到达德国首都后，他们被立刻关进利希滕贝格曾经的一座女子监狱里。"我们以为已经见识过最差的监禁条件了，但是苏联人控制下的柏林-利希滕贝格监狱差得超出想象。"鲍尔抱怨道，"暴虐的看守们整日以殴打囚犯为乐。一天，我牢房的门被打开，一个人进来将我按在地上打到半死。剧烈的疼痛中，我感觉听到有人斥责我，不要坐在床边上。"[3]其实，在柏林期间变本加厉地对这些曾经的党卫军官员进行殴打和羞辱也并非偶然。苏联当局所收到的命令就是利用一切压力来彻底击溃他们的心理防线。将他们带到此处就是为了得到无条件的配合，从而解决战后最大的一个谜题：德国元首的尸体鉴定。一名苏联军官要求鲍尔做好准备。"他告诉我希特勒和他妻子的尸体并没有被烧毁，而是完好无损，我被派到柏林是去鉴定他们的。"但是，剧情并未如期而至。在最后一刻，所有的安排都被取消了。"实际上，我从来没有被叫去鉴定任何尸体。"希特勒的私人飞行员说。究其原因，就是国家安全部部长阿巴库莫夫不同意。

怎么办？人民内务委员部的调查团队难道就这么返回莫斯科，并向斯大林承认他们无力完成任务？克鲁格洛夫以及贝利亚都决计不能就此罢休。在现在这种情况下，必须要绕过阿巴库莫夫制造的这堵"高墙"，并且继续展开调查。由于缺少尸体，"神话"行动的调查团队不得不把

---

[1] 海因茨·林格：《跟随希特勒直到尽头：阿道夫·希特勒侍从回忆录》，第213页。
[2] [3] 汉斯·鲍尔：《我是希特勒的飞行员》，第221页。

火力集中在这几名从莫斯科转押来的囚犯身上。调查员们深知这可能就是他们手上最后的底牌了。几天后，他们就要修改最终的报告并提交给克里姆林宫的最高领导人。如今，他们职业生涯的成败在此一举。一刻都不耽搁，他们又展开了新一轮的调查，安排关键证人对质并试图还原地堡当时的情形。他们将这些犯人依次传召。紧急情况下，审讯都是用德语直接进行手写记录。像往常一样，严肃而骄傲的京舍丝毫没有流露出胆怯的神情。作为一名常年征战沙场的党卫军高官，这个曾经的希特勒副官几乎毫不松口：

问：在之前的审问中，你对于希特勒自杀的供述存在矛盾和不实的地方。因此，预审员要求你如实说出当时发生的真相。

答：我希望，关于希特勒自杀的所有真相都可以公之于众，并且我也没有必要向预审员撒谎或隐瞒什么。我之前所有的供述都与事实相符。我对我说过的话起誓。

对于同一个问题，侍从林格与京舍的回答如出一辙：

答：我确认今年2月和3月我在莫斯科所做的供述全部与事实相符。

我确认希特勒已经死了，并且他死时的情形与我之前所说的一样：1945年4月30日，希特勒在德国总理府花园下的地堡里开枪自杀，我觉得射中的是右边太阳穴。

轮到汉斯·鲍尔的时候，这个飞行员表现得就更为紧张，话也多了不少：

问：你于今年2月和3月所做的关于希特勒死亡的供述自相矛盾并且与事实不符。我们期待你重新认真地回答这个问题。

答：我说的都是事实。我确认希特勒和埃娃·布劳恩于1945年4月30日在总理府下面的地堡里共同自杀。当时的情形是这样的：与希特勒告别两小时之后，我再次回到元首地堡当中。地堡里烟雾弥漫，这让我很吃惊，因为在希特勒身边是不允许抽烟的。戈培尔博士、赖希施莱特·鲍曼和拉滕胡贝尔中将等十五到二十名党卫军将领在紧张地交谈着。我赶忙朝戈培尔博士、拉滕胡贝尔和鲍曼他们走去，我问他们是不是一切都结束了。他们的回答是肯定的。"遗体在哪里？""他已经走了，被烧了。"我听到一名党卫军补充道："他已经被烧成了灰烬。"我问拉滕胡贝尔将军，希特勒是用什么自杀的。他回答道："用一把零点八口径的手枪。"

调查员们知道他们没有办法审问拉滕胡贝尔，阿巴库莫夫的人永远不会答应的。所幸，鲍尔是一个脆弱的人，并且身受重创。他并没有从1945年5月初从地堡逃离时失去右腿的经历中恢复过来。他的身体状态丝毫没有好转。安插在他牢房中的苏联"间谍"发现这个飞行员的精神每况愈下。对于苏联人而言，鲍尔身上已挖不出什么新料。如果有任何关于独裁者之死的秘密，他也很难向他们隐藏。为了让他招认，苏联人会用错误的信息来引导他说出真相。

问：根据我们所拥有的材料，1945年4月底，希特勒已经离开柏林。这就是为什么我们认为你的供述与事实不符，我们劝你最好说出真相。

答：这完全是谎言。我就在他临死前不久才跟他告别。当时是1945年4月30日晚上6点至7点（鲍尔是唯一指出时间是6点至7点之间的人。林格和京舍都声称希特勒是在下午4点左右自杀的，作者注）。我和贝茨（希特勒的第二个飞行员，他在1945年5月初试图从地堡逃走时被苏联人击毙，作者注）被一同叫到元首地堡中。我绝对不可能是和真的希特勒之外的任何人说话。况且，我跟希特勒很熟悉，这也就是为什么有人会叫我去鉴别一个与他看起来很像的人。

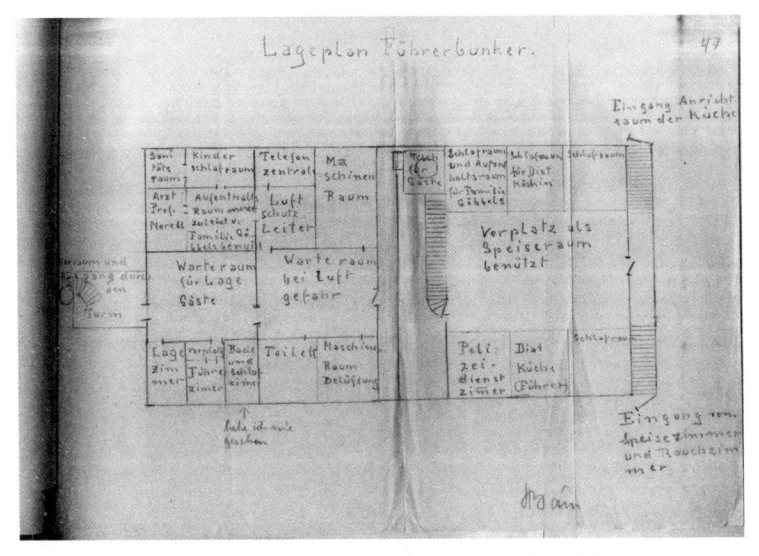

汉斯·鲍尔在苏联调查员要求下绘制的元首地堡图。
他在右下角指出自己从未到过元首的私人房间。（"加尔夫"局档案）

在不知情的状态下，鲍尔碰巧触及了苏联调查员最大的一个疑惑：替身说！

1945年5月2日柏林被攻破后，"假希特勒"的谣言迅速传遍了整个世界。和其他所有的独裁者一样，纳粹德国的首领难道不会借用替身来躲过一些潜在的袭击？

然而，鲍尔否认了另一个"希特勒"的存在。他声称自己从未听说过这件事。调查人员很想试图摧毁这个飞行员本就不坚定的信心。汉斯·霍夫贝克，一名普通的党卫队下级突击队长（少尉级别），也是从柏林押送到莫斯科的七名关键证人之一。霍夫贝克是希特勒的贴身警卫之一，1945年4月30日，他也在地堡当中。他曾被任命为元首地堡保卫部部长。鲍尔不知道的是，这名士官披露了地堡当中有希特勒替身的存在。于是，他们便安排了一场两人之间的对质：

问霍夫贝克：请重复一遍你之前所说的关于纳粹总理府地堡有一个长得很像希特勒的人的供述。

答：总理府里有个门卫。他与希特勒有几分相似，比如：他的头发翻折，并略向右边太阳穴倾斜，留着黑色的小胡子，鼻子尖尖的。但是，相较希特勒，他身材更为矮小和瘦弱。他身上穿着一件棕色的制服大衣，像党服的颜色。由于他长得与阿道夫·希特勒神似，所以同事们有时会开玩笑地叫他"元首"。

我曾亲眼见过这个人。从远处看，他与希特勒很像，但是近看之后就很难将他认错。我记不起他的名字了。

问鲍尔：你上次说总理地堡里没有与希特勒长得像的人。现在，亲耳听到霍夫贝克的供述之后，你有什么好说的？

答：我完全不知道这个人的存在。拉滕胡贝尔中将曾亲口跟我说，在布雷斯劳有一个人长得像希特勒。这件事是拉滕胡贝尔在十或十二年前告诉我的。但是我从未亲眼见过这个人。

为了确保纳粹分子没有将希特勒的替身焚烧来暗度陈仓，苏联只能出此计策。然而，鲍尔的证词并不足以让他们信服。为了证实1945年5月在元首地堡发现的尸体身份的真实性，他们只能试图在希特勒的身上尽可能地找出一些细节特征。验证约瑟夫·戈培尔的尸体非常容易，因为他的身体畸形（患过小儿麻痹症，他的右腿比左腿短几厘米），极具辨识度，所以没有任何争议。而对于希特勒，问题就没有那么简单了。1946年5月，苏联人没有收集到任何有关他身体上的畸形信息。但是谁知道呢。也许，他周围的人了解到的一个细节可以让局势转变？

于是，他们提审了汉斯·鲍尔：

> 问：你知道希特勒有什么身体缺陷或是特征印记吗？
> 答：我完全不知道希特勒有什么身体上的缺陷。我唯一知道的是，世界大战（第一次，作者注）期间，希特勒曾经遭受过毒气的侵害。至于有没有留下伤口，我就不清楚了。但是，很显然在中毒之后，他便开始限制自己的饮食，成为了一个严格的素食主义者。此外，希特勒还有一颗假牙。

京舍在苏联军官面前给出了相同的答复，对于希特勒的身体特征，他也一无所知：

> 据他自己所说，希特勒从1944年年中开始就饱受一种神经性疾病的困扰，这一点从他左臂的颤抖中也能看得出来。我不知道他还有哪些身体缺陷。我只知道1914年到1918年世界大战期间希特勒留下了两处旧伤，其中一处是毒气导致的窒息反应。另一处，我就不得而知了。

问：你知道希特勒的血型吗？

答：不，我不知道希特勒的血型。

当鲍尔和京舍在秘密审讯室里遭受连番的拷问轰炸时，林格正在别处接受着特殊的对待。因为他是第一个发现希特勒尸体的人，调查员们要求他事无巨细地重新将1945年4月30日所看到的情形讲述出来。而这一次，所有的讲述，都会直接在现场，在元首地堡的内部进行。这样，所有的矛盾点都会被揭露出来。他被直接押送到了新纳粹总理府的废墟处，众多苏联军官正在那里等待着他，其中就包括索科洛夫斯基元帅，苏军驻德国控制区总指挥。

我们今天让你来帝国总理府地堡希特勒曾经居住过的这些房间。你所看到的这些房间是否和希特勒生前的布局和装饰完全一样？

林格：是的。今天我在帝国总理府地堡看到的这些房间和当时布局完全一样。特别是有一些我曾经在希特勒以前的卧室里见到过：这个浅木色的单衣柜、那个开着的防火保险箱，以及在他工作室中的长沙发和与衣柜同样木质的办公桌。长沙发上盖着浅蓝色的遮布，上面印着花形图案。长沙发和办公桌的位置和希特勒在地堡生活时完全一样，也就是说，长沙发靠着墙，正对着进门，而办公桌靠着这扇门右侧对面的那堵墙。

为了把讲述的内容更清晰地展现出来，林格被要求绘制一幅希特勒房间的地图。他非常认真地照做。

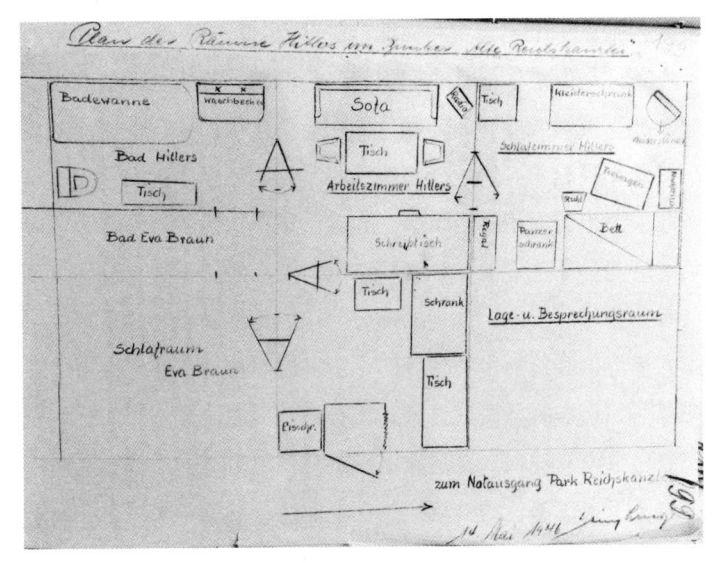

海因茨·林格在苏联调查员要求下在地堡中绘制的希特勒公寓地图。
("加尔夫"局档案)

林格出来之后,希特勒的办公室又涌进来一批苏联刑法学家。在他们当中,有一位显得格外从容。他的名字叫作彼得·谢尔盖维奇·塞梅诺夫斯基,已六十四岁。他毕业于享有盛誉的塔尔图大学,位于今天的爱沙尼亚,同时精通德语的他在国内拥有着极高的威望。正是他,建立了苏联国内的犯罪科学。他的声望甚至传出了国门,当选巴黎国际人类学研究所荣誉会员。睿智、高效而个性强烈的他还首创了指纹分类法。他的研究成果得到了渴望最大化将公民归档的苏联政府的极大赏识。当接收到内务部部长这一秘密任务要求时,塞梅诺夫斯基一秒都没有犹豫。调查希特勒,这正是一个与他的才能相符的任务。

1946年,塞梅诺夫斯基的调查距离假定希特勒自杀日期已经整整过去一年。这期间,数十位甚至可能有数百位士兵和其他的苏联军官破坏过现场。这对于任何优秀的刑法学家而言都是灾难。身处地堡现场的塞梅诺夫斯基近乎绝望。当然，他也曾料想过任务的艰巨和即将遇到的恶劣工作条件。但是，他有时间抱怨吗？即使是他这个刑侦权威也没有犯错的余地，否则就要立即为此付出相应的代价。摆在他面前的只有一条路，接受并且成功。这位老法医小心翼翼地环顾了一圈这间屋子。前厅只有几平方米的面积。最多十平方米。很快，他的双眼已经适应了这里昏暗的灯光。在这之前，林格的审讯笔录已经交予他看过。但不是全部。只有那些可以帮助他分析的部分。比如希特勒坐着的长沙发、身体当时摆的姿势、开枪射击的位置……血，需要找到血迹。这位法学家展开了搜寻。如果当时是开枪自杀，那势必会出现血迹。这张长沙发既没有遭到盗窃也没有被毁。真是一个好机会。塞梅诺夫斯基让他们将沙发的扶手取了下来。深色的溅落痕迹在上面清晰可见。同时，在墙上，他似乎也发现了一些血迹。这并不是头部开枪溅出的痕迹，而是在搬运尸体的过程中留下的印迹。苏联专家试图在脑海中重构当时的场景。独裁者的尸体尚存余温，血不断地向外涌出。虽然他被用一块布盖住了身体，但是遮布很快就被血浸湿了。匆忙中，几滴血落在了地面和墙上。

1946年5月复核调查过程中在地堡楼梯墙壁上发现的溅射的血迹。（"加尔夫"局档案）

塞梅诺夫斯基离开前厅，推开围着他的士兵。他不再看他们，一个人沉浸在过去的情景当中。为了更好地集中注意力，他几乎闭上了双眼。那是在1945年4月30日，元首身边最后的亲信将他的尸体一直抬到了花园。血，法学家又发现了一点，更远，在走廊里，而且还不止这些。从希特勒的前厅一直到地堡出口处的楼梯上，到处都是。

法医重新阅读了1945年4月30日参与搬运希特勒尸体的人所供述的笔录：

> 京舍：我立刻赶到地堡的议事厅向大家告知希特勒死亡的消息。他们与我一同来到前厅，看到了两具毫无生气的尸体，一具是元首，另一具是他的夫人。我们用遮布将他们裹了起来。然后，他们就被从议事厅运出，经过中间的屋子到了楼梯，最后被运出了地堡。

> 林格：希特勒的尸体被用一块遮布裹了起来，然后我们将他运了出去。鲍曼和我。我抬着腿，他抬着头。

证词与地堡发现的痕迹相符，而分析结果也证实这些确实都是血迹。

除了血迹之外，复核调查中另一个重要证物就是：希特勒地堡入口前发现的两块头骨。它们所在的位置正是一年前希特勒夫妇尸体被发现的地方。这些新发现的人骨掩藏在地下60厘米深处。经过分析之后，塞梅诺夫斯基认定它们属于同一块颅盖骨，并将它们合在一起，试图拼凑出一整块头骨。他认为，这属于一名成年男子。当然，顶部的那个穿孔也并没有逃过他的双眼。很快，他便联想到了开枪自杀的说法。从射击物离开的角度可以看出，子弹是自下而上、由右向左穿过头部，直向脑后。所以，肯定是从口腔内部或是下巴下方射入。而并非像林格所说是从太阳穴射入。希特勒的侍从是否在这点上撒了谎？苏联调查员们对于他回答的可靠性表示出严重的质疑。在元首自杀的版本上，他们已经将他折磨得几近崩溃。特别是在希特勒开枪射击的问题上。比如，1946年2月28日的审讯：

> 在之前的供述中，你声称在4月30日接近下午4点的时候在希特勒的房间门外，在听到一声枪响之后闻到了一股火药的味道。你还能记起当时听到了几声枪响吗？一声还是两声？
>
> 林格：我必须向你们承认，之前对于这一问题所给出的证词并不准确。我当时没有听到枪响。我只闻到了火药的味道。正是在闻到这种气味后，我赶去通知鲍曼元首自杀了。

1946年2月末，林格已经不成人形。他的体重骤减了十多公斤，皮肤被寄生虫严重蛀蚀。连续几周，他几乎都没怎么睡过。这恰恰是苏联军官们想看到的结果。所有的审讯都被不定期地安排在晚上10点至凌晨5点并非偶然。希特勒的仆人彻底失去了他的骄傲。他身上散发的臭味连自己都无法忍受。这种特别对待的目的就是为了让他崩溃。很显然，苏联人成功了。在连夜不停地回答俄罗斯军官提出的问题并时刻遭受他们的死亡威胁之后，这名曾经的党卫军高官屈服了。他的双眼暗淡无光，嘴巴扭动着，不受控制地苦笑。他再也不愿意保守这份秘密了。这份沉重的秘密。这份让希特勒自杀出现两个版本的秘密：先是毒药，然后是手枪。

调查员们并没有就此轻信。这是否又是这名邪恶的纳粹分子的一个骗局？问题接连而出：

你怎么解释离房间这么近却没有听到枪响的问题？特别是据你自己所说，枪声是一把瓦尔特手枪（纳粹广泛使用的一种德国手枪，作者注）发出的。

林格：枪声是发生在我离开房间到走廊的路上。当我几分钟之后回来时，我闻到了一股火药味。然后，我便马上赶到会议室告诉鲍曼一切都结束了。

林格向地堡的最后这批占领者起誓，自己曾在1945年4月30日接近4点时听到了这声枪响。而这也是京舍向苏联调查员展示的版本。

谁是第一个知道希特勒自杀的？

京舍：林格。他当时正在希特勒房间的门前，离前厅不远。接近4点的时候，他听到了枪响。

……

问：希特勒是怎么自杀的？

京舍：据林格所说，希特勒是从太阳穴开枪自杀的。

不过，林格向所有人撒了谎。他刚刚承认。现在需要知道的是，他是否只在枪响这个问题撒了谎……而仅在一次射击之后是否能够这么强烈地闻到火药的味道，况且还是通过为阻隔化学攻击而设计的房门？

对林格的审问仍在继续：

问：希特勒房间里是否安装了质量良好的通风设施？

林格：是的。希特勒所有的房间都装了，因为他特别讨厌烟味，而且他对味道非常敏感。

问：当时在你和他之间隔着哪些门？它们都是关着的吗？

林格：隔着两个房间的门。所有门都是双层的，希特勒自杀的时候，门都是关着的。

问：那你是怎么隔着这么多扇门并在通风良好的状态下闻到手枪射击的火药味的？要知道这些门都是双层而且是关着的。

林格：我可以确定是火药的味道。但是这个味道怎么传到我这里，我就不知道了。

这名侍从的回答似乎变得越来越混乱。其中的矛盾丝毫没有逃过调查员敏锐的直觉：

问：为什么在你之前的供述中多次宣称听到希特勒房间前厅传来枪声然后告知鲍曼自杀。

林格：我之所以这么说，是因为在光线昏暗的情况下，我关于希特勒自杀的证词会让你们觉得很不可靠，觉得我在欺骗你们。因此，我会声称自己一直站在希特勒的房间门前并听到了枪响。

这一主要谎言直到柏林复核调查的三个月之前才被揭穿。法医塞梅诺夫斯基在他的报告中发现了这一点，并毫不犹豫地舍弃了林格关于射击太阳穴的那部分证言。然而，他采纳了关于死者在长沙发上头部中弹的证言：

鉴于有大量的喷射血迹以及沙发上溅落的流痕，我们可以得出结论，这处伤口引发了大面积出血，可判断属于潜在的致命伤。受伤时，死者正坐在长沙发的右角，紧靠扶手。从喷射和溅落在长沙发上的血迹分布以及它们的外观特征来看，伤口应该位于头部而非胸部或腹部。

　　头部的伤口应由开枪射击所致，而非遭到重物击打。其中一项证据就是靠背、长沙发以及沙发靠背框架上并无喷射血迹。头部伤口处大量流血导致死者失去了意识，并持续昏迷了一段时间，头部向沙发右扶手倾斜。

有了这份笔录，塞梅诺夫斯基便足以将"施密尔舒"在1945年展开的调查一举推翻。除了没有任何证据可以表明这些血迹属于希特勒。经检验，从沙发扶手处提取的血迹样本为 A 型血，这与希特勒的私人医生莫雷尔所宣称的希特勒的血型一致，但同样也与几百万德国人的血型一致。由于没能对国家安全部掌握的尸体进行检测，塞梅诺夫斯基最终的工作成果并不完整，于是，这位恼羞成怒的老刑事学家以私人的名义指责部长维克多·阿巴库莫夫。他在报告中没有给对方留下一丝余地：

　　第一次尸检存在诸多疏漏：没有验查主动脉的变化，没有留内脏切片，检测氰化钾的痕迹。尸体没有能够进行另一次更为彻底的解剖检查，所以 1945 年 5 月所做的第一份尸检报告只能被看作初步工作。因此，经当前调查委员会认定，无法从这份报告得出最后的准确结论。

苏联的政治体系并不习惯于指出上级的失误并将其公之于众。此次柏林任务的调查结果就像一颗炸弹，一触即发。特别是在1946年的这个春末。莫斯科经历了新一轮的肃清运动。一颗颗头颅应声落地，他们中有人身居高位，甚至是站在苏联的权力中心。有战功赫赫的将军，还有卓尔不群的知识分子，这其中最有名的当属朱可夫元帅。1946 年 6 月 3 日，这位在对抗纳粹分子的战争中屡次获胜的军人被无情地剥夺了陆军总指挥和苏联国防部副部长的职务。他被指责"毫不谦逊，利欲熏心"。在这次撤职风波中，仅有一人不降反升，那就是：阿巴库莫夫。

当收到塞梅诺夫斯基的报告时，内务部长克鲁格洛夫一时间不知该如何是好。说到底，报告的结论并没有让他感到惊讶，在这样一个"平静"的政治体制内，他只会感到欣喜。因为他手下的部门真的付出了努力和汗水，并且还原了当时的历史真相。但同时他也十分清楚，攻击斯大林的宠臣几乎就是在阎王殿前唱大戏——自寻死路。他并不想落个像他的同事航空工业部部长阿列克谢·伊万诺维奇·沙克胡林一样的下场：1946年5月11日，他先是被撤职，然后被判处七年的古拉格之刑，罪名是他在空军飞机制造的质量上没有达到斯大林的期许。

三思后，克鲁格洛夫最终决定谨慎行事。老法医的辛苦全都白费了。他的工作成果被小心翼翼地藏在了抽屉的最里面。

6月17日，纳粹囚犯被押回苏联。"神话"行动告一段落。之后的几十年里，希特勒之死的真相依旧不为人知。

2017年夏

莫斯科的雨一直在下。

6月接近尾声。距离上一次俄罗斯首都的愉快之旅转眼已经过去两个月。在这期间，我们一直在试图说服亚历山大，我们外交部的联系人，来为我们争取到检测希特勒牙齿的许可。但是，亚历山大从人间消失了。我们始终没能联系到他，电话和邮件全都石沉大海一般杳无音讯。我们陷入了僵局。这次调查难道就要这样画上句号了吗？一年半的顽强努力难道就是为了等来这样一番困境？我们的受访者有无数次向我们许下承诺，作出保证。"好的，没问题，我们很支持这次的检测，头骨？牙齿？你们想看它们？来吧，我们等着你们！"我们曾企图将这些神秘的缩写符号（GARF、MID、TsA、FSB……）、繁琐的行政手续和严格的等级秩序一个一个地攻破。我们还曾忍受过无尽的内部斗争和自以为是。我们甚至还遭遇过某些受访者的突然离去。这个离去既是字面意思上的离去，也是引申意义上的离去，因为"加尔夫"局里一位支持我们调查的官员在2017年冬天因为心脏骤停而不幸逝世。在过去的日子里，我们很快便发现，当一扇门被打开时，另一扇门一定会被关闭。但是这没什么关系，因为我们根本别无选择。希特勒最后的遗骸，或者说假定遗骸都被存放在俄罗斯。其他任何地方都没有。这一无可争辩的先决条件给了俄罗斯政府无限大的权力，即决定谁能对其进行检测，以及在什么时间检测。

这是一个从1945年5月5日苏联红军在纳粹总理府花园发现假定希特勒尸体的那天开始便持续到现今的事实。我们能够想象到，在这六十多年间，我们绝不是最先想要说服莫斯科当局的人。这种诱惑的练习，被拉娜和我称之为"肚皮舞"。就像在著名的东方舞蹈表演中一样，我们必须保持微笑，就算是受访者态度傲慢，粗鲁无礼，也不能把笑容散去。因为俄罗斯人习惯性地不遵守约定，获得的许可经常会在最后一分钟失效……这时，必须保持冷静，继续激发他们的欲望，那个可以让我们接近这些历史遗物的欲望。游戏从一开始就是不公平的，因为是我们有求于人。然而，我们在跨越这条卡夫丁峡谷时并不孤单，很多更为有名的人也曾与我们同行。这还要从1945年5月的盟军说起。当时在柏林，英美法总参谋部试图诱惑他们的苏联"伙伴"来获取与希特勒有关的信息。他们慷慨地将许多机密文件赠予苏联，希望得到对方礼尚往来的回应。

德国军事管理总部（美国）
情报局局长
APO（陆军邮局，作者注）742

1946年1月8日

亲爱的将军！
我很荣幸地将以下这些文件的影印本寄送给您：
马丁·鲍曼写给海军司令邓尼茨的信；
希特勒和埃娃·布劳恩的结婚证明；
希特勒的私人遗嘱和政治遗嘱。
这些文件最近在美国控制区被发现。我们的文件专家判定它们全部都是真实可靠的。
我相信您和您的下属们一定会对它们产生兴趣。
此致敬礼
恭请麾安

T.J. 柯尼希
临时情报局总参谋部陆军上校

致西德涅夫总参谋长，
柏林，路易斯大街 58 号，指挥中心

这份信函里双方秘密机构负责人之间格外友好的语气与现实形成了强烈的反差。在柏林，盟军与苏联的关系从 1946 年初以来便不断恶化。俄罗斯人拒绝将他们手上关于希特勒的资料分享，最终的破裂正在一步步无情地逼近。美国陆军上校柯尼希无法对此坐视不理。他的这封信更像是伸出一只手，做最后的一次和解试探。

对于这次和解，冷酷的阿列克谢·西德涅夫轻蔑地一笑置之。这位先后在柏林"施密尔舒"部队和人民内务委员部任职的三十九岁的将军已经见识过一部分美国人发来的文件，特别是希特勒的遗嘱。早在一周以前，英国人就已经把它们送到他的手上。很显然，英国人在做这个决定的时候并没有与他们的美国盟友商议。

总参谋部
德国占领区委员会
英国部
情报组
1945 年 12 月 31 日
柏林

致：柏林苏联红军总部
　　情报局局长

西德涅夫总参谋长

内容：希特勒遗嘱

内附发现的希特勒遗嘱的影印本。该文件于1945年12月30日传送与英国媒体。

签名：上尉沃利斯

很快，来自盟军的"礼物"就中断了。1946年3月5日，在美国总统哈里·杜鲁门的陪同下，温斯顿·丘吉尔在位于美国密苏里州富尔顿市的威斯敏斯特学院发表了一篇演说。1945年7月立法选举失败之后，丘吉尔便不再担任英国首相一职，但他依旧是在国际上举足轻重的政治人物。他身先士卒地公开表达了对苏联政治威胁的担忧：

不久前刚被盟国的胜利所照亮的大地，已经罩上了阴影。没有人知道，苏联和它的共产主义国际组织打算在最近的将来干些什么，以及它们扩张和传教倾向的止境在哪里，如果还有止境的话。……从波罗的海的什切青到亚得里亚海的里雅斯特，一道横贯欧洲大陆的铁幕已经降落下来。……现在，如果苏联政府试图单独行动，在他们的地区建立一个亲共的德国，就将给英美两国占领区造成严重的困难，赋予了战败的德国人以在苏联和西方民主国家之间抬价的权力。这些都是事实。不论我们从中得到什么结论，这肯定不是我们进行武装斗争所要建立的解放的欧洲，也不是一个具有永久和平必要条件的欧洲。

斯大林毫不犹豫地抓住机会坐实了与西方世界阵营之间的嫌隙。1946年3月14日，在接受苏联日报《真理报》采访时，他向曾经的盟友展现出了一副前所未有的傲慢姿态：

> 记者提问：我们是否能够认为丘吉尔先生的演说破坏了世界的安全与和平？
>
> 斯大林：毫无疑问，是的。实际上，丘吉尔先生当前扮演了一个战争煽动者的角色。而且，他不是一个人。英国和美国都是他的朋友。
>
> 值得注意的是，在这份演说中，丘吉尔先生和他的朋友不禁让我们回想起当初的希特勒和他的朋友。丘吉尔先生今天正处于一个挑唆战争、煽动对抗苏联的位置。[1]

拿英美国家与希特勒做比较?！斯大林以迅雷不及掩耳之势触动了我们今天所说的戈德温法则，并且将两大政治阵营推入无法回转的境地。从此以后，西方世界和苏联的秘密机构失去了一切联系。这道"铁幕"同时也降临到了希特勒的档案上。

然而，对于希特勒死亡情形的调查仍在继续。每个阵营都尽全力利用自己手上所掌握的信息。在这场角逐中，苏联保持着绝对的领先优势。1945年4、5月间，苏联人在第一时间赶到柏林。他们没有给英美国家留下一丝反应的机会便将成千上万份档案文件收入囊中，并扣押了一大部分希特勒最后的亲信。同时，盟国那边在德国西部也抓获了几名证人，如希特勒的牙医；并且发现了一部分极具价值的文件——希特勒的医疗档案以及面部放射照片。这些文件已经撤销密级，可以直接获取。这是一个我们不会放过的机会。

希特勒面部的五张放射照片如今藏于美国档案馆之中。在这些1944

---

[1] 《新苏联》，1946年3月16日，第86期。

年拍摄的底片上，我们可以清晰地分辨出他的颌骨和牙齿。有了这些底片，我们就可以对比鉴定俄罗斯联邦安全局在2016年12月给我们展示的希特勒的牙齿。但首先，我们必须确认这些放射照片的来源并确保它们的真实性。

雨果·布拉什克曾在1934年至1945年4月20日担任希特勒的私人牙医。这个普鲁士人富有教养、精通英德双语。但同时，他也是一名坚定的纳粹分子。从宾夕法尼亚大学牙医学院毕业后，他回到了祖国，以"战地医生"的身份参加了第一次世界大战。1931年，他加入纳粹党，并在1935年以少校军衔加入党卫队。凭借戈林的举荐，他成为了纳粹高层精英的牙医。他的病人包括希姆莱、戈林、戈培尔、鲍曼、施佩尔，甚至还有希特勒和埃娃·布劳恩。忠诚和付出令他获得了荣誉教授和党卫队区队长（旅长）的头衔。1945年5月20日，美国人在贝希特斯加登将他逮捕，并在同年11月和12月对他进行了审问。目的是希望从布拉什克这里获得关于希特勒牙齿的最多细节，并以此来对他的尸体进行鉴定。

虽然牙医身上没有他的放射照片，也没有病人简历，但是所幸他的记忆过人。他为我们的调查提供了至关重要的信息，特别是有关希特勒患有严重牙疾的事实。他曾有大量的龋齿。同时，他还患有牙龈炎和口臭。为了保住自己的牙齿，他在口腔内植入了许多齿桥。尽管一直在治疗，但剧烈的牙痛从未停歇。布拉什克讲述道："1944年9月底，我被叫到总部。希特勒不停地抱怨自己的上颌牙龈疼。他卧床不起。正如他的医生莫雷尔告诉我的，他深受鼻咽部炎症的困扰。"[1]1945年1月，长期受牙痛折磨的希特勒命令他的牙医搬到总理府，住在他的地堡旁边。

---

[1] 转引自雷达尔·福斯克、索尼奈斯、费迪南德·斯特伦：《希特勒的牙科学鉴定：X射线照片、问询和尸检》。

不过，希特勒只在 2 月找他做过一次表面检查。

苏联军队逼近柏林城下之时，牙医获准在 1945 年 4 月 19 日到 20 日夜里逃走。包括希特勒本人的在内的所有医疗档案全部在飞往上萨尔茨堡方向的飞机上丢失了。而搭乘另一架飞机的牙医安然无恙地抵达了巴伐利亚州。

幸运的是，美国人很快便找到了希特勒的其他医疗档案。特别是这五张在 1944 年 7 月 20 日希特勒遇刺后拍摄的面部放射照片。其中三张放射照片由吉辛医生于 1944 年 9 月 19 日在东普鲁士拉斯滕堡军事医院拍摄。埃尔万·吉辛是希特勒的私人耳鼻喉医生。这些放射照片分别展示了额窦（鼻—前额位置）、蝶窦（口腔—下巴位置）以及颌窦、筛窦和额窦（下巴—鼻子位置）。

另外两张放射照片拍摄于 1944 年 10 月 21 日，发现于希特勒的私人全科医生莫雷尔的文件之中。后者向美国人宣称自己已经记不得当初拍摄这些照片的情形了。这两张照片展示的是希特勒的颌窦、筛窦和额窦（下巴—鼻子位置）。

为了证实这两组照片属于同一个人，调查者比对了两幅额窦的形状。最终检查结果是匹配的。希特勒的窦形很大，说明他曾经常患有鼻窦炎。

二十三年间，这些信息一直没有得到利用。苏联人从未允许美国人靠近希特勒和埃娃·布劳恩的尸体半步。况且，官方宣称没有找到尸体，他们又如何能给别人赋予这一特权。然而，随着 1968 年一部轰动一时的著作发表，这个说法立刻受到了极大的质疑。曾经的随军翻译叶夫·别济缅斯基以记者的身份在西德出版了一本书，名叫《阿道夫·希特勒之死》。1945 年 5 月柏林沦陷以来，苏联人散布的尸体秘密第一次被以有力的图像证据公开揭露。这些证据主要是希特勒的牙齿照片：一个连接九颗牙齿的上颌齿桥和有着十五颗牙齿的下颌。

得益于这本书，布拉什克的证词和那些放射照片终于派上了用场。

1972年，两名挪威科学家，时任美国波士顿哈佛牙医学院院长雷达尔·福斯克·索尼奈斯与法医牙科学先驱费迪南德·斯特伦（运用牙齿来鉴定死者），决定对希特勒的牙齿进行首次全面检查。

这次检查的条件并不理想，因为两名科学家没有办法亲眼见到这些牙齿，它们仍以"国防机密"的名义被封存在莫斯科。他们只能以档案文件为基础进行分析。一边是来自美国秘密机构的材料：希特勒牙医的审讯报告和五张放射照片，另一边是苏联红军前翻译的著作中公布的照片。在当时，根本没有办法证实别济缅斯基的可靠性，所以这些照片在使用时仍需保持谨慎。但没关系，索尼奈斯和斯特伦认为他们有足够的信息来开展工作。他们坚信可以为希特勒逃走并在纳粹德国倒台后幸存的疯狂谣言画上句号。他们开展工作的时代背景十分特殊。1970年初，纳粹再次成为了人们谈论的焦点。这全要归功于"纳粹战犯缉捕人"克拉斯菲尔德夫妇和以色列情报机构摩萨德。人们发现许多纳粹高官正安然无恙地在南美洲的极权共和国里生活。其中有一些先后被逮捕，如艾希曼和巴比。还有一些，如门格勒，他曾因在囚犯身上做残忍的医学实验而被称作"死亡天使"，则逃脱了法律的制裁。如果这些人可以在1945年从德国逃走并找到避难所，那为什么德国元首不可以？！在这样充满神秘和谣言的氛围中，牙医索尼奈斯和斯特伦出现了。

在这些放射照片上，我们发现右后部的牙齿缺失。在颌骨左部，假牙的位置十分明显。

下颌处，我们可以清晰地看到左边有三个根部支撑齿桥。齿桥之上，希特勒只有四颗自由的牙齿：下颌左右的门牙。

当原始材料能够得出最终结论时，我们发现根据美国人和苏联人各自的数据分析所建立的牙齿鉴定具有出奇的相似性。此外，在现存牙齿、缺失牙齿以及修补和替换的牙齿上也存在极大的相似性。同时，我们还注意到其他的一些特别区域，特别是围绕在犬牙和右下第二前白齿之间充当齿桥的单一牙箍，以及门牙根部周围凹陷的牙槽。

在对这些牙科档案进行过全面的比较后，我们得出结论，根据1972 年美国国家档案馆中关于希特勒 1945 年档案所确定的个体与 1945 年尸检个体同属一人，该尸检报告在苏联档案馆 1945 年未知文件的基础上于 1968 年发表。[1]

这是战后至今第一次由非苏联科学报告来证实希特勒的死亡。事件在当时引起了极大的轰动。但是，由于没有直接接触尸骨，所以人们对此仍然存有疑虑。

距索尼奈斯和斯特伦的工作已过去四十五年，菲利普·沙利耶得以再次对这些牙齿进行分析。和那两位挪威专家一样，他也没有亲眼见过这些牙齿。但是，他拥有我们在 2016 年 12 月所拍摄的照片和视频。因此，他可以将这些图像资料与希特勒的面部放射照片进行比对。他的结论没有留存任何疑问：

将假牙、骨组织以及希特勒在世时的照片进行对比。
我们可以从牙齿和骨骼中看到碳化、切割和分裂的病变症状以及一处磨损，口腔内上下两处的金属加固装置与底片所呈现的内容

---

[1] 雷达尔·福斯克·索尼奈斯、费迪南德·斯特伦：《希特勒的牙科学鉴定》。

完全吻合（面部放射照片和细节照片）。但是，根据现有的观察条件，完全无法判断出死者的性别与年龄（除了可以判断为成年人以外）。……

总结：阿道夫·希特勒在世时的放射照片与现存的牙齿组织完全吻合。……

沙利耶医生的检查进一步证实了之前两名权威专家的结论。这就是希特勒的牙齿。我们的调查可以告一段落了。再也不用为此不断骚扰亚历山大了。同时，我们对于重新回到联邦安全局总部和菲利普·沙利耶一起检查1945年收藏至今的珍贵颌骨也已不抱任何希望。没想到一切竟会进展得如此容易。

2017年7月12日。夏天迟迟不愿拥抱莫斯科。天空与灰色的人行道融为一体，只留下了一条难以穿透的悲伤的天际线。暴雨冷漠地洗刷着行人寥寥的街道。我们和菲利普·沙利耶站在了普京的城市里，带着一个小行李箱，里面装着一台最新式的双目观察镜。卢比扬卡、厚重的大门、严格的身份检查、森严的警卫和紧张的氛围……我们又经历了去年12月的情形。亚历山大很喜欢搞反转。两周之前，他又告知了我们联邦安全局的答复。"你们可以回来。还有医生沙利耶。你们的申请通过了。要知道，在你们之后就不会有任何鉴定检查了。我们统统都会拒绝。"为什么会改主意？这个问题我们最终没有问出来。我们不想再为对方提供任何变脸的借口了。

在卢比扬卡大楼的内部，进门大厅里，一个留着淡淡胡须，略显年轻的男人站在警卫人员身后等待着我们。他叫丹尼斯，前来代替去年12月护送我们进入总部的联邦安全局官员德米特里。我们只知道他们的名字，从来不清楚他们姓什么。可这真的是他们的本名吗？他们两个人的名字都是以字母"D"开头。显然，这一定是个巧合。像是提前沟通过一样，丹尼斯向警卫微笑了一下，后者开始检查我们的护照。没有任何问题。我们进入了同一个电梯，来到了同一个楼层。第三层。依然还是同一个小房间，344办公室，位于没有真窗的走廊右侧。

办公室里没有任何变化，只有那棵小小的圣诞节冷杉不见了。周围还是站着许多监视着我们的政府官员，其中就有金黄色头发、身材高大的年轻女士，她曾一度对我们的到来深感不屑。这一次，她身穿一条尼龙花裙，裙子很短，甚至可以看到她结实的膝盖。她紧绷的面容与这身装扮所散发出的光彩形成了鲜明的对比。然而，我们的微笑并没有将她感染。也许与花一下午时间陪几个外国人相比，她还有更好的选择？答案显然是肯定的。拉娜将菲利普·沙利耶介绍给站在我们身边的五位男士和这位年轻的女士。小行李箱吸引了大家的目光。他们希望检查法医的设备。我们与亚历山大达成了协议，检查过程中不会提取任何样本。所有的过程全部是视觉观察。这个要求没有任何商量的余地。为了遵守俄罗斯方面严格的要求，菲利普·沙利耶带来了他的双目观察镜。这个设备不会对观察对象产生任何损害，并且可以在观察时将对象放大至三十五倍。他还可以用内置的数码相机进行拍照和摄影。

拉娜向她的同胞们一一列举这个观察镜所有的技术特征。丹尼斯问道，这个机器上是否会有光。"光？是的，会有一点儿……"我们还没来得及把话说完，一片"不行"便响彻整个房间。所有人都很激动。光这件事把他们激怒了。"激光不可以，绝对不可以！"我赶忙走向拉娜，让她把大家安抚下来。里面只有一个内置的照明灯，不是激光。翻译，快，说清楚。拉娜迅速照做了。设备放在桌子上。接上了电源。灯光打开了。不是激光灯！这不是激光灯！我们三个坚持道。丹尼斯仔细观察了设备后转身和他的同事们进行确认。可以！菲利普·沙利耶与我跟拉娜对了一个眼色。现在是下午2点，整整十八个月的等候，我们现在终于可以对希特勒的遗骸进行鉴定了。

尽管收到了联邦安全局的命令和指示,这位身着夏裙的年轻女士依旧难掩对我们能够亲手摆弄牙齿这件事的厌恶之情。她拿起了那个小雪茄烟盒,并刻意将它远离沙利耶。面对这样情形,后者的反应温和而冷静。他请拉娜来为自己翻译:"告诉她,我只会用消过毒的无菌手套来检查这些牙齿。我的手套,你们看,都是全新的。我可以在你们前面来把它戴上……"他抓起一个医用口袋,将它撕开,并从里面取出无菌手套。然而,他小心翼翼地在这位联邦安全局的女官员的注视下把它戴上。"现在,我装备好了,最好请她来把这些颌骨一次一块放在我前面的这张无菌纸上。这样,样品就完全不会被污染。"菲利普·沙利耶缓缓说道。他专业而权威的嗓音最终说服了这位年轻女士。出乎我们所有人的意料,她顺从了医生的要求。

四周安静极了。只能听到牙齿放在纸上的簌簌声。法医小心地拿起它们,用手转动着。检查的第一步需要核实这些牙齿的真实性,确保它们不是仿造的。俄罗斯联邦安全局的团队完全有能力根据希特勒的放射照片和牙齿档案制作出一个赝品。因此,必须对一切保持怀疑的态度,在这一点上我和拉娜深有同感。要知道,我们可是站在整个世界最强大又最具争议的秘密机构之一的中心。因此,操纵是可能存在的。如果没有考虑到这一点将会是一个非常严重的专业失误。于是,我们开始寻找磨损和生锈的痕迹以及能够证实牙齿的年代性和真实性的特征。"这真的很有趣。"法医一边放大一边小声说道,"在这副假牙上,沉积的牙垢清晰可见。我可以从中辨认出一些有机残留,一小部分牙龈,可能还有一处黏膜和部分碳化的软组织。假牙的黄色金属上出现了多处细小的条痕。这与食物所产生的结晶物完全一致。对我来说,这副牙齿没有任何问题,这些假牙绝对是真的。牙垢的沉积足以说明它们被佩戴了很长的时间。我认为,年代性与第二次世界大战高度吻合。我可以确定地说,这不是伪造的!"

这些牙齿没有被苏联国家安全委员会或是它的继任者,俄罗斯联邦安全局所伪造。它们是真的,正是希特勒面部放射照片中的牙齿。它们的形状,以及佩戴的假牙,全都没有任何问题。这些就是纳粹独裁者希特勒的牙齿。我们终于又前进了一步。下一步,我们需要证实希特勒是死于1945年4月30日的柏林。而非在巴西享年八十五岁,或是死于日本或者阿根廷的安第斯山脉。证据是科学的,而不是臆想的。冰冷冷的科学。

"他的牙齿状况非常糟糕。"沙利耶观察道,"这里患有牙周炎(牙根处黏膜受到破坏,作者注)并伴随周围牙齿脱落。"这点与他的牙医布拉什克医生的说法一致,即向美国人指出希特勒长期患有慢性牙龈炎的症状。"这个疾病的原因很多。"沙利耶继续说道,"如抽烟、营养不良、吸毒、慢性口腔感染和素食主义。"希特勒不抽烟,质量上和数量上都不缺营养,但他是一名素食主义者。在当时,由素食主义引发的营养缺乏病没有被人们发现,因此也就没有对损失的营养进行额外补充。碎片开始一点点地拼接起来。但是,还需要更近一步:了解他是怎么死的。

"不要拍我!不要拍照!"威胁的语气和她裙子上的花纹形成了极大的反差,这位联邦安全局的女官员非常介意我把她拍进了我的镜头里。拉娜熟练地上前安抚她的情绪。永远不能忘记我们在哪里。一个响指或是对花裙子的一次冒犯,都有可能让这一切就此结束。我诚挚的歉意最终得到了所有人的满意。鉴定继续进行。

接下来就需要在牙齿中寻找酸化痕迹和武器的火药粉末。根据之前的说法,希特勒是用氰化物和/或手枪射击头部自杀。如果射击发生在口腔内部,火药粉末、锑、铅和/或钡可能还会存留在里面。

法国医生敏锐的目光从不同的颌骨碎块上逐一扫过。每一块都有很明显的碳化痕迹。"从中我们可以看出，它们当时曾暴露在火焰当中。"沙利耶解释道，"骨骼、黏膜以及牙齿根部大量的黑色痕迹可以还原出当时高温碳化的情形。火焰一定非常猛烈，因为它甚至烧毁了一部分牙根，以至让牙本质都暴露出来。"根据林格和京舍的供述，希特勒的尸体曾在二百升的汽油中进行焚烧。火势异常凶猛，但是持续时间不长。这些说法与法医的观察完全一致。法医发现，牙龈和肌肉的残留部分依旧非常明显。这说明尸体并没有被彻底焚烧。1945年4月30日，苏联对纳粹总理府不间断的轰炸阻碍了希特勒的火化。元首地堡中没有人愿意冒险待在花园里来看着大火将希特勒夫妇的尸体完全烧尽。"我觉得我找到了一些东西……"菲利普·沙利耶说着将一处假牙放到了最大。双目观察镜中反射的图像立刻展现在手提电脑的屏幕之上。一大片模糊的内容逐渐清晰。"你们看这里，假牙上的合金经受了严重的变质反应。我们可以辨认出位于上部的牙釉质。"事实上，金属镀金的部分已经被洞穿；隐约可以看到里面的牙白。"我们看到的这处是前臼齿。"法医继续说道，"那么，是什么造成这样的结果？"很多假设都有可能成立。也许是制作的问题？也许是假牙的质量问题？但这都可能性不大，因为希特勒的牙医非常有名。他绝不会冒险用这样低劣的处理方法来挥霍掉自己的声誉。"那这就有可能是由酸造成的一种金属氧化现象。"氰化物？在前臼齿上？这说得通吗？希特勒也许是用他的后部牙齿咬碎了装着毒药的安瓿，所以可能是臼齿或者前臼齿。其他的牙齿上也出现了类似的氧化痕迹。在唯一一次对假定的希特勒进行尸检的过程中，苏联人指出："口腔内发现了玻璃裂块和医用安瓿瓶顶端的细小碎片。"六十多年过去，是否还有可能在里面找到这些玻璃裂块呢？

双目观察镜发生了奇迹。它帮助我们看到了肉眼会忽视掉的画面。菲利普·沙利耶从来没有对他的设备如此满意过。接着，他便开始继续检查残留的牙垢，突然他不经意间发现了一些晶状物并很快将它们辨认出来。"这些是氧化硅颗粒。它们紧紧地卡在牙本质和牙骨质（牙根部包裹牙本质的组织）之间。希特勒是曾经被埋在沙子里吗？"氧化硅是一种常见的矿物质，我们可以在沙子、水泥，甚至是实验室的玻璃制品中发现它的踪迹。它对于酸性物质有着极强的抵抗力，其中就包括氰化物。但回到刚刚沙利耶医生的那个问题：希特勒曾经被埋在沙子里吗？答案很难给出。理论上来说是没有的。他的尸体是在总理府的花园里被发现的。退一步说，尸体中发现水泥的痕迹也并不奇怪，因为地堡就在附近而且遭遇过炸弹的轰击。况且，氧化硅本身就是一种在土壤里随处可见的矿物质。当用于制作实验室玻璃器皿时，它的微观形状相比于自然状态而言会发生非常剧烈的变化。而牙齿中发现的这些氧化硅并不像是实验室玻璃中的氧化硅。因此，对于菲利普·沙利耶而言，这条线索又再次中断了。

相反，法医对牙齿上的蓝色痕迹所表现出的态度则非常谨慎。"在这颗牙齿表面，有一处非常奇怪的蓝色残留，对于这一点，我也很难给出解释。在死者临终时是否曾受到过外界物质的作用？或者是在入土时发生了一些反应？"这处蓝色非常鲜艳，几乎可以被称作"克莱因蓝"，就像用画笔涂抹上去的一样。但是，痕迹很小，几乎拿肉眼也难以发现。而这颗牙齿是希特勒为数不多的一颗原生牙齿。也就是说，它是一颗真牙。"我们可以清楚地看出牙齿的生长轮、表面状况、牙釉质、纤维残留以及牙垢……当时一定有某种物质和这颗牙齿发生了反应，但是我不知道是什么。肯定不是牙垢，这一点我很确定。"法医陷入了沉思。他从来没有见过这种情况。"氰化物不可能直接与牙釉质发生反应，并且将牙齿染成这种蓝色。不论是从物理还是从化学角度来说，这都是说不通的。"然而，蓝色痕迹就是这样存在了。"我需要去查阅一些法医文献，特别是毒理学方面的内容，因为这个问题我真的无从下手。"接着，法医的注意力转移到了其他的牙齿残块上。"你们看！我们在其他的牙齿凹槽处也能发现这种蓝色。假牙的表面也有。"同样颜色的微小残留又出现了。一些沉积物的残留将它们部分覆盖。所以，一开始，菲利普·沙利耶把它们看成了牙垢。因此，这些蓝色痕迹应该出现在希特勒死前的几周，甚至是数月之久。但很快，法医便纠正了自己的错误。这就是沉积物，并且出现在尸体入土之时。那么，这些蓝色斑迹是不是希特勒中毒的征象呢？但如今，由于不可能对牙齿样本进行提取，所以法医也无法回答这个问题。

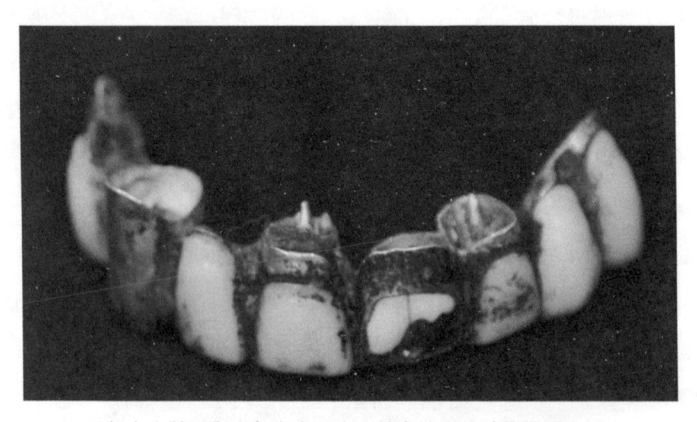

保存在俄罗斯联邦安全局中央档案馆中的希特勒牙齿。

鉴定接近了尾声。所有的牙齿都经过了仔细的检查分析。几分钟前，我便听到拉娜在房间的后面与丹尼斯小声地交谈着。我跟她示意我们已经结束了。两个小时已经足够了。剩下的鉴定步骤就需要带着双目观察镜记录的图像回到巴黎继续完成。拉娜并没有注意到我。她异常激动。"他们要给我们展示埃娃·布劳恩的牙齿。这可是破天荒的头一回！"纳粹元首夫人的牙齿碎块！菲利普·沙利耶还坐在他的机器面前。"我也可以检查它们吗？"他简单地问道。拉娜走到联邦安全局的官员当中，对他们表示感谢。所以，我们现在有了埃娃·布劳恩的牙齿。具体来说，是假定的牙齿。因为，与希特勒相反，我们并没有放射照片来确定这些牙齿的真实性。出于谨慎，菲利普·沙利耶更换了消毒手套，又拿出了一张新的无菌纸。准备好之后，他向那位年轻的女士示意。后者打开了一个盒子。这个盒子比装希特勒牙齿的那个要小得多，但同样非常"别致"。它看起来像一个装耳环的首饰盒。盒子内部，三颗牙齿摆在一片棉絮之上，分别是臼齿、前臼齿以及一颗黄色金属制成的假牙，后者紧紧地将它们连在一起。"谢谢。"沙利耶一边将它们拿过来一边连连道谢。他轻轻地将它们放在观察镜的中间，开始进行对焦。

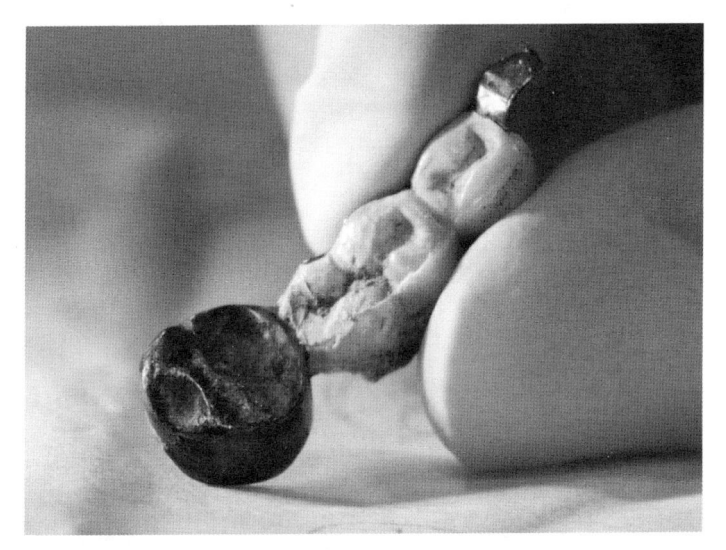

俄罗斯政府提供的埃娃·布劳恩的部分牙齿，藏于俄罗斯联邦安全局中央档案馆。

初步观察马上开始："我们在这些牙齿表面也看到了同样的蓝色残留！"随后，他又谨慎地补充道："是在这些假定的埃娃·布劳恩的牙齿上面。"很多的迹象都证实了之前的假设，这些残骸经历了同希特勒尸体一样的死后处理，即焚烧碳化和在相似地理环境中的掩埋。"它们曾经历过同样的碳化过程。假牙上的牙垢残留和氧化硅与之前的牙齿完全一样。我们还可以清楚地看到假牙金属上的磨损锈迹。我可以肯定地说，这些牙确实曾被佩戴过。"因此，我们排除了苏联人造假的可能。

埃娃·布劳恩离世的时候三十三岁。她正式成为元首夫人的时间只有短短一天。根据苏联和英美的调查，她是吞服氰化物自杀。"我必须在冷却的条件下对这些牙齿进行分析，"沙利耶说着继续将这些蓝色痕迹放大观察，"这真是太奇怪了……"利用双目观察镜的内置数码相机，他拍摄下了很多照片。有了这些照片，他便可以在他巴黎的实验室对这些牙齿进行二次分析，甚至有可能为希特勒之死画上一个完美的句号。

巴黎，2017 年 9 月

单凭肉眼，我们几乎难以分辨。里面有多少？两片，也可能是三片。这是一些碎片，或者，更确切地说，是一些像灰尘一样的深色碎屑。菲利普·沙利耶在眼前转动着一个用红色塞子盖紧的玻璃药瓶。一张标签贴在瓶子上，写着"阿道夫·希特勒的牙垢碎屑"。这些牙垢碎屑怎么会来到巴黎？这是一场事故，或者说是一次操作上的意外。2017年7月，在俄罗斯联邦安全局总部完成鉴定检查之后，沙利耶医生按照惯例开始仔细整理工作设备。当时，现场一共有两副乳胶手套和两张用来摆放牙齿的无菌纸。他小心翼翼地将它们分开：用于希特勒牙齿的纸和手套放在一边，用于埃娃·布劳恩牙齿的放在另一边。当他回到巴黎正准备把它们都扔掉时，突然发现上面残留着一些细小的牙垢，一定是在为希特勒牙齿做检查时不小心沾上的。出于本能，他将这些珍贵的碎屑收进了一只药瓶里。

怎么办？我们在外交部的联络人亚历山大和俄罗斯联邦安全局的官员们一直非常反对从牙齿上提取样本。这条约定我们再熟悉不过了。再者说，我们在显微分析的时候如何躲过联邦安全局官员们警惕的监督？况且还是在卢比扬卡大楼里面？即使是愿意尝试一切挑战的拉娜也不敢有这样的念头。现在，我们在巴黎，远离莫斯科。俄罗斯秘密机构的人无法再阻止我们对这些碎屑进行分析。但是，不经过他们同意是完全不可能的。有两个很简单的原因：道德原则和专业素养。这是菲利普·沙利耶时刻秉持的两项准则。况且，如果没有得到俄罗斯政府的许可，我们就没有办法将这些牙垢碎屑的分析结果公之于众。我们如今陷入了和

2009年美国历史频道纪录片团队一样的局面。由于没有得到俄罗斯联邦国家档案馆（当时是"加尔夫"局）的同意，他们关于所谓的希特勒头骨的报道始终为人诟病，对于报道的质疑从未真正消失。这些头骨碎片是怎么得到的？又是从哪里得到的？围绕美国团队工作的疑虑使得他们的成果在科学上无法被人承认。因此，尼克·贝兰托尼从未将他的成果公布在研究类刊物上也并非偶然。也因此，他的成果从未得到证实。

我们绝不会再犯同样的错误。

拉娜高兴得跳了起来。"什么？掉下了一些碎屑？这太不可思议了！我们走大运了……"对于她洋溢的热情和充沛的精力，我一点都不感到惊奇。一直以来，所有的阻碍在她的魔力感染下仿佛都会迎刃而解。我的担忧、我的怀疑全都变成了不切实际的多虑。但是，我还是一条一条地向她阐述了我的想法：俄罗斯联络人随时可能爆发的怒火，我们可能遭遇的拒绝，甚至是他们为此实施的有针对性的报复行为（特别是对拉娜，她正在准备申请俄罗斯护照并希望长期定居莫斯科）……我的想象把她逗笑了。她咯咯地笑个不停，我在电话这边听得很清楚。难道认为俄罗斯联邦安全局会对一个置他们于尴尬之地的公民持偏见有夸张之嫌？"你不要担心我，相反，他们知道我们有一些牙垢碎屑一定会很高兴的。"她的逻辑让我听得一头雾水。

"我们的约定，是什么？"

"只进行视觉检查。"

"我们的分析是不是始终处于监视当中？"

"当时至少有五个人在看着我们。"

直到这里，拉娜都没有说错。我们一直都是在他们规定的游戏中前进。"菲利普·沙利耶会不会对这些牙齿的真实性提出质疑？"其实，拉娜已经知道这个问题的答案了。她只是在用一种循序渐进的方式让我跟上她的思路。"不，他不认为这不是希特勒的牙齿。相反，他对这一结论举双手赞成。"

"所以呢？拉娜的声音里流露笑意，"所以，一切都没问题，让-克里斯托夫。他们会接受的。相信我。"

巴黎第十一大学固体物理实验室正在进行施工。工人们从早到晚一刻不停地在中央大楼里忙碌着。穿孔、敲打、摇钻。然而，巴黎西南部寂静的森林和资产阶级的小阁楼并没有对这些不快的干扰投射出一丁点的在意。对于这些噪声，菲利普·沙利耶也同样无动于衷。最重要的是他可以对小药瓶里装着的这些实验样本进行分析。在他的法医调查团队中，有沙利耶非常信任的核心专家，拉斐尔·魏尔。在任何优秀的专家队伍里，他都必然会占据一席之地。这位固体物理实验室的工程师最擅长的领域是扫描电子显微镜。这是分析样本形态和化学成分时必不可少的一项设备。它在分析的过程中不会对样本产生任何损坏。有了这台机器的帮助，再加上拉斐尔·魏尔杰出的才能，俄罗斯联邦安全局中央档案馆存放的牙齿上的牙垢碎屑一定会吐露它们全部的真相。这项工程十分浩大：首先，需要寻找植物和肉纤维（希特勒多年以来一直都是素食主义者，所以我们猜测肉纤维应该不会存在），接着，就是寻找火药的成分痕迹（由于是用手枪进行子弹射击）。主要目的就是想知道希特勒是否确实将子弹射进了嘴里。当然，假牙表面发现的蓝色痕迹也不能忽视。"当我们进行一项历史人类学研究的时候，绝对离不开扫描显微镜的帮助。"沙利耶坚持道。"我希望化学分析可以帮助我们找到假牙的构成元素，"他补充道，"并充分理解是什么造成了这种蓝色残留。是不是一种氰化物反应？……"

俄罗斯联邦安全局第一次如此迅速地作出回应。最先答复拉娜的是德米特里，他是当初第一次带我们进入卢比扬卡大楼的俄罗斯秘密机构官员。"当然……没有问题。没问题！"拉娜猜对了。正如她所设想的，菲利普·沙利耶简单的一封信就足以让俄罗斯政府彻底安心。简洁、清晰而具体，法国法医的这份报告很快便被寄出。报告中，他反复强调对于牙齿的真实性没有任何质疑。它们就是希特勒的牙齿。正常来说，一天或者最迟一周之后，我们应该就会收到联邦安全局官员或是外交部的回信，同意，开绿灯，一个积极的信号，要么模糊，要么简短。

什么都没有。

两周过去了。

一个月过去了。

接近两个月过去了。

还是什么都没有！

我们陷入了同样的卡夫卡式荒诞套路。拉娜反复告诉我对方又一次在电话里跟她确认可以进行实验。但是，我坚持希望得到一份书面的回复。"啊，一份书面回复？……"拉娜惊讶地像是突然失去了记忆，"好的，我再跟他们说一下。"又是新的一轮等待。两天又过去了。

接着，当我们觉得一切又石沉大海时，回复来了。是一份邮件。亚历山大·奥尔洛夫发来的。来自最神圣的俄罗斯联邦共和国外交部，我们亲爱的亚历山大，用法语给我们发来了一封邮件。

邮件的内容大致如下："我认为，如果你们用残留在手套上的希特勒颌骨微粒进行实验，并且你们的结论与俄罗斯方面的官方立场不冲突，我们将没有权利你们——"结尾是他的署名。

现在是 2017 年 11 月 7 日，树上的叶子开始变黄，鸟儿们默不作声，为即将到来的严寒积蓄能量。我不由地笑了起来。也许是出于疲惫，也许是因为紧张，也许是一下子失了智？

亚历山大的邮件就摆在眼前。我对着它连连苦笑。里面什么都有了。或者，几乎什么都有。"我们没有权利你们——""你们"前面缺了一个词，所有的内容都没有意义了。将近两个月的等待。十多轮电话，无数次的反复哀求……这都是为了什么？就为了收到这么一个不完整的句子？没有任何用处。这是一个失误？还是只是为了考验我们的耐心而玩的恶作剧？或者，这只是莫斯科行政拖延下的一个惯常形式？

显然，菲利普·沙利耶对亚历山大的回信也并不满意。"我们将没有权利你们——"你们什么？！！！

亲爱的亚历山大，
非常感谢您能够批准我们对希特勒的颌骨碎屑进行分析。

2017年11月7日。傍晚。我决定再给亚历山大写一封回信。
不能对他冒犯。不能让他动怒。掌握分寸，斟酌我的每一处用词。

我细心地注意到，您用法语给回复了我们的请求。然而……

我思考着。

然而，在您的回复中遗漏了一个词。您说："我们将没有权利你们……"我觉得您可能是想说"没有权利阻止你们"或者"没有权利禁止你们"。是否可以请您帮我确认一下呢？

拉娜？没有了！拉娜和联邦安全局没有联系了，跟亚历山大也没有联系了。俄罗斯的形势变得越发严峻了。一边，美国越发指责俄罗斯操纵美国的总统选举。另一边，叙利亚的军事-人权-宗教噩梦还迟迟没有结束。普京政权逐渐蜷缩成了一条激进的孤立主义阵线。所有从克里姆林宫散发出来的消息都有一股熟悉的硫黄味儿。而我们，却依赖于来自这种俄罗斯强权的善意。

七天。亚历山大用了整整七天时间来找到一个合适的词,用最合适和最贴切他想法的方式传达给我。他甚至还找到了好几个词。所有词他都用的是大写字母,就好像对着我大声吼出来一样:"**我们没有权利谴责(控诉、控告)你们。**"

这样,我们终于可以开始实验了。据我们所知,这是首次使用扫描显微镜进行这类分析。

世界首次。

希望可以破解希特勒之死的谜题。

"有了这些现代化的科技手段,我们就可以去到比 1945 年或是 1970 年更远的时代。"沙利耶医生激动地说道,"我们现在能够分析牙垢的毒理学和化学状况。离真相大白的日子越来越近了。"

"你已经让我见识到了圣路易、狮心王理查德、查理曼大帝、玛丽-马德莱娜……那这次又是谁呢?"拉斐尔·魏尔太了解菲利普·沙利耶了。他们已经在一起工作了十余年。所以,他料想到这一次的研究对象一定也是历史人物。

"所以,他是哪个年代的人?"

"二战期间。"法医含糊其词地回答。"他是德国人。"他接着说,"重要的历史人物,甚至可以说是非常重要。"

拉斐尔·魏尔低头看了一眼药瓶,注意到了标签上的字母缩写"A.H."。他不再追问了。"我只有上午有空。"他声音低沉地提醒道。"那我们就开始吧。"在收集到的这三片碎屑中,只有两片会接受化验。最大的那两片。更确切地说,是两片没那么小的。第一片长 2.5 毫米,厚 1.3 毫米。第二片相对而言更小一些。但大小没那么重要。因为实验室中的显微镜足以观察到微米的范畴。除此之外,它还能分析出这些微小样本中的化学成分。"我们这次的目的在于确认牙垢碎屑的成分,了解死者的饮食结构,看看我们是只能从中找到植物纤维,还是也能找到一些肉纤维？最后，我还希望你能找到毒药的痕迹。"

由于没能提取到蓝色残留物，菲利普·沙利耶希望可以从牙垢碎屑中收集到一些有说服力的信息。尤其是关于假牙性质的信息。"我没有办法从成分方面来对假牙进行检查。"他向拉斐尔·魏尔解释道。就像在所有侦探小说里一样，每一处最小的细节都可能成为调查成功的决定因素。沙利耶比任何人都了解这一点。这也是为什么他会着重跟当天的工作伙伴强调这一点："这些假牙损毁很严重，对于我来说，没有什么太大的价值。所以我期待你可以试着从中获取到关于假牙成分的信息。这对理解它是否与氰化物之间发生了反应至关重要。"简单来说就是，蓝色残留物是不是氰化物和假牙金属相互作用的结果？是否像苏联调查员1945年5月所说的那样，希特勒属服毒自杀？

氰化物是不是一种有效的毒药？它是否会让人痛苦？这两个问题，希特勒一定曾在地堡里向他周围的医生提出过。事实上，我们知道他曾在自己心爱的雌性德国牧羊犬布隆迪身上验证过毒药的致命效力。他强行给它喂下了一个安瓿瓶。众多证人都曾描述过这幕场景。那是在1945年4月29日的深夜，希特勒对于柏林战役已经不再抱有任何幻想。苏联红军就在离元首地堡几条街的地方。在他眼里，自杀已经是唯一能够预想到的结局。但是，希姆莱刚刚背叛了他，直接和英美盟军进行协商，也正是这个男人给了他装有氰化物的安瓿瓶。这个纳粹"叛徒"是否更改了它的成分呢？陷入妄想的希特勒决定先在他的牧羊犬身上进行实验。地堡医院的负责人，哈斯教授和地堡驯犬师的助手共同负责这次死亡任务。最终，狗死了。具体试毒过程在每一份证词中都各有不同。拉滕胡贝尔，元首的私人警卫首领，之后向关押他的苏联人讲述道，牧羊犬非常痛苦，不停地哀嚎，在很长一阵抽搐之后死了。希特勒并没有目睹爱犬临死的样子，但是毒药的药效给他留下深刻印象。林格、京舍和希特勒的私人秘书特劳德尔·容格则描述了另一个版本：实际上，布隆迪死后，希特勒没有过去看，他只是确认了毒药的效果，并没有流露出任何情绪。但无论怎样，唯一可以确定的是，毒药起作用了。希特勒安心了吗？是的，按照他周围人的供述，他毫不掩饰地向旁人炫耀这种毒药的奇效。特劳德尔·容格讲道："希特勒告诉我们，服用这种毒药完全没有任何痛苦。死亡会在神经和呼吸系统麻痹的几秒钟间突然到来。"[1] 他是为了避免引发顾虑而在向身边最后的亲信撒谎，还是他根本就不在意这种氰化物的副作用？在希特勒的一生中，他始终对医生和他们的治疗心存疑虑。他一定知道这个残忍的真相：一种致命的毒药是绝不可能令人感觉不到痛苦的。死亡的速度和毒药的剂量、服用者的体重、年龄、健康状况甚至他是否进食（据证实，氰化物在空腹时作用更快）都有很大的关系。因此，死亡常常是在剧烈的痛苦之后到来。痛苦最先表现在神经和心血管层面。很快，就会出现剧烈的偏头痛。接着，会出现晕眩、意识模糊和类似醉酒的感觉……然后，服用者会感觉自己无法继续呼吸。就像是潜水时的屏气窒息。痛苦的同时还会产生极度的焦虑。随后，服用者会全身抽搐并且失去意识。几分钟过后，心脏停止跳动，最终死亡。需要多长时间才会失去意识呢？这与剂量、氰化物类型和使用方式有关。希姆莱从服下他的氰化物直到死亡用了将近十五分钟。这个细节是英国士兵在丹麦边界逮捕他之后的汇报，他们无力地见证了他在1945年5月23日的自杀。然而，党卫军首领的死亡始终笼罩着一片阴云。与他的官方死亡报告一样，希姆莱的尸检报告始终没有被解除密级。它们一直是"国防机密"，封存在英国档案馆中。直到2045年，即一百年后，这些档案才能向公众开放。

众所周知，使用氰化物之后会散发出一股强烈的苦杏仁味儿。在布隆迪试毒的过程中，证人们一致回忆起当时空气中飘荡的这种味道。这种气味十分顽固，可以持续很长时间。在希特勒和埃娃·布劳恩的尸检

---

[1] 特劳德尔·容格：《狼穴之中：希特勒秘书的忏悔》，第243—244页。

时，法医团队也发现了同样的味道。然而，尸体已经碳化，并且经过了数日的掩埋："尸体散发出明显的苦杏仁味道……在这种情况下，委员会认为死者是氰化物中毒。"[1]但是，这种气味是否能够在自杀之后停留如此长的时间？特别是还经受了剧烈的碳化焚烧？苏联的法医团队是否为了证实氰化物理论而过分夸大了这个苦杏仁的故事？而这个理论，就像我们在所有的俄罗斯档案中看到的那样，深受斯大林的青睐，因为在他看来，服毒自杀对于一个战争首领而言是一种可耻的行为。

一些亲眼目睹希特勒死亡的证人都不约而同地提到了这个著名的苦杏仁味。而有些人却没有。不过，这一说法上的出入很容易解释。今天，我们知道这种味道并非可以被所有人察觉。百分之二十到百分之四十的人对这种气味是不敏感的。但是，我们是否可以就此确认希特勒氰化物中毒的假设？但难道证人们所提到的苦杏仁味就独独没有出现在埃娃·布劳恩的尸体当中吗？在她的尸检报告里，这件事从来就没有被提到过。林格曾回忆道，在这位年轻女士的面部看到了类似氰化物中毒的痛苦特征。在回忆录中，希特勒的仆人还补充道，他曾在摆放两具尸体的长沙发前的桌子上发现了一个小瓶子。他认为，元首夫人服用的安瓿就藏在这个瓶子里。然而，值得注意的是，这个小瓶子在林格的苏联审讯报告中竟然"不复存在"了。

1946 年 2 月 26 日至 27 日晚

调查员：你在长沙发上或者旁边的地上有没有发现一只安瓿瓶或者埃娃·布劳恩使用过的一个毒药瓶？

林格：没有。当时没有任何毒药的痕迹：我没有发现任何安瓿瓶或者毒药瓶，而且在火化完希特勒夫妇尸体之后回来整理他们个

---

[1] 叶夫·别济缅斯基：《希特勒之死：不为人知的苏联档案》，第 67 页。

人物品的时候，我也什么都没发现。

这一处处的矛盾让人不得不心生疑虑。难道林格对苏联秘密机构的官员撒了谎？或者他在写回忆录的时候撒了谎？这些细节上的摇摆不定和反复无常的说辞进一步证实了人们对于阴谋论的猜测，即希特勒根本就没有在地堡中自杀，他可能逃走了。

俄罗斯的调查员对此也表示怀疑。很快，他们便在林格的叙述中指出了一处漏洞。即对于希特勒夫人的死亡指证：

调查员：哪位医生确认了希特勒和他夫人的死亡？

林格：当时只有我和鲍曼，我们没有传唤医生，因为我们很清楚希特勒和他的夫人已经死了。

调查员：你和鲍曼有人有医学专业的文凭吗？

林格：没有。鲍曼和我都没有医学专业的文凭。

调查员：那么，在这种情况下，你们是怎么判断希特勒已经死了呢？你们确认过他的脉搏，听过他的心跳了吗？

林格：没有。我们这些都没有做。我们就是凭肉眼判断他已经死了。

调查员：那你们是怎么推断出希特的夫人埃娃·布劳恩也死了呢？

林格：我们也是凭借外观判断出她已经死了。当时她看上去毫无生机。我们认为她是中毒了。

……

调查员：总理府地堡中当时有没有医生？

林格：有的。当时有希特勒的私人医生、党卫队旗队长斯坦普菲格，以及他的前私人医生哈斯教授。

调查员：为什么你们没有叫医生过来确认他们已经死亡？

林格：我没有办法解释为什么我们没有叫医生来确认希特勒和他夫人的死亡。

若埃尔·普蓬对氰化物的药效非常了解。与林格相反，他具备医学方面的文凭。若埃尔·普蓬是巴黎圣路易拉里布瓦西埃医院生物毒理实验室的矿物分析专家。菲利普·沙利耶立刻便想到找他来帮忙解决希特勒和埃娃·布劳恩牙齿上蓝色斑点的谜题。普蓬医生看到这些斑点的照片时的第一反应是"这太不可思议了"。对于这位相对保守的科学家而言，这种反应十分罕见。这块清晰而深邃的蓝色甚至让他也无法保持冷静。这块蓝色浓厚、稠密，几乎深得像是……普鲁士蓝。这正是这种独特蓝色的名称。这是一种将硫酸亚铁和铁氰化钾混合制成的化学颜色。它的名字是为了纪念18世纪德国柏林的一位发现它的化学家。它的色泽与俄罗斯联邦安全局中央档案馆所藏牙齿上的痕迹高度吻合。而氰化物这个词正是来源于古希腊词"深蓝色"（Kuanos）。

正如伟大的中世纪医生、哲学家帕尔塞尔斯所说："万物皆有毒性，没有任何一种物质是无毒的。有毒无毒的唯一区别就是剂量。"对于氰化物而言，这句话再正确不过了。诚然，一般来说，氰化物是一种猛烈的致命毒药，常常被用在与间谍相关的非法领域，但在现实中，这种化合物却和我们的日常生活息息相关，并不一定会置我们于危险之地。比如，我们可以在樱桃核或杏核，甚至在苹果核中找到氰化物或氰化酸。尽管人们极少食用果核，但是有时我们会吃苦杏仁。而苦杏仁中并不缺少氰化物。幸运的是，如果不是大量吞服，我们的身体完全可以抵抗这种天然的氰化物。

这种化合物也可以通过化学途径提取，并且具有不同的形态：气态（被纳粹分子用于毒气室）、液态以及可溶性盐。最后一种形态包含氰化钾、氰化铵和氰化钙。从地堡居民的回忆中，我们可以得知，分发的安瓿中含有氰化钾。事实就是如此吗？想要验证这件事，只需对其中一枚安瓿瓶进行分析。但并非随便哪个都可以，必须是在元首地堡中发放给纳粹高层的那些安瓿。在欧洲所有的博物馆和档案馆经历了一番漫长的搜寻之后，我们终于得知德国海德堡的制药博物馆有其中一枚安瓿瓶。哎，信息虽然准确无误，却无法使用。当我们联系到对方时，博物馆告知我们他们并没有收藏这枚安瓿瓶！一张照片，只要一张照片也可以帮助我们确认氰化物是否是以液态或盐态的形式存在。没有照片！博物馆的工作人员什么都没有保存。一张照片都没有，黑白的都没有，模糊的都没有。什么都没有。

那报告呢？数据、分析或者其他什么……？"没有！"这个"没有"（nein）同我们在莫斯科经常收到的"没有"（niet）并没有太大区别。

德国没有安瓿瓶，俄罗斯没有，法国也没有。看来只能从英国和美国那里寻找突破口了。

一段1945年6月4日的录像重新点燃了我们的希望。这是一段英国人所做的报道，被取名为"欧洲最后的屠夫"。其中的"屠夫"指的不是别人，正是希姆莱。在这段报道中，我们可以看到他自杀时的房子和他的尸体。而且画面中还出现了氰化物安瓿瓶。当时那位记者断断续续地带着鼻音说道，这就是希姆莱用过的那枚安瓿瓶。一个暂停的画面让我们清晰地看到，氰化物是以无色液体的形式存在而非粉末。

从外观来看，希姆莱所用的氰化物应当属于氰化氢，通常被人们称作氢氰酸（acide prussique）。它的名字中之所以有"prussique"，是因为这种化合物是由瑞典化学家卡尔·威廉·舍勒于18世纪末从普鲁士蓝（bleu de Prusse）中发现的。此外，它在德国又被称为"blausäure"，即蓝酸。显而易见，这是一种最具危险性的氰化物。五十毫克的剂量就足以让人失去性命。而希特勒夫妇服用的应该也是同一类型的氰化物。

接下来就是了解独裁者是否用这种毒药来自杀的。

京舍不这么认为！

1956年，他在自己的祖国——德国的法庭前为其担保。

这名前党卫队成员在经历了十年的监禁之后刚刚从苏联战犯营释放出来。1956年4月28日，他被返送回国。很快他便发现，德国在1949年的时候被分割成了两个国家。在西边，美英法三国控制的地区组成了德意志联邦共和国；在东边，苏联的控制区变为了德意志民主共和国。苏联法庭判处了（1950年）二十五年的监狱生涯（由于前西德总理康拉德·阿登纳的干涉，他在六年后被释放）之后，他觉得自己也有话跟德国法庭说。不是因为对他的审判，而是为了从司法的角度给希特勒的死亡画上一个圆满的句号。纳粹政权崩陷已有十年，是时候对独裁者的死亡做一个最后的裁决了。京舍不是唯一一个返回德国国土的希特勒亲信。1955年，阿登纳与苏联协商引渡那些被判为战争罪的最后一批德国囚犯。他们中有三个我们已熟悉的人，分别是京舍、林格和鲍尔。

京舍和林格的证词被贝希特斯加登法庭所记录。两次问询分别在1956年2月10日和6月19日进行，各自持续了数天。

直到2010年，这些录音带都沉睡在慕尼黑国家档案馆的展架上。由于技术原因，它们一度无法被人们读取。经过细心修复后，它们如今对公众开放。

在录音中，两个人在法官和巴伐利亚警局中心的代表前进行宣誓，出席法庭的警局代表包括了犯罪学部门领导和一名医学专家。林格和京舍再一次被问到1945年4月30日希特勒在地堡最后的瞬间。苏联监狱数年的囚禁，特别是秘密机构昼夜不停的审讯，早已让二人失去了往日的活力。十余年间，人们一遍又一遍重复地问着他们同样的事实。他们还能清楚地回忆起1945年4月30日晚上到底发生了什么吗？经过反复的激压和质疑之后，他们的记忆是否还安然尚存？

在祖国的法庭上，他们几乎机械地又一次回答了这些问题。京舍称："正如我之前所说，埃娃·布劳恩的尸体没有任何遮盖，我把她抱在怀里时闻到了一股非常浓烈的苦杏仁味。而在希特勒身上我并没有发现这种味道。而且，他的尸体当时就放在花园的地上。当鲍曼拿下遮布（当时盖在希特勒身上的，作者注）时，我还专门凑上前去，但是依旧什么都没发现。"[1] 元首的前副官是否说了真话？作为懦弱的表现，苏联人更倾向于把希特勒的自杀定性为中毒，但是与他们相反，京舍难道不应该希望把他的领导展现为一个开枪自杀的"义士"吗？在他眼里，这一举动才正是一名战场军人的所为。然而，京舍所提供的细节详实的证词与林格的并不完全相符。而这些恰恰又都是证词的关键所在。以下便是京舍提供的在前厅发现希特勒夫妇尸体的过程：

> 鲍曼和林格准备进入希特勒的房间。我跟在他们后面，接着，我的面前就呈现出了这样的画面：希特勒坐在门对面的一把扶手椅上，目光穿过左边的门，头偏向靠在扶手上的右肩，一只手下垂。埃娃·布劳恩躺在房间里边面对着门的长沙发上，头转向希特勒，背部朝下，双腿轻微弯曲朝向身体，一双轻便的女鞋放在沙发上。[2]

德国调查员将其备案，但深为震惊。
他们继续追问细节。京舍如实道来：

> 希特勒坐在扶手椅上，身体轻微下陷，略向右侧倾斜，但这并不是非常明显，右手靠在右边扶手上，头部略微偏向右肩的右侧。我还记得他的嘴微微张开，下巴有些松弛，但是我也不太确定了……

---

1 2 奥托·京舍的审问录音档案，1956年，慕尼黑国家档案馆，CD/DVD，71 至 74。

所以，希特勒可能是在扶手椅上自杀而非和埃娃·布劳恩一起死在长沙发上。副官的版本与林格给德国调查员的版本完全相反：

> 当我进到房间时，从我的角度来看，希特勒正坐在左边，确切说是坐在长沙发的左侧。
> 调查员：所以，从你的角度看是左边，那事实上也就是长沙发的右边？
> 林格：没错，就是这样[1]……

谁说的是真话？是否有记错的可能？如果我们按照自杀发生时房间的布局来看，答案是否定的！德国调查员详尽地重新复原了当时场景，并请林格来进行确认：

> 调查员：房间当时的面积接近 8 平方米，大约为正方形，房门开向中央走廊，我们可以假设这条走廊也是周围人等待集会的地方，我们也可以睡在那里，那里有一个长沙发。
> 林格：只有最后一天是这样……
> 调查员：……房间有两个出口，右侧通向阿道夫·希特勒的卧室，左侧通向一间浴室。房间里有一个长约 2 米的沙发，沙发有两个扶手。沙发前面有一张桌子，桌子并不是很大……
> 林格：一张小桌子……
> 调查员：你之前提到，在这张桌子的左右两侧各有一把扶手椅。沙发背靠着墙，面对房间入口，前面是那张桌子，入口右侧还

---

[1] 奥托·京舍的审问录音档案，1956 年。

有一张大书桌，书桌前面有一把椅子。林格先生曾说，桌子和书桌之间的距离十分狭窄，当摆上椅子之后人就很难从中间通过了。书桌上方还有一张腓特烈大帝的画像，但这和我们没有太大关系，这是希特勒非常喜欢的一幅画作。

林格：这是门采尔的画。

调查员：以上就是现场的情况。[1]

很难比这描述得更为具体了。

与之前苏联的报告文本相反，这回，林格和京舍的证词首次采用了口头的形式。他们的音调、语量和句式都成为了我们从中发现破绽的关键信息。

在这些录音中，林格和京舍对他们的回忆充满了自信。两个人都没有任何的停顿，甚至没有丝毫的犹豫。但是，林格声称，希特勒当时躺在进门正对面的长沙发上，紧挨着埃娃·布劳恩。而在京舍的版本里，他变成了坐在长沙发前的扶手椅上。

完全相反的两难抉择。该相信谁？哪个版本是正确的？谁说了谎？或者谁弄错了？

京舍所说希特勒没有服毒的内容是真的吗？

这一情形完美地印证了对于希特勒临终前证人的供述不能偏听偏信的道理。为了摆脱这一困境，我们还有另一个解决方案：科学。

这就是菲利普·沙利耶出现在位于巴黎郊区的固体物理实验室的原因。

对这两块牙垢碎屑的微生物分析已经过去了两个多小时。拉斐

---

[1] 奥托·京舍的审问录音档案，1956年。

尔·魏尔依旧在一丝不苟地耐心工作着。没有任何物质能够逃脱过他的眼睛。很快，他就会完全洞悉这两块来自俄罗斯联邦安全局中央档案馆的牙垢碎屑的全部化学构成。也许，他也会找到一些有关假牙成分的关键信息。他首先找到了汞、铅、砷、铜以及铁。因为氰化物难以被轻易识别。它的痕迹会在服用二十四到七十二小时之间消失。而且，如果尸体经过焚烧或二十摄氏度以上的高温保存，消失的速度将会更快。时钟指向了 12 点 30 分。已经超过了拉斐尔·魏尔所定的工作时间。他似乎已经忘记了饥饿，全神贯注，不允许自己出现一点失误。菲利普·沙利耶等得有些不耐烦了，围在魏尔身边笨拙地说着一些违心的客套话。"不着急，尤其是……"法医重复这些话来掩饰自己激动而紧张的心情，但马上他又会问道："所以……有什么发现吗？"与他相反，每次机器运算之后，这位工程师都会冷静地细数新发现的化学元素：钙、钾、磷……但没有铁，或者铁的含量太少，无法判断它是来自这些碎屑，还是来自摆放这些碎屑的显微镜设备。这个问题的答案，菲利普·沙利耶也难以给出。彻头彻尾的失望。

事实上，并没有这么糟。

拉斐尔·魏尔转向了法医。虽然他没有和假牙相关的信息，但是他找到了更好的。

他找到了完全能证明牙垢真实性的科学证据。

扫描显微镜的屏幕上出现了一处黑白色的图像。它很模糊。我们感觉自己就像是美国国家航空航天局的月球探险队指挥。在屏幕上一点点的触碰下，一片像是陨石一样的石地逐渐呈现。最终，屏幕上方变得清晰起来。"耐心一些，它马上就出来了。"拉斐尔·魏尔说的时候完全没有看我。一些微小的球状物慢慢形成，占满了整个屏幕。菲利普·沙利耶马上认出了它们："这些圆形是牙垢的典型外观，就像是血细胞。这是牙垢里的牙菌斑钙化现象。"工程师确认道："所有这些球状物，就是牙垢最好的证明……"

但是，分析并没有就此结束。很快，一处植物纤维出现了。接着，另一处。然而，肉纤维始终没有被发现。哪怕是一微米的肉纤维都足以对希特勒牙齿的用途造成质疑。在他自杀时，希特勒已经保持了数年素食主义的习惯。没有找到肉纤维，这让法医心里的一块石头放了下来。

那我们是否可以凭借这两块碎屑走得更远？知道希特勒是不是饮弹自尽？锑，原子序数51；钡，原子序数56；铅，原子序数82。这就是拉斐尔·魏尔所查到的结果。快速浏览过门捷列夫的元素周期表之后，工程师小心翼翼地校准了他的电子显微镜。菲利普·沙利耶选择这三种矿物元素的原因非常简单。如果射击确实发生在希特勒的嘴里，那么这三种化学元素一定会出现在牙垢碎屑当中。

饮弹自尽的理论是英国人在1945年11月提出的。

在没有办法接触尸体也不能直接审问人证的情况下调查一个人的死亡，即使是最优秀的调查者也不敢接受这个挑战。然而，这正是同盟国在1945年5月初得知希特勒死讯时所遭遇的处境。正如我们之前所提到的（参见第三部分第五章），英美总参谋部难以验证苏联放出消息的真伪，即所谓的德国元首已经逃走的说法。于是，他们开始挑战不可能，从手下仅有的为数不多的来自元首地堡的战犯中，最大限度地收集证词。1945年11月1日，英国人将他们的报告呈现给德国占领区的盟军（美国人、苏联人和法国人）。这份建立在务实和现实主义基础上的报告开篇便大方地承认了自己的局限和劣势："唯一能证实希特勒死去的铁证就是发现和验明他的尸体。但由于没有这份证据，我们只能根据他曾经的属下和临死前的目击证人的详细报告进行判断。"英国人的调查以希特勒的一名亲信为突破口。他的名字叫作埃里克·肯普卡。三十五岁，曾是希特勒的私人司机。然而，关于希特勒的死讯，他仅是从希特勒的副官京舍那里得知。这段与京舍对话的情景，埃里克写进了1951年发表的回忆录中："我当时非常震惊。'怎么会这样，奥托？我昨天还跟他说过话！他身体状况很好，看上去也很冷静！'而京舍当时也已经震惊得说不出话来。他艰难地抬起右手，假装拿着一把手枪，指向自己的嘴里。"[1] 这段情节，埃里克在1945年便讲给了英国调查员。这也是为什么英国人的报告会在1945年11月1日白纸黑字地指出："4月30日下午2点30分，希特勒和埃娃·布劳恩最后一次出现在人们的视野里。他们一起在地堡中散步并和周围的亲信一一握手，包括秘书和助理，随后，他们回到房间，双双自杀。希特勒饮弹自尽，埃娃·布劳恩（尽管她也有一把手枪）吞下了一枚发给地堡所有人的毒药安瓿瓶。"

这份报告的作者，英国历史学家休·特雷弗-罗珀难道觉察到苏联人在希特勒之死的问题上没有说真话吗？在向驻守德国的盟国军官汇报时，特雷弗-罗珀仔细观察着苏联代表的态度。一位苏联红军将军受邀前来聆听英国人的调查结果。这位红星军人最终会揭露一些隐情吗？特雷弗-罗珀永远都忘不了他的回答："当被邀请对这份报告作出评论时，他用低沉的嗓音简洁地回了一句：'非常有趣。'"[2]

这段历史过去了六十余年，我们很快就能知道特雷弗-罗珀是否说对了。如果肯普卡没有撒谎，那希特勒是否朝着嘴里开了一枪呢？

"有锑吗？"沙利耶问道。

"没有。"拉斐尔·魏尔回答道。

"铅呢？"

拉斐尔回答："没有，也没有钡。"

这些简短的对话持续了很长时间。一直到出现最后一处分析结果。

---

1 埃里克·肯普卡：《我是希特勒的司机》，第77页。
2 休·特雷弗-罗珀：《希特勒的最后时光》，伦敦，Pan Books，1947，第6页。

"怎么样?"

沙利耶突然转向我。他几乎忘记了我的存在。我的提问把他吓了一跳。然而,他的回答却只有两个字:"没有!"

但不管怎样,这次他一定可以为希特勒的谜题画上句号。

巴黎的寒冬已经蓄势待发。接近两年的调查终于要告一段落。

拉娜留在了莫斯科。她在等待。

我赶到了巴黎西郊,菲利普·沙利耶在凡尔赛圣康丁大学的人类学和法医实验室。

沮丧的面孔、凸出的眼球以及并不热情的接待,沙利耶的心情让人一眼就能望穿。环顾四周,似乎没有感受到任何友好的目光,有些甚至还伸出了舌头,像祭祀一般。

"这个来自大洋洲。那个是西非的……"菲利普·沙利耶完全不知道该在哪里堆放他的这些面具和图腾。他的办公室看起来更像是一个原始艺术品的假想博物馆,而不是一个法医研究者的办公场所。这是为了更好地记得自己也是一名人类学家吗?

一种说不上来的紧张感在办公室弥漫开来。是因为医生的白大褂还是周围这些令人不安的原始神灵?反正,至少不会是因为这几个月疲惫的历史政治调查。

菲利普·沙利耶在旁边坐着,沉重的声音让人肃然起敬。

他开始说道:"通常来说,一个历史人物的死亡都会伴随着很多的谜题,人们总是觉得他没死,甚至逃走了……人们并不愿为传统的死亡买账,这太简单,太平庸了。法医的职责就是辨别真伪,从科学的角度为人们给出最终的答案。在这个刑事与考古意义兼备的案子中,我会以同样的严谨性和客观性来认真对待。"

在我们旁边,一张巨幅的亨利四世画像靠着墙立在地上。这是一幅由菲利普·沙利耶团队利用3D技术制作而成的复原图。这位法兰西的老国王似乎对我们的对话听得很不耐烦。

"然后呢?"为了让法医的开场白尽快结束,我迫不及待地问道,"这些存放在莫斯科的尸骨遗骸到底是不是希特勒的呢?"

四周突然安静了下来。

"头骨,我不确定。"

由于缺少"加尔夫"局的配合,菲利普·沙利耶医生仅凭肉眼观察的鉴定只能得出一个结论:无法判断这块头骨碎片的年龄。与从康涅狄格州立大学退休的美国考古学家尼古拉斯·贝兰托尼的看法相反,骨缝间隔并不足以说明这块头骨属于一个年轻人。对此,菲利普·沙利耶十分肯定。希特勒在1944年秋拍摄的面部放射照片让他有充分的理由对美国同行的分析提出异议。"在这些照片中,我们可以看到希特勒头骨上部的缝隙,"法国法医解释道,"这些缝隙的开合度非常大。因此,这就足以证明,我们不能因此而认定它就属于年轻人。这个论断站不住脚。"2009年,尼克·贝兰托尼曾经解释道:"一般来说,随着年龄的增长,头骨的缝隙会逐渐闭合,而这块(莫斯科"加尔夫"局所存放的那块头骨碎片,作者注)却开口很大。所以,它应该属于年龄介于二十到四十岁之间的年轻人。"[1]

菲利普·沙利耶坚持道:

"这块头骨属于一个成年人,仅此而已。

"但是,对于这些牙齿,我十分肯定。

"它们一定属于希特勒!"

我又问道:"您百分之分肯定吗?"

---

[1] http://www.youtube.com/watch?v=ZqrrjfnsVY.

"在法医学领域，我们从来不会将结果数字化，但是我们非常肯定，从历史角度而言，这是确定无疑的。而且，我们也非常肯定，这些牙齿与放射照片、尸体鉴定描述、人证的叙述以及这些假牙的制作者和我们手中的其他证据都高度吻合。所有这些一点一点得到的分析结果都使我们充分相信这些牙齿属于在 1945 年死于柏林的阿道夫·希特勒。这一结论让所有那些逃走幸存的说法不攻自破。"

那饮弹自尽呢？氰化物呢？

这些牙垢碎屑是否也可以让他回答这两个问题？1945 年英国人对希特勒之死的判断是否存在谬误？特雷弗-罗珀是不是说错了呢？

"对牙垢表明的化学研究可以让我们找到饮弹自尽时会留下的金属痕迹。一般来说，应该会有可燃气体、火药以及口腔内部、舌头和黏膜上的灼烧现象……因此，牙垢上也应该可以发现一些蛛丝马迹。但是在这些碎屑中，我们什么都没发现。"

所以，希特勒并不是饮弹自尽的！

肯普卡说了谎，副官京舍并没有向他模仿在嘴里开枪的动作。

甚至京舍在 1956 年德国法院听证会上也曾指出肯普卡的说法纯属捏造。以下便是他的证言：

"我否认希特勒是在嘴里开枪自杀的。此外，我坚持声明自己并没有在任何情况下向地堡中的任何人说希特勒是在头部开枪自杀的。我只跟当时在场的一些人提到过希特勒是开枪自杀并且他的尸体已经被火化。"[1]

我们整整等了半个多世纪才相信了京舍的证言。并且，这份证言确凿无误。面对所有收集来的证词，科学占了绝对的上风，哪怕是情感的偏向和操纵的企图也无法让其动摇一丝一毫。同时，科学也为另一个

---

[1] 奥托·京舍的审问录音档案，1956 年。

人重复了多次的故事版本提供了支持,他就是第一个发现希特勒和埃娃·布劳恩尸体的人:海因茨·林格,独裁者最忠诚的仆人。不论是在接受苏联人的审讯期间,还是在接受报纸、广播、电视台采访,抑或是在他1980年死后出版的回忆录中,永远都是一番相同的描述:

"当我进去的时候,在我的左边,我看到了希特勒。他当时靠在长沙发最右边的角上……希特勒的头微微向前倾斜。在他右边的太阳穴上,有一个十欧分大小的洞。"[1]

那氰化物呢?

那牙齿上蓝色的痕迹呢?

菲利普·沙利耶对此也是无能为力。这些蓝色的痕迹让人讶异、令人吃惊,并且又使人特别难以对付。但是如果没有对藏于莫斯科的牙齿样本进行提取的话,科学家也无法在这个问题上走得更远。

亚历山大肯定地告诉我们,这是不可能的。从他的角度来看,德米特里已经明确地告诉拉娜放弃这件事。改变调查。

"他们告诉我,任何分析实验都不会再进行。"拉娜亲口告诉我,目前不要对此抱任何希望。"他们希望的只是我们证明这些牙齿属于希特勒。现在,这件事结束了,他们又把所有大门都关了起来。"

但是,如果我们调查的结论是这不属于他呢?

我夸张的提问并没有让拉娜有任何触动:"那俄罗斯就有大麻烦了。"

---

[1] 奥托·京舍的审问录音档案,1956年。

档案来源

俄罗斯联邦安全局的官员并未提供给我们有关档案资料的详细术语表。我们在此书中提到的俄罗斯联邦安全局的档案资料全部标有"俄罗斯联邦安全局中央档案馆"（TsA FSB）的附注。

俄罗斯国家军事档案馆的材料主要是纳粹战犯的个人档案，我们在介绍图片的时候也会附注"俄罗斯国家军事档案馆"（RGVA）。

书中引述的"加尔夫"局档案编号如下：

第39页：GARF 9401/2/552，f.8—9.

第40页：GARF 9401/2/551，f.225.

第41—42页：GARF 9401/2/552，f.191—193.

第43—44页：GARF 9401/2/552，f.280—284.

第78页：GARF 9401/2/552，f.83.

第79页：GARF 9401/2/552，f.84.

第93页：GARF 9401/2/552，f.93.

第120页：GARF 9401/2/556，f.175.

第120—121页：GARF 9401/2/556，f.177.

第128页：TsA FSB.

第137—139页：TsA FSB.

第145页：GARF 9401/2/556，f.178.

第147—148页、第149—151页：GARF 9401/2/556，f.179.

第151页：GARF 9401/2/556，f.182.

档案来源

第 160—164 页：RGVA

第 167—168 页：GARF 9401/2/551，f.49—61.

第 184 页：GARF 9401/2/552，f.2.

第 185 页：GARF 9401/2/552，f.2，f.1.

第 186 页：GARF 9401/2/552，f.1（图），f.2（文件）.

第 187 页：GARF 9401/2/552，f.5.

第 188 页：GARF 9401/2/552，f.12—13.

第 195—196 页：GARF 9401/2/553，f.97，f.103.

第 197、199 页：GARF 9401/2/550，f.71.

第 200 页：GARF 9401/2/550，f.72.

第 202 页：GARF 9401/2/553，f.97.

第 203 页：GARF 9401/2/553，f.98，f.99.

第 204—205 页：GARF 9401/2/553，f.100.
　　　　　　　GARF 9401/2/553，f.103.

第 205—206 页：GARF 9401/2/550，f.76.

第 207 页：GARF 9401/2/551，f.32.

第 219—220 页：GARF 9401/2/551，f.134—139.

第 222—223 页：GARF 9401/2/551，f.136，f.59.

第 223—225 页：GARF 9401/2/551，f.30.

第 226 页：TsA FSB.

第 227 页：GARF 9401/2/550，f.26.

第 228—229 页：TsA FSB.

第 235—237 页：GARF 9401/2/552，f.275，f.574，f.363，f.263.

第 237 页：GARF 9401/2/551，f.47.

第 238 页：GARF 9401/2/552，f.268.

第 239—240 页：GARF 9401/2/552，f.276.

第 240 页：GARF 9401/2/552，f.197.

第 241 页：GARF 9401/2/552，f.199.（图）

第 243 页：GARF 9401/2/551，f.55，f.138.

第 244—245 页：GARF 9401/2/552，f.140.

第 245 页：GARF 9401/2/552，f.58.

第 245—246 页：GARF 9401/2/552，f.140.

第 246 页：GARF 9401/2/552，f.141.

第 246—247 页：GARF 9401/2/552，f.207.

第 250 页：GARF 9401/2/556，f.197.

第 251 页：GARF 9401/2/552，f.198.

第 275—277 页：GARF 9401/2/552，f.137.

致　谢

首先，我想感谢各位提供支持的俄罗斯档案部门工作人员：
拉丽萨·亚历山多芙娜·洛戈瓦娅（俄罗斯联邦国家档案局）
弗拉基米尔·伊万诺维奇·科罗塔夫（俄罗斯国家军事档案馆）
奥列格·康斯坦丁诺维奇·马特维耶夫（俄罗斯联邦安全局媒体关系中心）

感谢各位在调查过程中为我们给予专业技术支持的科学家：
拉斐尔·魏尔、若埃尔·普蓬和帕特里克·兰萨尔；
以及菲利普·沙利耶和他不懈的热情，没有他的帮助，我们将无法完成这次对希特勒牙齿的科学调查。

另外，还需要特别感谢：
对本次调查满怀信心的奥利维耶·沃达尔奇克和埃戈的团队；
以及亚历山大·奥尔洛夫（俄罗斯外交部）和他的鼎力支持；
还有为我们辛苦付出的翻译人员：俄语翻译塔季扬娜·舒托娃和，以及德语翻译乌尔丽克·灿德尔和艾默里克·勒德利乌。

代表拉娜·帕尔申娜感谢：
柳德米拉·瓦西里耶芙娜·德沃伊尼希和纳塔利娅·彼得罗芙娜·帕尔申娜。

最后，我还希望代表自己感谢：

塞丽娜·利松耐心而准确的审校；

还有克劳德·凯泰尔，他的祝福坚定了我踏上这次冒险之旅的信念。